A Família

A Família

Naomi Krupitsky

Duas Famílias.
Um destino inevitável.
Amor e violência podem coexistir?

Tradução de Letícia Carvalho

ALTA BOOKS
GRUPO EDITORIAL
Rio de Janeiro, 2023

A Família

ISBN: 978-85-508-1804-7

Impresso no Brasil — 1ª Edição, 2023 — Edição revisada conforme o Acordo Ortográfico da Língua Portuguesa de 2009.

Dados Internacionais de Catalogação na Publicação (CIP) de acordo com ISBD

K94f Krupitsky, Naomi

A Família / Naomi Krupitsky; traduzido por Leticia Carvalho. - Rio de Janeiro : Alta Books, 2023.
368 p. ; 16cm x 23cm.

Tradução de: The Family
ISBN: 978-85-508-1804-7

1. Literatura americana. 2. Ficção. I. Carvalho, Leticia. II. Título.

2022-3251 CDD 813
CDU 821.111(73)-3

Elaborado por Vagner Rodolfo da Silva - CRB-8/9410

Índice para catálogo sistemático:
1. Literatura americana : Ficção 813
2. Literatura americana : Ficção 821.111(73)-3

Produção Editorial
Editora Alta Books

Diretor Editorial
Anderson Vieira
anderson.vieira@altabooks.com.br

Editor
José Ruggeri
j.ruggeri@altabooks.com.br

Gerência Comercial
Claudio Lima
claudio@altabooks.com.br

Gerência Marketing
Andréa Guatiello
andrea@altabooks.com.br

Coordenação Comercial
Thiago Biaggi

Coordenação de Eventos
Viviane Paiva
comercial@altabooks.com.br

Coordenação ADM/Finc.
Solange Souza

Direitos Autorais
Raquel Porto
rights@altabooks.com.br

Produtoras da Obra
Illysabelle Trajano
Maria de Lourdes Borges

Assistente da Obra
Henrique Waldez

Produtores Editoriais
Paulo Gomes
Thales Silva
Thiê Alves

Equipe Comercial
Adenir Gomes
Ana Carolina Marinho
Daiana Costa
Everson Rodrigo
Fillipe Amorim
Heber Garcia
Kaique Luiz
Luana dos Santos
Maira Conceição

Equipe Editorial
Andreza Moraes
Beatriz de Assis
Betânia Santos
Brenda Rodrigues
Caroline David
Gabriela Paiva
Henrique Waldez
Kelry Oliveira
Marcelli Ferreira
Mariana Portugal
Matheus Mello
Milena Soares

Marketing Editorial
Amanda Mucci
Guilherme Nunes
Jessica Nogueira
Livia Carvalho
Pedro Guimarães
Talissa Araújo
Thiago Brito

Atuaram na edição desta obra:

Tradução
Letícia Carvalho

Copidesque
Sara Orofino

Revisão Gramatical
Natália Pacheco
Wendy Campos

Diagramação
Rita Motta

Capa
Caique Cavalcante

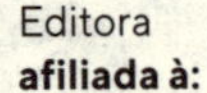

ASSOCIADO CBL Câmara Brasileira do Livro

Rua Viúva Cláudio, 291 — Bairro Industrial do Jacaré
CEP: 20.970-031 — Rio de Janeiro (RJ)
Tels.: (21) 3278-8069 / 3278-8419
www.altabooks.com.br — altabooks@altabooks.com.br
Ouvidoria: ouvidoria@altabooks.com.br

Para Lil e Marty Krupitsky,

que nunca chegaram a ler este livro,

mas sempre souberam que eu o escreveria.

E para a cidade de Nova York.

PRÓLOGO

[Julho de 1948]

ATIRAR É como saltar em água fria.

Você fica parado, equilibrando-se na beirada, preparado para saltar, e, até o último minuto, corre o risco de desistir. Você se enche de poder: não quando pula, mas antes. Quanto mais tempo você fica lá parado, mais poder tem, de modo que, quando pula, o mundo inteiro o espera.

Mas, quando salta, você está perdido: à mercê do vento, da gravidade e da decisão que acabou de tomar. Não há nada que possa fazer, a não ser observar impotentemente a água se aproximar cada vez mais, até que lá está você, submerso e encharcado, sendo agarrado pelo gelo, perdendo o fôlego.

Uma arma não disparada detém seu poder. Momentos antes de puxar o gatilho e descarregar a bala, além do seu alcance, fora do seu controle. Enquanto trovões à distância estrondam nas nuvens carregadas e a eletricidade no ar eriça os pelos dos seus braços. Enquanto você fica parado, com os pés plantados *só por precaução*, como seu pai ensinou, e ombros flexionados para suportar o coice da arma.

Enquanto você decide vez após vez.

Disparar.

PARTE UM

1928 — 1937

SOFIA COLICCHIO é um animal de olhos escuros que corre rápido e berra muito alto. Ela é a melhor amiga de Antonia Russo, que mora na casa ao lado.

Elas moram no Brooklyn, em um bairro chamado Red Hook, que faz fronteira com o bairro que se tornará Carroll Gardens e Cobble Hill. Red Hook é mais novo que Lower Manhattan, porém mais antigo que Canarsie e Harlem, a perigosa periferia onde vale quase tudo. A maioria das construções é de cabanas baixas de madeira próximas ao rio, mas os telhados crescem quanto mais distantes da margem, em direção às casas de tijolos também baixas, porém mais permanentes, tudo de um cinza-escuro por causa do vento, da chuva e da fuligem.

As famílias de Sofia e Antonia se mudaram para Red Hook por ordens do chefe de seus pais, Tommy Fianzo. Tommy mora em Manhattan, mas precisa de ajuda para administrar suas operações no Brooklyn. Quando os vizinhos de Carlo e Joey perguntam com o que trabalham, eles respondem *uma coisa e outra*. Às vezes dizem que *estão no ramo de ajudar pessoas*. Dizem que é *importação e exportação*. Os novos vizinhos entendem e deixam de perguntar. Eles se comunicam por meio de persianas fechadas e dizem às filhas que *não é da nossa conta*, bem alto, no corredor.

Os demais vizinhos são italianos e irlandeses que trabalham nas docas e constroem os arranha-céus que estão brotando como pés de feijão no cenário de Manhattan. Embora a violência tenha apaziguado desde que os adultos do bairro eram crianças, ainda está presente, pairando na escuridão entre os postes da rua.

SOFIA E ANTONIA SABEM que devem avisar a um adulto antes de ir para a casa uma da outra, mas não o motivo. Seus mundos consistem em ir e voltar do parque no verão, nos ruídos dos aquecedores no inverno e nos distantes respingos e ecos de homens trabalhando nas docas o ano inteiro. Elas sabem de certas coisas com convicção e não sabem que há coisas que desconhecem. Melhor dizendo, o mundo entra em foco à medida que crescem. *Isso é um ulmeiro*, Antonia diz certa manhã, e Sofia percebe que há uma árvore na frente do seu prédio. *O Tio Billy vem jantar hoje à noite*, diz Sofia, e Antonia se dá conta de que odeia o Tio Billy: o nariz pontiagudo, o brilho dos sapatos, o fedor de charuto e suor que deixa por onde passa. *Atravesse a rua ou você vai acordar a maga*, elas se lembram, evitando o menor prédio do bloco, onde todos sabem — mas como é que sabem? — que mora uma bruxa no terceiro andar.

Sofia e Antonia sabem que o Tio Billy não é seu tio de verdade, mas é da Família de qualquer forma. Elas sabem que devem chamá-lo de Tio Billy, tal como o Tio Tommy, e que devem ser simpáticas com os filhos do Tio Tommy nos jantares de domingo. Elas sabem que esse assunto é indiscutível.

Elas sabem que a Família é tudo.

Sofia mora em um apartamento com três quartos e uma ampla janela na cozinha, cuja vista dá para um quintal sem acesso. No verão, o senhorio fica lá fora, sem camisa, e adormece com cigarros pendurados nos dedos grossos. O calor do meio-dia queima onde seu corpo fica exposto ao Sol, deixando branca a parte inferior da barriga redonda e os braços. Sofia e Antonia não devem ficar olhando. No quarto de Sofia, há uma cama com uma colcha nova de flanela vermelha, três bonecas com rosto de porcelana alinhadas na prateleira e um tapete de pelúcia em que ela gosta de afundar os pés.

No mesmo corredor do seu quarto, fica o de seus pais, onde ela não deve ir a menos que seja uma emergência. *Cara mia*, seu pai diz, *algumas coisas devem ficar só entre a mamma e o papà, não? Não*, ela responde, e ele faz garras com as mãos e a persegue pelo corredor para lhe fazer cócegas, e ela grita e sai correndo. Depois vem um quarto vazio, com o pequeno berço de quando Sofia era bebê, que não é de ninguém. Sua mãe às vezes entra lá e dobra as pequeninas roupas. Seu pai diz *venha, pare com isso, venha* e tira sua mãe do quarto.

Sofia começou a notar que as pessoas temem seu pai.

Na padaria ou na lanchonete, ele é servido primeiro. *Signore*, as garçonetes dizem. *Que bom vê-lo novamente. Aqui... por conta da casa. É uma especialidade. Prego.* Sofia o segura pela mão como um cogumelo crescendo na base de uma árvore. Ele é sua sombra, seu sustento, seu alicerce. *E esta deve ser a Sofia*, dizem. Suas bochechas são apertadas, seu cabelo é bagunçado.

Sofia olha de relance para os outros adultos. Ela nota quando eles entram no campo gravitacional de seu pai e quando a calorosa atenção dele vai de um para outro. Ela nota que seu pai sempre parece ser o mais alto nos lugares. Ela aceita as ofertas de balas gelatinosas e biscotti de homens que — até Sofia vê — estão mais interessados em bajular seu pai.

Após suas reuniões, o pai de Sofia a leva para tomar gelato. Eles se sentam no balcão da rua Smith, e ele toma seu expresso preto forte, enquanto ela se esforça para não derramar gelato de stracciatella na blusa. O pai de Sofia fuma cigarros compridos e finos e conta a ela sobre suas reuniões. *Trabalhamos no ramo de ajudar pessoas*, ele diz à Sofia. *Por causa disso, eles nos pagam um pouquinho, aqui e ali.* Então Sofia aprende: você pode ajudar as pessoas, mesmo que elas tenham medo de você.

Ela é a garotinha dele e sabe disso. A favorita. Ele vê a si mesmo nela. Sofia consegue farejar o perigo em seu pai como um cachorro fareja uma tempestade que se aproxima: uma energia terrestre por onde ele passa. Um gosto ferruginoso no ar. Sofia sabe que isso significa que ele faria qualquer coisa por ela.

Sofia consegue sentir a energia do universo vibrando em si a todo instante. Ela é tão viva que é incapaz de se desconectar das coisas ao seu redor. Ela é uma bola de fogo e a qualquer momento pode consumir seu apartamento, a rua, o parque onde vai com Antonia, a igreja, as ruas que seu pai percorre ao ir trabalhar e os prédios altos de Manhattan do outro lado do rio. É tudo inflamável.

Em vez de queimar o mundo inteiro, Sofia se limita a perguntar o porquê, *papà, por que, o que é isso?*

ANTONIA RUSSO MORA em um apartamento com dois quartos, um seu e um de seus pais. Sua mãe e seu pai deixam a porta do quarto deles aberta, e Antonia dorme melhor quando consegue ouvir as ondulações do ronco do pai. Não há janela em sua cozinha, mas há uma mesa pequena e redonda de madeira, em vez de uma quadrada como a da família de Sofia. Sua mãe esfrega e esfrega o chão e depois suspira e diz *não há nada que possamos fazer a respeito*. Na sala de estar, há retratos pendurados na parede, daqueles marrons acinzentados à moda antiga em que todos parecem chateados. Os retratos são dos avós de Antonia, antes de deixarem a *antiga terrinha*. Às vezes sua mãe olha para eles, beija o colar em volta do pescoço e aperta os olhos, só por alguns instantes.

Antonia descobre que, embora se espere que ela fique dentro do próprio corpo, com frequência sente como se estivesse no corpo de Sofia, no corpo da mãe ou de uma princesa fictícia. É fácil para ela escapulir, dispersar-se e existir no universo inteiro em vez de dentro dos confins de sua própria pele.

Pela manhã, Antonia enfileira seus bichos de pelúcia e lhes dá nomes. Ela arruma a cama sem que peçam.

COM FREQUÊNCIA, SOFIA aparece na porta da casa de Antonia com cabelo despenteado e sujeira embaixo das unhas. Ela detém a luz espontânea do sol, certa de que se erguerá, convicta de que pode despertar todos. Antonia se sente ao mesmo tempo atraída e repelida: fascinada como uma criança que cerca um pássaro morto, admira uma pena solitária e cria um santuário para ele.

Ela é rigorosa com sua própria aparência. Ela quer absorver Sofia e encher-se da magia viciante de sua amiga.

Sofia e Antonia passam todo o tempo juntas porque são jovens, moram uma ao lado da outra e seus pais incentivam a amizade. É conveniente para os pais quando os filhos sempre podem ser encontrados com outra criança.

A densidade do caminhar de Sofia é tão familiar para Antonia quanto o peso e o ritmo do seu próprio. Seu reflexo nos olhos castanhos de Sofia é uma ancoragem maior do que o reflexo de um espelho. Sofia, por sua vez, reconhece Antonia pelo cheiro de pó e lírios — deixado em seu quarto por bastante tempo após sua amiga voltar para casa para o jantar —, pelas torres de blocos empilhadas com perfeição em sua estante, pelas curvas do penteado impecável do cabelo de sua boneca favorita.

Sofia e Antonia não percebem que sua amizade é imperturbada pelas outras crianças.

Sofia e Antonia fecham os olhos e transformam o mundo. Juntas, fazem um safári e escapam por um triz de uma morte sangrenta nos dentes de um leão. Viajam em aviões para a Sicília, de onde suas famílias são, Japão e Panamá. Elas sobrevivem na natureza selvagem com apenas duas varas e uma lata cheia de biscoitos natalinos. Escapam de areia movediça e gafanhotos. Casam-se com príncipes, que atravessam a cavalo as avenidas sujas de Red Hook. Sofia e Antonia montam seus próprios cavalos. Elas se esticam e sussurram em suas orelhas. Gritam *voe como o vento!*, e suas mães pedem *silêncio*, *vão brincar em outro lugar*, dizem. Sofia e Antonia brincam na Lua.

Antonia se sente livre ao lado de Sofia, que é iluminada por uma chama interna capaz de aquecer as mãos e a face de Antonia.

Às vezes, ela se vê simplesmente observando Sofia. Encarando como seu vestido estica entre os ombros quando ela se inclina sobre a mesa, ou esquecendo de enxaguar as mãos quando as lavam lado a lado no banheiro antes do jantar. *Se eu consigo te ver, eu devo estar aqui.* Antonia sente que sem Sofia pode flutuar para longe, desintegrar-se no ar noturno. E Sofia, confortável sendo o centro das atenções de sua amiga, sente-se brilhar cada vez mais ao resplandecer. *Se você pode me ver, eu devo estar aqui.*

ANTONIA E SOFIA MORAM praticamente com suas mães e uma com a outra. Seus pais estão ausentes na maior parte do tempo, embora o pai de Sofia volte para o jantar vezes o suficiente para que ela sinta sua presença como se fosse o princípio e o fim dos seus dias: enchendo a casa com o cheiro de brilhantina e expresso pela manhã, perambulando pela cozinha antes de ela ir dormir. Às vezes, quando está prestes a adormecer, ela ouve o abrir da porta da frente e seus passos de retirada: indo embora de novo.

Antonia não faz ideia de que a ausência de seu pai por duas ou três noites é incomum em comparação aos outros pais da vizinhança, ou de que sua mãe desatou a chorar no açougue, sobrecarregada pela exaustão profunda e existencial de planejar refeições "para dois *ou* três", ou de que, na calada da noite, quando seu pai volta para casa, ele vai até o quarto de Antonia na ponta dos pés e, com as mãos nas laterais da cabeça dela, fecha os olhos em oração. Ela não sabe o que ele faz, somente que trabalha com Tio Billy e Tio Tommy. *Ele tem reuniões*, Sofia disse uma vez. *Reuniões sobre ajudar pessoas.* Mas algo em relação a isso parece insubstancial e incompleto para Antonia. Eis o que ela sabe: quando ele está longe, sua mãe nunca fica do tamanho e formato corretos — ou fica maior que a vida, deixando um rastro de problemas e caos por onde passa, enquanto limpa, organiza, conserta e inquieta-se obsessivamente; ou fica pequena, esquelética, uma sombra de seu estado normal. E Antonia, com 5 anos, depende de sua mãe da mesma forma que o oceano depende da lua: ela cresce e encolhe em sintonia.

Ela imagina o pai sentado em um cômodo pequeno. Tio Billy fuma charutos, balança para frente e para trás em sua cadeira, gesticula furiosamente e grita ao telefone. Tio Tommy está de pé em um canto e os observa. Ele é o chefe. Seu pai fica em silêncio, com caneta e papel. Antonia o coloca em uma mesa e dá a ele uma expressão de profunda concentração. Ele olha pela janela e de vez em quando abaixa a vista, para rabiscar algo no papel. Ele fica longe de confusão.

Antonia acha que pode fantasiar o mundo se fechar os olhos.

À noite, quando sua mãe a coloca para dormir, Antonia sente o apartamento levantar-se da fundação. Seu próprio peso e o de sua mãe não são o suficiente para mantê-lo preso à terra, então ele dá um salto e flutua, e Antonia fecha os olhos e constrói outra fundação, tijolo por tijolo, até que cai no sono.

No quarto ao lado, sua mãe lê, ou, mais de uma vez, calça seus sapatos e vai para a casa ao lado beber três dedos de vinho com a mãe de Sofia, Rosa. As duas mulheres estão dominadas, sobrecarregadas pela consciência de que seus maridos estão fora de casa fazendo *sabe-se lá o quê, sabe-se lá onde.* Ambas têm 27 anos. De dia, cada uma delas consegue conjurar o brilho ofuscante da juventude, mas, à luz de lâmpadas, mapas de preocupação enrugam seus rostos, olheiras escurecem de exaustão e outras partes do corpo afinam até os ossos. Elas, assim como muitas outras antes, envelhecem por causa da preocupação e enrijecem conforme passa o tempo, o qual elas juram passar mais devagar à noite do que à luz do dia.

A mãe de Antonia, Lina, tem uma compleição nervosa. Quando criança, Lina ficava em casa para ler enquanto as outras crianças brincavam agitadas do lado de fora. Ela olhava de um lado para o outro cinco ou seis vezes antes de atravessar a rua. Ela se assustava com facilidade. A mãe de Lina com frequência a olhava severamente, balançava a cabeça e suspirava. Isso nunca se apagará da memória de Lina. Olhar. Balançar. Suspirar. Casar-se com Carlo Russo não apaziguou seu nervosismo.

Toda vez que o pai de Antonia, Carlo, sai de casa, o medo toma conta de Lina até que ele volte. E, quando Tommy Fianzo decide precisar que Carlo passe as noites recolhendo e transportando caixas de destilados canadenses, o medo sufoca a garganta de Lina e a impede de dormir.

Então Lina desenvolveu um sistema: ela deixa de se preocupar até que o sol nasça. Quando é acordada pela distância entre ela e Carlo, por saber que ele está em outro lugar e que levou consigo a parte mais vulnerável dela, Lina escapole da cama e pousa com leveza no chão, como um pássaro. Ela desce as escadas de seu prédio e sobe as do apartamento dos Colicchio ao lado. Ela usa sua chave reserva e se senta no sofá com Rosa até que consiga suportar o silêncio de seu próprio apartamento.

Pouco antes de amanhecer, Lina sabe que uma chave irá girar na porta da frente. Carlo entrará de mansinho, e o apartamento e ela irão sossegar no solo ao qual pertencem.

A MÃE DE SOFIA, ROSA, recorda que seu próprio pai trabalhava à noite. Rosa ficava em casa com a mãe, que passava os dias costurando botões de camisas de homens, dando pequenos reparos e preocupando-se com o pai de Rosa, tecendo para seus filhos a história de sua infância antes da viagem até os Estados Unidos, mandando-os terminar as lições de casa aos gritos, pelo amor de Deus, estudarem, sentarem direito, serem cuidadosos, serem alguém, seus bebês. A mãe de Rosa, com as pontas calosas dos dedos de costurar, fatiava cebolas para o jantar sem pestanejar, calada, finalmente calma, o que fazia com que Rosa e seus irmãos soubessem que estava sofrendo. Tudo isso fazia sentido para Rosa: a construção da comunidade e do lar não importa como, não importa onde, custe o que custar.

Então, quando ela conheceu o alto e impressionante Joey Colicchio — que aceitara um trabalho do associado de seu pai, o patriarca Tommy Fianzo —, Rosa sabia o que seria necessário para construir seu próprio lar.

ANTONIA E SOFIA nem sempre dormem quando suas mães mandam. Elas passam várias horas trocando mensagens pela parede entre seus quartos. Mal cochilam direito. O sono não é tão finito para elas como é para os adultos: não há motivos para não continuarem a conversa em um sonho. Elas compartilham *sua mãe está aqui hoje à noite*, porque é claro que sabem. E suas mães sentam juntas em uma das cozinhas, bebendo vinho, rindo às vezes e chorando em outras, e, é claro, sabem quando suas filhas adormecem, porque ainda conseguem sentir o movimento delas dentro de suas barrigas.

Elas recordam de quando estavam grávidas ao mesmo tempo: sensíveis ao toque, vibrando com o potencial. Isso, mais do que os maridos terem o trabalho em comum, é o que as une.

Quando estavam grávidas, Rosa e Lina começaram a ter conversas sussurradas de madrugada em seus apartamentos. Lá, à luz baixa, elas se expunham. Falavam sobre o futuro, o que sempre significava falar sobre o passado: sobre o pai e a mãe de Rosa, sua casa agitada e movimentada, e sobre como Rosa queria sua própria casa movimentada. *Mas nada de agulhas*, Rosa sempre disse, *nada de linha*. Nada de dedos calosos espetados. Não faltaria nada a seus filhos. Lina, cujo futuro sempre a deixou com os nervos à flor da pele, ficou simplesmente aliviada de amar o bebê que crescia em seu interior mais do que temia. Ela pensou em sua própria infância, onde não havia margem para sentir falta de nada diante da luta pela sobrevivência. *Nada de obrigações*, ela disse à Rosa. *Nada de deveres*. Seus filhos teriam um mundo cheio de escolhas. Ela os ensinaria a ler.

Deve ser um menino, as outras mulheres da Família diziam à Rosa no açougue, no parque. *Devem ser gêmeos*, diziam à Lina, que estava enorme, não conseguia mais caber nos sapatos habituais e já não conseguia ver os pés, e que pensava, *é claro que não vou me sair bem nisso também*. As mulheres estendiam as mãos para apertar os rostos de Rosa e Lina e afagar suas barrigas. Rosa e Lina davam os braços e se arrastavam pela rua. Elas perceberam que seus bebês não seriam folhas em branco: nasceriam em um mundo que espera que sejam do tamanho e do formato corretos. *Se for um menino*, elas oraram, *que ele seja hábil com as mãos. Se for uma menina, que ela seja cuidadosa com o coração.*

Lina, com suas mãos suadas e dores na lombar, acrescentou: *que esta criança nada tema*.

NO OUTONO DE 1928, Sofia e Antonia começam a frequentar a escola juntas, e o mundo fica exponencialmente maior com o passar dos dias. Elas correm para lá todas as manhãs, tropeçando nos pés e nas pernas uma da outra. Elas são ferozes e pequenas e chegam sem fôlego e cedo. Aprendem números, letras e geografia.

Descobrem no primeiro dia que metade das crianças da turma é italiana e metade é irlandesa. Elas aprendem que a Irlanda é uma pequena ilha bem distante da Itália, mas não tão distante quanto os Estados Unidos, *onde todos nós estamos*, diz o Sr. Monaghan. Sofia e Antonia fazem amizade com Maria Panzini e Clara O'Malley. Todas estão usando fitas azuis no cabelo. Elas decidem que farão o mesmo amanhã. Almoçam juntas e dão as mãos a caminho de suas mães, que as aguardam. *Mamãe, mamãe*, as quatro estão prestes a chamar, mas as mães têm expressões sombrias. No dia seguinte, Maria Panzini almoça com outras meninas, e Clara, do outro lado do pátio. *As crianças irlandesas comem lá*, Antonia percebe. *Fique só com Antonia*, a mãe de Sofia diz mais tarde. *Nossas famílias são um pouco diferentes*, Rosa e Lina dizem às filhas, e Sofia e Antonia não sabem se isso significa que são melhores ou piores, mas logo almoçam sozinhas.

Elas ainda amam a escola por causa do Sr. Monaghan, que lutou na Primeira Guerra Mundial, manca e mora sozinho em um apartamento no porão de uma casa degradada, a poucos passos do estaleiro. O Sr. Monaghan tem um brilho nos olhos. Ele é comprido, magricelo e animado. Ele lhes dá atenção quando falam.

Todas as manhãs, eles giram um globo e escolhem uma parte do mundo para aprender. Foi dessa forma que aprenderam sobre as pirâmides, o Taj Mahal e a Antártida. Não importa onde pouse o dedo do Sr. Monaghan, ele sabe informações sobre o lugar, tem retratos e conta histórias maravilhosas, animadas e quase difíceis de acreditar, que deixam vinte crianças absortas, congeladas em seus assentos. E hoje, Marco DeLuca roubou a vez de Sofia girar o globo.

Ele fez sem saber, o que significa que, quando Sofia o encara com as sobrancelhas franzidas e uma raiva fervente no peito, ele responde com um olhar brando e impassível, sem saber por que ela o encarava, o que piora as coisas. Cresce um calor dentro do corpo de Sofia, enrubescendo-a, agitando as pontas de seus dedos e transformando seu fôlego em bile. No futuro, amigos e familiares reconhecerão o apertar dos lábios e o estreitar dos olhos, denunciadores de quando Sofia se afunda em raiva. Ela também passará a apreciar a chama quente, inflamada e devoradora de uma briga iminente.

Hoje Sofia não se junta aos colegas para olhar as figuras de criaturas marinhas em velhas edições da *National Geographic* e da *Encyclopædia Britannica* especial do Sr. Monaghan. Ela não os acompanha nos *ohs* e *uaus* enquanto o Sr. Monaghan desenha no quadro-negro figuras em escala de um ser humano ao lado de uma lula gigante e de uma baleia azul. Ela olha para Marco e espera em vão que o Sr. Monaghan se lembre de que deveria ter sido sua vez. Ela sente a grande injustiça da vida percorrer cada fibra de seu ser.

Com o sexto sentido de alguém que não entende, ainda, que o ser humano se considera um indivíduo, Antonia sabe que algo está errado com Sofia. Ela participa da aula de criaturas marinhas, embora ficar no meio da multidão de crianças sem Sofia a deixe nervosa. Ela estica o pescoço como os outros, para ver a imagem de tubarões alinhados por tamanho, e exclama seu espanto ao ver o diagrama das muitas fileiras de dentes sinistros e avermelhados que possuem, mas fica sentada em silêncio enquanto o Sr. Monaghan chama seus colegas para citarem os oceanos e não levanta a mão, mesmo quando o restante da turma empaca no "Índico". Ela olha para os sapatos, que são bem pretos em contraste com a palidez de suas pernas com meias. Por um momento, ela imagina ter entre 2 e 3 centímetros de altura. Ela poderia viver dentro de sua mesa, tecer cobertores com papel rasgado como os ratos que ela encontrou em seu armário tinham feito com lenços de papel, comer migalhas e pedaços de arroz das sobras de arancini e raspas ocasionais de chocolate ao leite. Ela não percebe que Sofia estreita os olhos enquanto Marco volta pela fileira de mesas.

É neste momento que a raiva de Sofia ferve e não pode mais ser contida dentro de seu corpo. Quando Marco DeLuca se aproxima de seu assento, Sofia aperta as mãos pequenas e estende a perna para pegá-lo pelas canelas.

Antonia olha para cima e vê Marco DeLuca soluçando enquanto se levanta do chão. Na algazarra que se segue, Antonia capta imagens que vai decifrar mais tarde. Sofia, a perna ainda estendida no corredor, a boca aberta em choque. Maria Panzini, aos prantos e agarrada ao lado de sua mesa em uma ótima imitação de uma velhota. Sr. Monaghan, cujo rosto não consegue disfarçar o choque e o horror. E um único dente avermelhado brilhando, caído de lado no chão de linóleo.

E, enquanto Antonia observa, ela vê uma expressão estranha no rosto de Sofia — uma versão da que o pai de Sofia usa quando esmaga um inseto com o sapato ou corta a barriga reluzente de um peixe.

Essa expressão vai assombrar Antonia por muitos anos. Voltará para ela nos momentos em que estiver incerta sobre confiar em Sofia, durante as partes obscuras e tênues de sua amizade. Há uma semente de algo volátil em Sofia. Antonia revista dentro de si mesma e não consegue encontrar um lugar semelhante. Ela não sabe se está aliviada ou não.

Mais tarde naquela noite, Sofia está sentada na cadeira da cozinha, cortando as pontas das vagens de feijão-verde. Ela entende, pela rigidez dos ombros da mãe e pelo silêncio denso na cozinha, que está encrencada. Fazer Marco tropeçar a deixou tonta e um pouco surpresa. Ela não pretendia machucá-lo. Mas Sofia não se arrepende.

TODO DOMINGO, depois da missa, os Russo e os Colicchio se amontoam em um carro e atravessam a ponte do Brooklyn, para jantar na casa de Tommy Fianzo.

Tommy Fianzo vive em uma ampla cobertura de quatro quartos, tão perto de Gramercy Park que todos que passam do lado de fora da casa estão vestidos da cabeça aos pés com seda e couro, peles e pérolas. Ele não tem a chave do parque, mas muitas vezes pode ser ouvido dizendo a quem quiser ouvir que ele não quer uma, não está nem aí para as coisas que os norte-americanos fazem, *aqui, seu copo está vazio, venha, tome uma bebida, um pouco de vinho*. Os Colicchio e os Russo chegam como uma unidade, em um desfile lento de funcionários do Tommy.

Às 3 horas, o apartamento dos Fianzo, geralmente espaçoso, está lotado com barulho e cuspe de adultos, cheiro de vinho e alho. No inverno, as janelas embaçam, e a casa se enche do cheiro chamuscado de neve de luvas e cachecóis secando sobre os aquecedores. No verão, há o cheiro forte de suor e baldes de gelo para limonada e vinho branco derretendo em todas as superfícies. Antonia e Sofia são rapidamente esquecidas no turbilhão e se viram com as outras crianças da Família que veem uma vez por semana, mas que não conhecem muito, porque suas famílias são as únicas que moram em Red Hook.

Tommy Fianzo tem um filho, Tommy Jr., que é maior que Sofia e Antonia, malvado, dado a beliscões cruéis e gestos obscenos quando nenhum adulto está olhando. Chega o irmão de Tommy, Billy, de quem Sofia e Antonia gostam ainda menos do que o filho de Tommy. Ele não tem esposa nem filhos e parece se esgueirar pelos cantos dos cômodos como uma craca em uma rocha. Seus olhos são estreitos e negros, e seus dentes se amontoam na boca como passageiros em uma plataforma de trem. Ele raramente fala com elas, mas as observa com seus olhos redondos, e Sofia e Antonia o evitam.

Às 6 horas, Tommy Fianzo e sua esposa trazem as travessas de comida para a sala. *Bellissima*, os convidados aplaudem. Eles dão as boas-vindas à tigela de macarrão, ao cordeiro se desmanchando, aos pratos frios de feijão e lulas fatiadas embebidas em azeite, aos pimentões vermelhos assados e escorregadios. Os convidados beijam os dedos. Eles irradiam felicidade. *Moltissime grazie*, gemem. *Nunca estive tão cheio. Nunca vi comida tão bonita.*

Na maioria das vezes, Sofia e Antonia são ignoradas: deixadas à própria sorte, fazem precárias brincadeiras de pega-pega, correndo em volta da mesa e por entre as pernas e cutucando cotovelos de adultos. A casa se enche de fumo de cachimbo e perfume de mulher. O caos é amigável, familiar, o ponto alto borbulhante de uma onda. Em algum momento, seus pais enchem seus pratos.

A caminho de casa, Sofia e Antonia estão meio adormecidas, olhos baixos e membros pesados. Manhattan brilha através das janelas do carro enquanto passam pela ponte do Brooklyn. E, se tiverem sorte, o pai de Antonia vai colocar a mão nas costas de cada uma e cantar-lhes canções baixas e suaves que o lembram de sua própria mãe, da ilha onde cresceu. Ele conta sobre a sujeira incandescente, a antiga igreja caiada de branco, a sombra perfumada dos limoeiros retorcidos, a velhinha com cabelos longos e emaranhados que morava em uma cabana com vista para o mar.

Ao chegarem em casa, os Colicchio e os Russo saem do carro, e os adultos se beijam antes de entrarem em seus respectivos apartamentos. Carlo carrega Antonia para o andar de cima, Joey pega Sofia pela mão, e Rosa e Lina olham demoradamente uma para a outra, para os maridos e para as filhas.

Papà, diz Antonia antes de cair no sono profundo, *você prefere ficar aqui o tempo todo em vez de ir trabalhar, não é.* Não é uma pergunta. *Cara mia*, sussurra Carlo, *é claro.*

No outro cômodo, Lina Russo sempre sabe quando Carlo dá essa resposta. Ela sabe quando Carlo ajuda a filha a dormir. *Cara mia*, e Lina finalmente fica pesada, equilibrada e calma. *É claro.*

Aos domingos, depois que Sofia dorme, Rosa fica parada na sala e examina seu território. *Cara mia*, ela pensa. Sua filha adormecida, e nada lhe falta. Seu marido com as sobrancelhas erguidas, esperando que ela decida que o cômodo pode ser abandonado até de manhã. *É claro.*

NA MANHÃ SEGUINTE, Sofia acordará em sua cama, e Antonia acordará na dela. O caminhão de lixo passa na segunda-feira de manhã, e, quando os lixeiros olham para cima, para os prédios adjacentes em uma pequena rua lateral em Red Hook, às vezes veem duas menininhas de camisola olhando pela janela, enquanto uma nova semana inicia.

NO VERÃO EM QUE Sofia e Antonia têm 7 anos, seus pais decidem que já se cansaram do calor desgastante e planejam uma viagem à praia.

Eles partem no início de agosto: a mãe de Antonia espremida no minúsculo banco de trás com Sofia, Antonia e a bagagem, e os demais adultos na frente. Eles se juntam à multidão de nova-iorquinos que lotam a Long Island Motor Parkway e avançam lentamente, alguns quilômetros por hora, durante toda a tarde.

O sol bate em cima do carro, e eles suam em suas roupas e assentos, e fazem o possível para não se tocarem. O tráfego se move como uma cobra inchada e lânguida por Long Island.

Sofia logo se cansa de observar os passageiros de outros carros e começa a contar as manchas em sua saia nova. Mas Antonia se inclina, contornando Sofia, e observa um homem de terno cutucar o nariz, uma mulher de blusa branca bater preguiçosamente a unha bem cuidada no parapeito da janela e duas crianças se empurrarem em um banco traseiro, que parece espaçoso e limpo em comparação ao que Antonia está, espremida como uma sardinha.

Lá fora o cenário é cada vez mais pantanoso. As árvores se encolhem e se curvam, torcidas graças a uma vida inteira de vento do Atlântico. É desolado e calmo.

O pai de Antonia, Carlo, olha para a grama escurecida e soprada pelo vento. Ele sabe o momento exato em que sua vida virou nesta direção em vez de outra.

Era o verão de 1908, dez dias antes de seu transatlântico atracar em Ellis Island. Ele tinha 16 anos e estava faminto. Sua mãe enchera seu baú com salsichas, queijo, pão de forma preto e laranjas do pomar. Ela também havia entrelaçado o rosário de sua avó em seu punho, abraçando-o com força e soluçando.

Carlo comeu como um rei nos dois primeiros dias de sua viagem. E passou a semana seguinte enrolado em posição fetal em volta de um balde pútrido.

Foi nesse navio que conheceu Tommy Fianzo, que cruzara o oceano cinco vezes. Tommy tirou Carlo de seu estupor mareado e lhe deu água morna, migalhas de biscoito e caldo ralo. Tommy disse a Carlo para evitar tossir na fila da imigração de Ellis Island. Tommy ofereceu um emprego a Carlo.

Começou com tarefas inexplicáveis. *Fique aqui nesta esquina*, Tommy dizia, *e observe aquele homem… aquele de camisa vermelha, sentado naquela cafeteria. Siga-o se ele sair. Falo com você mais tarde.* Ou *quando um homem alto sair por esta porta, diga a ele que o Sr. Fianzo mandou lembranças*. Ele chegava quando diziam para chegar e ficava até que dissessem para sair. Ele retirava e entregava pacotes. Em algum momento, começou a acompanhar o irmão de Tommy, Billy, em expedições noturnas para pegar carregamentos de bebidas finas, contrabandeadas do interior do estado. Por sua submissão e por todas as perguntas que não fez, o pagamento de Carlo fora generoso. Ele enviou pacotes cheios de dinheiro para sua mãe.

Carlo acordava todas as manhãs com a cidade de Nova York percutindo nele como batidas do coração. Ele aprendeu a andar rápido pelas avenidas lotadas de Manhattan, a ver as pessoas ao seu redor sem realmente olhá-las, a deixar-se levar pela pulsação acelerada da humanidade. O cheiro de frutas podres, carne carbonizada e paralelepípedos quentes do verão era substituído pelo de folhas úmidas e nozes torradas do outono e, então, abafado no inverno. Carlo se sentia crescer a cada estação que passava.

E Tommy Fianzo era um guia turístico gentil e experiente. Tommy o apresentou a homens de sua idade. Um deles, Joey Colicchio, tornou-se seu melhor amigo. Juntos, beberam até o amanhecer, comeram dúzias de ostras em pequenos bares locais e sentiram-se começando a espalhar as raízes que os ligariam à cidade de Nova York. E Tommy estava lá quando eles choraram por suas mães enquanto o vento do inverno sugava a pele, ou quando precisaram de uma mulher, ou quando precisaram de um correio ou de uma instalação telefônica.

Aliás, Carlo não sabia como teria se saído sem Tommy nos primeiros meses. Ele lhe disse onde poderia encontrar roupas, móveis, fumo e comida. Também dizia qual porão de igreja se tornaria um salão de dança cheio de garotas italianas, em uma noite de sexta-feira.

Alguns anos depois que chegou aos Estados Unidos, em algum lugar nas entranhas agitadas de um desses bailes — com o movimento de homens e mulheres jovens de um lado para o outro, a exibição pomposa de suas melhores roupas e o ar turbulento enervando todos —, Carlo conheceu Lina, que depois se tornou sua esposa em uma tarde tempestuosa de outono. Carlo se desesperara com a chuva, que cuspia estiletes de gelo a cada rajada de vento, mas Tommy dissera: *sposa bagnata, sposa fortunata.* Ajeitara a gravata de Carlo antes da cerimônia e olhara para ele como a um irmão.

Tommy encorajou Carlo a fazer amizade com *um certo tipo* de imigrante — aqueles de cabelo penteado para trás e rosto bem barbeado. Carlo aprendeu a perguntar se as pessoas faziam parte da Família e a manter distância se a resposta fosse não.

Muitos anos trabalhando para Tommy se passaram antes que Carlo começasse a notar que respondia certas perguntas com "*Bem, Tommy pode não gostar se...*" ou "*Tommy costuma dizer...*". Muitos anos se passaram antes que começasse a catalogar as peças da vida que havia construído para si mesmo — apartamento, guarda-roupa, lugares — e traçar cada fio dela até Tommy. Na altura em que Carlo estava — vigiando cômodos com as mãos trêmulas e a respiração ofegante, onde atos de violência indescritíveis eram praticados por pequenas infrações contra a Família Fianzo —, era tarde demais para se retirar.

Na semana em que soube que seria pai, Carlo andou pelas avenidas de Nova York pedindo emprego — no Brooklyn, em Manhattan, em restaurantes, fábricas, gráficas, e como porteiro, jardineiro e ajudante de encanador. Ele tentou ser aprendiz de pedreiro. Também entrou em uma boutique com uma placa *Procura-se vendedora.* Em todos os lugares, fora saudado por olhos que não encontravam os seus. Mais tarde descobriu que o único maître que aceitara seu aperto de mão aparecera com o braço quebrado e olhos arregalados três dias depois. Tommy levou Carlo para jantar e, enquanto comiam filés de vitela — tão macios que se desmanchavam sem precisar mastigar —, disse-lhe que eles eram uma família, eram irmãos. Se havia algo que incomodava Carlo, ele poderia falar sobre isso.

— Nós sempre vamos te proteger — disse Tommy, o rosto sério e tenebroso à luz baixa das velas do restaurante.

Depois do jantar, os dois homens se abraçaram na penumbra da meia-noite, e Tommy segurou o pescoço de Carlo com a palma da mão e o chamou de irmão mais uma vez.

— Os negócios estão crescendo — disse Tommy enquanto se afastava.

Naquela noite, Carlo não conseguiu dormir. *Nós sempre vamos te proteger*, repetia Tommy em sua cabeça.

Enquanto olha para a grama escurecida e soprada pelo vento, apenas um borrão conforme o carro acelera para longe do trânsito lamacento de Nova York, Carlo Russo sente algo abrandar dentro de si. De repente, ele poderia ser qualquer coisa: um professor, um dentista, um ferreiro. Um homem normal, de férias com a família. Carlo se debruça na janela, sente o ar quente no rosto e fica mais leve.

Embora não tenha contado a ninguém, nem mesmo a Joey, Carlo tem um plano. Este é o último ano em que trabalhará para os Fianzo. Carlo tem guardadas pequenas notas em um rolo embaixo do piso. Apenas centavos, descontados aqui e ali do dinheiro que coleta para Tommy Fianzo. Ele vem perguntando — sutilmente desta vez — sobre outros empregos, em outros estados. Há fazendas em Iowa e pescadores no Maine, e, na Califórnia, ele ouviu sobre laranjas e uvas amadurecendo sob um sol familiar. Carlo está construindo algo próprio. Ele se imagina dentro de um carro daqui a alguns meses, com Lina ao seu lado e Antonia dormindo no banco de trás, conduzindo sua família para o oeste, na velocidade da luz.

Joey Colicchio tamborila no volante no ritmo de uma batida qualquer e também não pensa em trabalho. Sobretudo, ele evita pensar no fato de que Carlo — o querido Carlo, o Carlo pai de família, o Carlo de bom coração — trouxe menos dinheiro do que lhe foi atribuído por vários meses. Pouco, mas o suficiente para que Tommy Fianzo notasse, perguntasse a Joey sobre isso e dissesse *hum*, em um tom que Joey sabe que esconde profunda suspeita e perigo. Ele evita pensar especialmente nisso porque está com sua família, sua esposa está sorrindo pela primeira vez em semanas, e o persistente rastro de suor que escorreu e formou uma poça na parte inferior de suas costas durante todo o verão sentirá uma brisa do mar neste fim de semana. Joey sabe que Carlo está insatisfeito. Volúvel, é como Tommy chama, *nosso amigo volúvel*. Ele franze os lábios. *Não pode continuar. Compromisso é essencial em uma família*. E, nesses momentos, Joey acena com a cabeça e se sente um traidor. Ele é bom no trabalho. Não se sente inquieto ou confuso como Carlo. Não mais. Não desde que decidiu que se sentiria grato, aceito e importante.

Joey Colicchio foi trazido para os Estados Unidos por seus pais quando era pequeno o suficiente para caber nas dobras dos cotovelos da mãe. Ele acha que consegue se lembrar de um beliche de madeira preso ao chão e ao teto; do barco balançando com firmeza a caminho de outro lugar; da canção das esperanças de seus pais para ele, enquanto sussurravam por noites mareadas.

Joey sabe que o pai insistiu no Brooklyn em vez do pequeno bairro italiano no coração de Manhattan, porque ouvira dizer que ainda havia fazendas por lá. *Somos agricultores*, ele consegue se lembrar do pai dizendo. *Como saber qual é o caminho se não se consegue ver o chão?* O pai de Joey queria que seus filhos tivessem, mais do que tudo, uma noção de suas raízes. Causara-lhe dor física pegar a mulher e o filho e arrastá-los num barco para um país novo, onde nunca mais sentiriam a terra cálida da Sicília entre os dedos dos pés. Onde perderiam a capacidade de dizer a época do ano pela qualidade da luz ou pela melodia das cigarras. Onde esqueceriam o velho dialeto em prol de uma sintaxe hibridizada ítalo-americana, que não seria nem norte-americana nem italiana. O pai de Joey queria que ele soubesse como era pertencer a algum lugar.

Infelizmente, os Estados Unidos pareciam não querer que a família de Joey se sentisse em casa. Eles se estabeleceram em Bensonhurst, um assentamento italiano e judeu que crescia rápido, tão ao sul do Brooklyn que Joey brincava que era mais fácil contornar o Polo Sul para chegar ao trabalho em Manhattan do que enfrentar o tráfego na ponte do Brooklyn. A comunidade era isolada, eles mal saíam e não eram bem-vindos em nenhuma área onde a maioria da população não fosse italiana. O pai de Joey conseguira um emprego em uma equipe de construção, que passava mais tempo pendurada precariamente em cordas do que cavando a terra. Quando cavavam era para esculpir a paisagem, para domar e aplainar as colinas de Manhattan e os maiores assentamentos do Brooklyn. O progresso em Nova York seria a construção civil: prédios cobrindo cada centímetro quadrado das ilhas já lotadas.

Embora seus pais enchessem sua cabeça de sonhos — ser médico, ser cientista, ter um negócio, dar netos a eles —, Joey descobriu que, apesar de ter crescido ali, os Estados Unidos o aceitavam apenas sob condições estritas. *Fique com seu próprio povo. Aceite os trabalhos que não queremos.* O sonho americano teria de ser conquistado, comprado ou roubado.

Assim que completou 16 anos, Joey se juntou ao pai e a uma equipe de outros sicilianos de peito largo, boca suja e bom coração, que passavam seus dias construindo a cidade. Joey sempre terminava coberto de pó de tijolo. Ele caminhava para casa com o pai ao longo das fileiras de lares de imigrantes e a cada dia podia sentir a decepção emanando dele como uma febre.

Ao longo dessas caminhadas, Joey cresceu e se tornou adulto. Era alto e largo, com ombros retos e braços entrecortados com músculos do trabalho árduo. O nariz de Joey se alongou, e os olhos se aguçaram. E, à medida que crescia, começou a perder a empatia de um garotinho pelo pai. *Você nos trouxe aqui*, ele se imaginava dizendo. *A culpa é sua!*

Os ouvidos de Joey também começaram a captar mais sons. Passara a ouvir o zumbido dos boatos que entretinham a equipe de construção enquanto levantavam telhados e cavavam fundações. Contava-se que havia *organizações* em Manhattan. Pequenos grupos de homens italianos com poder real, que caminhavam onde queriam. Que comiam em belos restaurantes, não apenas italianos, mas em churrascarias norte-americanas e pequenas cafeterias, onde os proprietários serviam iguarias de suas próprias terras: carnes temperadas embrulhadas em massa, ou peixe cru com molhos de gengibre. Esses homens não moravam em imitações pobres dos vilarejos de sua terra natal. Eles moravam nos Estados Unidos.

Como Joey era jovem e cheio de potencial, não foi difícil cair nas boas graças de Tommy Fianzo, que reconhecia no rapaz uma mistura de determinação e sagacidade que lhe serviria bem nas ruas sinuosas de Nova York.

Ignorando as súplicas da mãe, o silêncio atordoado do pai e os rumores de que, à medida que as *organizações* cresciam, também aumentavam os atos violentos que eles eram obrigados a cometer e as sentenças de prisão que eram obrigados a cumprir, Giuseppe Colicchio deu o primeiro passo para o novo mundo por conta própria, de peito aberto e olhos em chamas.

TALVEZ A DIFERENÇA entre Joey e Carlo possa ser explicada assim: quando Antonia nasceu, Carlo chorou, encostando-se à penugem sedosa em cima da cabeça do bebê, e se desculpou por não ter conseguido escapar de seu trabalho antes que ela chegasse. Quando Sofia nasceu, Joey beijou Rosa, colocou o chapéu, foi de carro até Lower East Side e comprou uma arma.

NO BANCO DA FRENTE, ao lado de Joey, Rosa Colicchio imagina o nome que dará ao seu próximo bebê, embora se preocupe que isso dê azar. Pensa no nome de sua avó, Francesca. Sua avó, que Rosa nunca conheceu, mandou cada um dos filhos para os Estados Unidos com um pote cheio de lágrimas e outro com caroços de azeitona, para dar sorte. Rosa Colicchio precisa de um pouco de sorte. Quando Sofia era bebê, Rosa se imaginava rodeada de crianças. Agora que a filha cresceu — tão rápido! — e se tornou uma menininha, com mãos e pés grandes, olhos ferozes e uma língua afiada, Rosa reduziu seus desejos a apenas uma. Mais uma criança. Ela pensa em Sofia, crescendo sem irmãos. Há Antonia, por quem Rosa é imensamente grata. Mas sua infância fora impregnada de um sentimento inimitável de pertencer, e ela quer dar isso a Sofia. Estar cercada por outras pessoas feitas do mesmo que você. Para juntas serem um rio, em vez de uma poça solitária.

Não há palavras no vocabulário de Rosa que possam descrever a decepção com o funcionamento de seu corpo, ou com a falta dele. Mas algo inominável se sentiria mais pleno, completo, melhor, se houvesse outra criança. Ela se sentiria bem — uma boa mãe, uma boa esposa. Rosa sempre quis ser boa. Ela vira o rosto para longe da janela, pisca para limpar os olhos e respira fundo para acalmar o pânico que a comprimia com rapidez.

— Estou começando a sentir o cheiro do oceano no ar — diz Joey. Eles agora estão dirigindo ao lado da areia e da grama esparsa. Pequenos pássaros voam desenfreados pela estrada.

Todos no carro aspiram o ar e soltam um suspiro de apreciação, depois voltam aos próprios pensamentos. Quando chegam à pousada, estão exaustos e estressados.

O jantar é servido na varanda, e o vento sopra preguiçosamente os guardanapos e mangas de camisas. É a primeira vez que Antonia e Sofia comem lagosta. Elas tentam beliscar uma a outra com as garras, até se dissolverem numa gargalhada histérica e Rosa ter de dizer *basta!*, com um sussurro agudo. Mas Sofia a vê sorrir um pouco, quando ela desvia o olhar.

O oceano se estende à frente deles, infindável e agitado, como se não houvesse nada além de água em todas as direções. O pôr do sol deixa o céu e a água rosados e então laranja, vermelho brilhante e, por fim, turvo, antes de se esvair. Todos observam, até que tudo o que podem ver são flashes da lua refletidos nos picos das ondas.

De manhã, Carlo ensina as meninas a nadar quando a maré ainda está baixa, e as ondas, pequenas. Suas mães descem da varanda coberta e protegem os olhos com as mãos, para observar.

— Tenham cuidado — diz Carlo. — Se vocês virem espuma no topo de uma onda, significa que vai quebrar.

Sofia corre atrás dele e logo fica encharcada. Antonia fica de pé na água até os tornozelos e deixa a maré puxá-la em direção à costa e depois para longe. Sente-se muito pequena e cansada, como se o mundo inteiro estivesse ninando-a para dormir. Seus pés estão enterrados na areia debaixo d'água. Ela não vê Sofia acenando.

— Olha como estou longe, Tonia! Olha! — Sofia encara a amiga, iluminada pelo sol. — Olha como está ficando fundo! — Nem Antonia nem Sofia percebem a onda até ela quebrar: bem nas costas de Sofia, surpreendente e forte o bastante para varrê-la para debaixo d'água.

Antonia grita e arranca os pés da areia, sente o oceano e a terra tentando sugá-la enquanto corre na direção de onde Sofia desapareceu. Mas, de repente, Sofia está de pé outra vez, enxugando os olhos, tossindo e cuspindo salmoura. Carlo tem os dedos grandes em volta do ombro de Sofia, e Antonia fica com o coração acelerado e a adrenalina correndo em suas veias. Ela fica surpresa e confortada ao perceber que teria entrado. Teria ido até o fim se precisasse. Olha para as mães de pé na praia. São sombras distantes, mas Antonia sabe que também teriam entrado.

Carlo puxa Sofia pelos braços, e as pernas dela envolvem sua cintura. Ele segura o rosto da menina entre as mãos e diz algo que Antonia não consegue ouvir.

Quando os três estão de volta em terra firme, ele diz:

— Nunca virem as costas para o oceano, meninas. Ele é traiçoeiro e vai pegá-las de surpresa no momento em que pararem de prestar atenção. — Seu rosto está enrugado de angústia, e Antonia é tomada por uma vontade de dizer *está tudo bem, papà*, mas não diz.

Já Sofia não consegue parar de reviver o instante em que deu uma cambalhota sob as ondas. O oceano fora muito maior e mais poderoso do que ela poderia ter imaginado. A água correra por seu rosto e por seu nariz e olhos como se já a conhecesse. E que estranho ser suspensa e virada daquele jeito. Ser jogada para cima e para baixo como se fosse completamente irrelevante.

O resto do dia passa em uma névoa lenta. As meninas estão absortas em si mesmas, e seus pais, um pouco tontos e bêbados do sol, atribuem isso à preguiça das férias. O jantar é peixe com batatas cozidas, depois o estalajadeiro tira uma garrafa marrom de um armário trancado e dá uma piscadela. Sofia e Antonia são mandadas para a cama, onde podem ouvir a pousada ranger na brisa da noite e a melodia dos pais murmurando na varanda. É assim que elas caem no sono profundo de crianças na praia, ambas sentindo uma impotência e uma liberdade estranhas.

EM ALGUM MOMENTO, no meio da noite, Carlo Russo é acordado por uma leve batida na porta. É o estalajadeiro, que se desculpa várias vezes por incomodá-lo e diz a Carlo que querem falar com ele pelo telefone.

Carlo veste um roupão. Há apenas uma pessoa que ligaria para ele tão tarde da noite. Apenas uma pessoa poderia convocá-lo a qualquer momento e afastá-lo de seu sono e de sua família.

E ele só consegue pensar em um motivo pelo qual Tommy Fianzo ligaria a essa hora.

— Sim, chefe — diz Carlo no telefone do corredor. Ele se endireita como se Tommy pudesse vê-lo. Dentro de seu corpo, o medo aumenta. Enche seus pulmões. Carlo visualiza o mar. Ele está se afogando, mesmo no corredor. *Ele vai pegá-lo de surpresa. No momento em que você parar de prestar atenção.*

— Eu preciso que você venha aqui fora — diz Tommy. — Preciso que você dê uma volta.

E LOGO AMANHECE. Lina Russo acorda mais tarde do que o normal. Estica os braços e as pernas e rola sob as cobertas. Lembra-se que está de férias e, quando levantar, tomará café e verá o sol elevar-se cada vez mais sobre o oceano. Ela pensa em procurar o marido se Antonia ainda estiver dormindo.

Mas então Lina vê o longo retângulo de sol claro brilhando através da janela. E percebe o lado vazio de Carlo na cama. E ela sente, com uma força terrível, como se todos os arranha-céus de Nova York tivessem desabado em uníssono, como se ácido tivesse sido vertido por buracos em seus ossos, como se o próprio Deus tivesse descido para lhe dizer isto, que Carlo se foi.

ANTONIA ESTÁ LÁ EMBAIXO comendo cereal com Sofia quando ouve o grito. É irreconhecível para ser de sua mãe até que ela entra no alpendre onde elas estão comendo, ainda chorando. O grito sacode os pratos nas mesas. Faz os cabelos da nuca de Antonia se arrepiarem.

É assim que Antonia sente a perda do pai: uma luz que a conecta ao resto do mundo de súbito se apaga. O caminho adiante está envolto em escuridão. Antonia deixa cair a colher, e uma longa rachadura como um fio de cabelo surge na tigela de cereal. O medo rasteja como uma lesma grossa em sua garganta.

E, antes que Lina consiga dizer as palavras, Antonia sabe que tanto seu pai quanto sua mãe se foram.

O DIA EM QUE CARLO desaparece é um pesadelo. Está desfocado. A sensação é de estar acontecendo com outra pessoa, exceto pelos poucos momentos isolados que parecem cristalinos, reais como o sol, como concreto. Pelo resto da vida, as meninas saberão que Lina foi convencida a tomar um gole de uísque com um comprimido que o estalajadeiro tira de um armário, dizendo: *minha esposa costumava tomar... Vai ajudar.* Elas se lembrarão de Joey e Rosa com rostos petrificados.

Há um momento em que Sofia e Antonia estão sozinhas no quarto que dividiam. Estão fazendo as malas para partir. Cada uma está absorta no processo de pegar as coisas — uma meia, uma camisola, uma boneca — e colocá-las em suas malas. Quando fazem contato visual do outro lado do cômodo, ambas querem falar. Mas não conseguem se ouvir por cima do rugido do velho mundo que se transforma em um novo.

AO CHEGAR EM CASA, Joey dá um beijo no topo da cabeça de Sofia e diz a Rosa que precisa sair para uma reunião. Antonia solta a mão suada de Sofia, pega a fria de Lina, e, juntas, sobem as escadas para seu próprio apartamento. Rosa faz um minestrone grosso que embaça a cozinha, até que abre a janela, e o vapor escapa com um suspiro, no ar noturno. Enquanto ferve, ela faz almôndegas, incapaz de ficar quieta.

Ela usa uma receita guardada a sete chaves com carne bovina, vitela, porco e, Rosa jura — e sua mãe jurou antes dela —, uma lágrima do pote que sua avó encheu quando enviou os filhos para os Estados Unidos. As almôndegas são uma panaceia, a peça central de batizados e aniversários, mas também são utilizadas como bálsamo para provas fracassadas, corações partidos e a inexplicável melancolia de novembro.

Rosa conhece os riscos da vida em que nasceu e, enquanto amassa a mistura de almôndegas, lembra-se da própria mãe preparando o jantar, esperando seu pai. Joey se coloca em perigo, e Rosa teme que algo aconteça com ele. Teme por Joey, que não pode perder tempo com o medo, e por Sofia, que um dia pode precisar temer por sua própria família, mas que por enquanto é poupada. Seu coração dói por Lina, que sempre sentiu medo, mas nunca soube como contê-lo dentro de si e usá-lo como combustível. Rosa não se sente paralisada diante da catástrofe de Lina. Ao invés disso, sente-se expandir para sustentar cada nota e tremor de preocupação. Ela protegerá sua família. Lutará por eles. Fará isso ainda que custe todo o resto.

Rosa observa as cenouras, os tomates e os feijões girarem no caldo fervendo e se sente mais calma. Ela se lembra da mãe na cozinha, com os punhos mergulhados em carne moída, cantarolando. Seu pai mais uma vez está trabalhando. Deus sabe onde. Deus sabe com quem. Deus sabe por quanto tempo.

MESMO SEM PERGUNTAR, Joey sabe que precisa se encontrar com Tommy Fianzo. Há um redemoinho nauseante no lugar de seu estômago e de seu coração.

Ele sabe que Carlo nunca teria deixado a família. Também sabe que Tommy Fianzo faria qualquer coisa para proteger sua posição como um dos homens mais poderosos do Brooklyn. A ambivalência de Carlo fora uma fraqueza.

Na foz da orla de Red Hook, há um prédio de concreto sujo, onde os Fianzo fazem suas reuniões. Quando Joey chega e sente o cheiro do mar, para e leva a mão ao peito, tentando se conter. Ele viu Carlo ontem à noite. Joey sabia que isso ia acontecer, certo? De alguma forma, sabia que seria em breve. *Você deveria tê-lo avisado*, diz a si mesmo. E, no mesmo instante, *eu nunca poderia tê-lo avisado. Teria acabado como ele.* O rosto de Sofia paira em sua mente. *Carlo tomou suas próprias decisões.*

E, por fim, *a culpa é sua.*

Tommy está parado na janela de seu escritório. Quando vê Joey, envolve-o em um abraço. Ele bate nas suas costas, uma palmada que reverbera no coração e nos pulmões de Joey.

— Sinto muito por tudo isso — diz ele. Joey consegue ouvir a voz de Tommy se movendo em ondas em volta deles. Ela é engolida pelas paredes de concreto. Joey luta contra o desejo de afundar-se nos braços reconfortantes do homem que o guiou desde a adolescência.

Tommy serve duas taças de vinho. Gesticula para a cadeira de um lado de sua mesa e senta-se na outra.

— Tensão não cai bem em uma família. Conflito não cai bem. — Ele toma um gole do vinho. — Isso nos expõe. Nos torna vulneráveis. Você conhece Eli Leibovich?

Joey balança a cabeça. Não.

— Conhecerá em breve. Ele está ficando famoso no Lower East Side. Judeu. Inteligente *pra* caramba.

Joey está acostumado com a natureza de uma reunião com Tommy Fianzo. Ele chegará ao ponto em algum momento. Seu poder lhe dá o direito de se expressar da maneira que quiser. *Mesmo que ele tenha acabado de fazer seu melhor amigo desaparecer.*

— Sou responsável por muita gente, Colicchio. Não apenas você ou nosso amigo volúvel. Muitos homens, e cada um deles com uma família para cuidar. Aí eu olho para alguém como Carlo e, onde você vê um homem que se arrepende de suas escolhas, que quer algo diferente para si e para a família, vejo um homem que está colocando em perigo não apenas a si mesmo, mas a mim, a você e a todos os outros nesta Família. Ele estava desviando dinheiro, sabia?

Joey não sabia. Sabia que Carlo estava inquieto, confuso. *Volúvel.* Mas não sabia que era imprudente. *Estúpido.* Ele imagina Carlo tirando um dólar da carteira. Uma mariposa sobrevoando a chama da liberdade. Um corpo arrastando uma espiral de sangue na correnteza do East River. Sua respiração fica presa no fundo da garganta. Traição de confiança: o pior crime possível. Imperdoável.

— Eu não sabia, chefe.

Tommy continua:

— Pois estava. — Ele faz uma pausa. Um músculo se contrai na lateral de seu pescoço. Tommy Fianzo é um bom cozinheiro. É um pai gentil quando quer. É o homem mais violento que Joey já conheceu. Controlar-se neste momento deve estar custando muito a Tommy. — Ele estava roubando de mim. De nós. E estou de olho no outro lado do rio, em alguém como Eli Leibovich, e pensando em como nos proteger, porque é meu trabalho. Estou pensando em como podemos oferecer uma frente unida.

Incapaz de evitar, Joey é pego no turbilhão dessas palavras. Tommy Fianzo, com o queixo esculpido e o ribombar alto de sua voz, exala confiança. Justiça. Poder. Joey sabe de tudo isso. Sabe como funciona. Mas a transição de saber como funciona para vivenciá-lo de fato o deixa tonto.

— Sempre esperei que você fosse meu braço direito, Colicchio. Você é como um irmão *pra* mim. É bom nisso. Por isso entende que é uma coisa boa que pareça que Carlo Russo foi embora. Entende como isso soluciona um problema.

Joey entende e não entende. A perda é assim. O mundo foca e desfoca: num momento é o seu lar e no outro é um lugar totalmente estranho, e você não consegue nem respirar.

— Mas acho que essa perda afetará você — continua Tommy. — Eu me preocupo que você não seja capaz de pensar em mim da mesma maneira. Para ser honesto, acho que o desaparecimento de Carlo tornará impossível confiarmos um no outro. Você concorda?

Joey se ouve assentindo, o assobio do ar passando por seus tímpanos. Ele sente que está flutuando acima de seu corpo, mas sabe que seus punhos estão cerrados, que a respiração está irregular, que algo perverso ferve dentro dele, como ódio ou medo, e que é dirigido a Tommy Fianzo.

— Então eis o que eu gostaria de fazer — diz Tommy. — Gostaria de lhe dar a promoção que sempre cogitei, mas um pouco antes do planejado. E com algumas condições.

Então Tommy tira um mapa do Brooklyn da gaveta da escrivaninha e começa a delinear uma seção, que inclui Red Hook, Gowanus e um longo retângulo até Brooklyn Heights.

— Esta será sua área. Menos este escritório, é claro.

Ele explica que os Fianzo permitirão que Joey opere de forma quase independente. Ele não terá que se reunir com eles, não comerão juntos toda semana, e Joey pode contratar quem quiser, desde que Tommy Fianzo receba uma boa porcentagem dos ganhos todos os meses. De acordo com Tommy, isso é para manter a paz.

— Guerra não cai bem em uma família — repete ele. — Perder dois jovens fortes, quando é possível perder apenas um, não cai bem.

Manter as aparências é algo que a Família precisa fazer na frente de seus inimigos e — ainda que Tommy não admita — dos norte-americanos, que pensam que a Família nada mais é do que um bando de gângsteres mesquinhos e chorões e que adorariam assistir a Família de Tommy se destruir de dentro para fora. A viúva Russo ficará a cargo de Joey. *É tradição cuidar dela*, diz Tommy. *Facilita as coisas.* Tommy Fianzo não é desonrado. Ele mata um pai de família, mas não é desonrado. Essas coisas coexistem.

— Depende de você — diz Tommy, enquanto se levanta e conduz Joey para o corredor. — Se preferir se mudar, começar de novo, pode tentar o Bronx. Pode tentar Chicago. Mas é melhor quando a Família fica unida. E é difícil começar tudo por conta própria. Seria difícil.

A interpretação de Joey é que Tommy dificultaria as coisas. Ele coloca o chapéu. Vira-se para sair.

— Ei, Colicchio — chama Tommy atrás dele. Joey se vira. — Esta é uma chance única na vida.

SOFIA OBSERVA JOEY chegar em casa de seu lugar na mesa da cozinha, onde deveria estar dobrando guardanapos. Ele é tão grande que a cozinha atrofia em comparação. Joey pendura o chapéu no gancho e passa os dedos pelos cabelos com pequenas mechas cinzentas e brancas que revestem suas têmporas. Ele se esgueira atrás de Rosa, apoia as mãos grandes nas cúpulas gêmeas dos ombros dela e enterra o rosto em seu cabelo. Ela apoia o peso nas mãos dele e dobra o cotovelo para segurar os dedos de Joey. Ele diz:

— Resolvi o problema.

E Sofia pergunta da mesa:

— Que problema?

— Nada, cara mia.

Então Joey Colicchio permanece na cozinha. Observa sua esposa mexer a sopa e sua filha olhar, de testa e lábios franzidos, para uma pilha de jogos americanos amarrotados. Ele está preso ao lugar.

E se sente totalmente sozinho.

No apartamento ao lado, Antonia e Lina Russo estão no olho silencioso de um furacão.

Antonia está no seu quarto, sentada na beirada da cama bem arrumada. Está com medo.

Tudo virou de cabeça para baixo, do avesso. A sensação de mal-estar e o batimento cardíaco acelerado de estar em apuros parece consumir tudo.

Cara mia, Antonia imagina o pai dizendo. Ela anseia pelo cheiro dele, pelo calor amplo e reconfortante de suas mãos, pela atração gravitacional de seu corpo em direção ao local onde se encaixa: emaranhada no peito dele.

É claro.

Enquanto a mesa é posta ao seu redor, Sofia mastiga uma borracha de lápis. A escola começa em uma semana. Sua mãe coloca tigelas na mesa sem toalha. Seu pai serve taças de vinho de uma garrafa no fundo da despensa. Antonia e a mãe vêm do apartamento ao lado, e os cinco se aglomeram em volta da mesa. Lina Russo é sempre pequena, mas esta noite está quase translúcida na cadeira. Ela imersa na vigília quieta e calma de alguém cuja pior coisa aconteceu. Sua sopa fumega, intocada à sua frente.

No canto da mesa, Sofia e Antonia comem rápido e de qualquer jeito. Sofia está inundada de um desconforto inquieto e, ao mesmo tempo em que quer quebrar a tensão à mesa, também quer afundar e achatar sob seu peso. Antonia observa a mãe pelo canto do olho. Lina não está comendo. Antonia sente que acordou num planeta diferente. Ela quer estar em outro lugar. Então, quando Sofia fala, ela sente o alívio escorrer pelo corpo e treme de adrenalina, de pavor, do choque de ter seu velho corpo tão brutalmente empurrado de volta ao presente.

— Tenho roupas novas — diz Sofia.

Antonia ergue os olhos da sopa. *Obrigada.*

— O que são?

— Tonia — diz Sofia, que quer preencher a sala com qualquer coisa, nem que seja o som da própria voz —, VOCÊ TEM QUE VER! — Isso sai muito alto. Ela percebe na mesma hora.

Os três adultos erguem os olhos de suas tigelas fumegantes e silenciosas. Sua mãe a encara e diz:

— Você falou *muito alto.*

E seu pai:

— Meninas, por que vocês não vão brincar no quarto?

Então Sofia e Antonia se levantam com delicadeza, cerrando os dentes ao rasparem a cadeira de madeira no piso, e correm juntas pelo corredor. O ar fica mais leve à medida que avançam, como se o humor de seus pais só pudesse abafar certo raio de distância. A fuga deixou as duas sem fôlego. Fizeram isso tantas vezes, correndo como o fogo por um prado, tão ansiosas para fazer algo novo juntas.

— Podemos brincar de aventura — diz Sofia, vasculhando seu baú de brinquedos em busca de um par de óculos de proteção com aro de couro.

Antonia amarra um lenço no pescoço. Ela está livre. Está livre. E vai para outro lugar.

— Somos exploradoras do Ártico!

Sofia olha para ela com desdém.

— Você está usando um vestido da realeza, *não* um uniforme de exploradora. Você deveria amarrar isso em volta da sua *cabeça*. — Mas Antonia olha para ela com uma malevolência calma e selvagem, e Sofia aquiesce. — Talvez você seja uma exploradora da realeza.

— Somos exploradoras do Ártico — diz Antonia, subindo na cama de Sofia e levando a mão à testa, para proteger os olhos, enquanto examina o terreno — e estamos sem comida.

Sofia salta ao lado de Antonia.

— Estamos fracas de fome!

— Estamos caçando um urso-polar!

— Mas ele não quer sair da caverna!

— Escrevemos cartas para nossas famílias para dizer que as amamos. — Antonia é solene, quase chegando ao lado errado do acerto de contas do imaginário com a mortalidade. — Vão encontrar nossos corpos na primavera. — Sua voz treme.

— Talvez devêssemos brincar de outra coisa — diz Sofia, sentando-se na beirada da cama.

Antonia age como se não ouvisse.

— Nossas almas estarão no céu — sussurra.

— Antonia, talvez devêssemos brincar de outra coisa — repete Sofia, enquanto torce uma ponta do cobertor nos dedos.

Antonia se vira, olhos em chamas, braços erguidos.

— Sou uma exploradora do Ártico — diz ela em voz alta, elevando-se sobre Sofia.

— Antonia, isso não é divertido.

— Estou sozinha no deserto. Todos me deixaram. Votei por ficar sozinha porque sou uma sofredora e posso votar. Eu fiquei aqui e queria ficar sozinha.

Sofia não diz nada. Antonia está irreconhecível. Sua voz vem de algum lugar fora de seu corpo. De repente, o rosto calmo de Antonia se quebra ao meio. Ela dissolve na cama ao lado de Sofia.

— Eu não quero mais brincar.

— Tudo bem — diz Sofia. Ela está desconfortável e de repente deseja que Antonia vá embora.

— Não quero brincar! — repete Antonia.

— Eu *ouvi*.

Antonia cai em prantos. Sofia olha em silêncio, desejando desesperadamente que seus pais entrem.

Antonia chora. Estremece. Senta-se na beira da cama de Sofia e uiva.

Rosa irrompe no cômodo.

Sofia fica tão aliviada que começa a chorar também.

Rosa está grávida e não contou ao marido. Ela se senta entre duas garotas chorosas, abraça-as e anseia pela própria mãe. Rosa olha pela janela e sabe que não pode desmoronar.

Há um funeral para Carlo, embora não haja corpo. Enterram uma caixa marrom-escura forrada de seda em St. John's. Pelo resto da vida, Antonia conseguirá visualizar o funeral em fragmentos, como se um filme danificado estivesse passando na sua cabeça. O dia está muito quente, e ela transpira com as meias pretas e o vestido novo. Há homens de braços cruzados na altura do tríceps, o farfalhar de mulheres andando pela grama com sapatos de salto alto, e o zumbido nasal do padre, que não para de ajustar os óculos e em cuja cabeça careca brilha o sol à medida que a tarde avança.

Repetidas vezes, adultos curvados se aproximam dela, os rostos como balões. Há o desconforto enjoativo de ser beijada e abraçada e ter que dizer *obrigada, obrigada, obrigada* toda hora. E, à medida que a tarde avança, o hálito dos adultos fica cada vez pior, azedo do vinho tinto e das fatias do gorduroso lonza vindo de Roma. Antonia sente que vai se separando deste dia, recuando. Quando tia Rosa a beija e abraça no final da tarde, Antonia está cada vez mais longe e consegue ouvir a voz dela ecoando, como se houvesse água entre as duas.

Lina está se derramando, inconsolável, vermelha e chorosa durante a maior parte do funeral. Os admiradores de Carlo são solidários, mas parecem cautelosos em chegar muito perto de uma fonte de dor tão volátil e animalesca. Todos sabem que uma esposa deve ter um rosto pálido, mas limpo, em um funeral. Ela deve se conter em homenagem à memória do marido. Assim, os convidados do funeral de Carlo lançam à Lina olhares solidários de longe, perguntam-se *como ela está* sem perguntar a ela, sussurram *que vergonha* quando pensam que estão longe o suficiente de Antonia.

Lina fizera tudo para seguir as regras que lhe disseram que a protegeriam. *Arrume um marido*, sua mãe costumava dizer, *e cuidarão de você*. Junto com *arrume um marido*, vieram *arrume o cabelo quando sair*, *seja educada* e *não soluce como uma criatura ferida no funeral do seu marido*. Lina fora traída. E não vê necessidade de continuar obedecendo às regras de ninguém.

Perto do fim da interminável tarde, Antonia está sentada no sofá, olhando, em muda exaustão, quando a multidão na sala parece se abrir como um zíper conforme três homens altos, de ternos cinza, cabelos lisos, rostos limpos e sapatos muito brilhantes entram. Um deles é seu tio Joey, e os outros dois parecem familiares: ombros rígidos, olhos atrevidos, rostos reluzentes e recém-barbeados, olhando cautelosos pela sala. Ela os reconhece dos jantares de domingo, do círculo de homens que se amontoam na sala de estar até a comida ser servida.

Eles tiram seus chapéus em sincronia.

A multidão na sala de estar é puro silêncio. De repente, Lina emerge de onde estava, encolhida no quarto sob o peso de sua própria tristeza e medo.

— Saiam daqui.

— Lina — diz Tio Joey. — Ninguém lamenta mais do que eu.

— Saiam daqui. Saiam da minha casa — diz Lina, cuja voz está forte e clara pela primeira vez em dias. — Como você se atreve a trazê-los aqui? Como se atreve a trazer isso para a minha casa? — Antonia sente que está nadando em direção à superfície deste momento que, de alguma forma, transborda significado.

— Lina, eu entendo por que você está com raiva — diz Joey. — Ele era meu amigo.

— Seu desgraçado. Tire-os daqui agora mesmo. — Lina gesticula para os homens que ladeiam o Tio Joey. Antonia não consegue identificá-los. Não entende por que sua mãe está rosnando com tanta ferocidade para o Tio Joey, que acabara de chegar para prestar condolências como todos os outros adultos na sala. Mas ela está grata e aliviada ao ver vida brilhando em Lina pela primeira vez em dias, como se ainda houvesse uma pessoa lá.

— Lina, por favor...

— SAIAM! — A mãe de Antonia ergue-se até sua altura máxima de 1,57 metros e aponta um dedo trêmulo para a porta.

— Tudo bem — diz tio Joey, esvaziando-se como um balão estourado. Ele sacode a cabeça. É sutil, mas os outros dois homens se viram e vão embora imediatamente. A multidão silenciosa gira os pescoços em conjunto para vê-los partir.

— Lina, me desculpe — diz Tio Joey, torcendo um chapéu entre as mãos. — Eu não sei como fazer isso. Eu ligo para você... — Mas ele se detém diante da cara de raiva que Lina está fazendo. — Vou pedir a Rosa que ligue.

E então Tio Joey se vira para ir embora, e Tia Rosa aperta seu braço quando ele passa por ela. Antonia pode ouvi-la dizer: *Está tudo bem. Está tudo bem.*

Lina cai tremendo no chão. De repente, Antonia compreende o ser humano como gotículas de água, parte de um todo cósmico e líquido.

— Mamãe — pergunta Antonia —, por que os fez sair?

Lina vai se arrepender de sua resposta pelo resto da vida. Ela olha para Antonia e, antes que perceba o que está dizendo, deixa escapar:

— É culpa dele que seu pai esteja morto.

EM UM ATO DE SOBREVIVÊNCIA, Antonia não acredita nisso. Tendo vivido com a concha vazia da mãe por uma semana inteira antes do funeral, ela sabe que, se a morte de seu pai for culpa do Tio Joey, não terá mais família.

POR MUITAS SEMANAS após o desaparecimento de Carlo, a mãe de Lina ficou com ela e Antonia. Segurara a mão de Lina quando ela acordou chorando, certa de que o chão havia desaparecido, certa de que seu rosto havia envelhecido cem anos e desapontada por ter adormecido. Sua mãe cantarolava e acariciava o antebraço de Lina, e tudo ficava bem, porque ela era um bebê outra vez.

E então, à medida que os dias ficavam mais curtos e mais frios, a mãe de Lina arrumou a mala.

— Você não pode ficar infeliz para sempre — disse para Lina. — Você tem uma filha para cuidar.

A mãe de Lina beijou Antonia, que tendia a pairar nos cantos dos cômodos, e foi embora.

Por um tempo, Rosa aparecia. E, em vez de ser um bebê, Lina ficava com raiva.

— Por que nos casamos com esses homens? — perguntava.

Rosa não respondia, porque não havia resposta. Ela nunca considerara *não* se casar com um Desses Homens.

— Por que você não me impediu, por que não disse alguma coisa? — Lina questionava Rosa.

Por fim, Rosa também se cansou. Tinha sua própria família para cuidar e vivia enjoada naqueles primeiros dias de gravidez. Então Rosa beijara Antonia e disse:

— Venha a qualquer hora, querida.

E foi para casa.

E Lina ficou muito aliviada.

Ela ficou tão aliviada por estar sozinha.

QUATRO SEMANAS APÓS um padre desejar a Carlo o descanso eterno e a luz perpétua, Lina anuncia que não adorará nenhum deus que matou seu marido. Passa as tardes de domingo e a véspera de Natal com obras de ficção ("*Outras* obras de ficção", diz ela, "diferentes daquela com a qual você passa os domingos!") e longos volumes de poesia com as páginas adoravelmente amarrotadas pelo uso. Ela enche o apartamento com pilhas de livros. Não nas estantes, mas alinhados ao longo das paredes, escondidos em armários, empilhados apoiando uma mesa de centro manca e apinhados entre cachecóis no armário da frente.

Em seguida, Lina proclama que nunca mais participará de um jantar de domingo. Diz que está farta deles, farta daquelas pessoas. *Pode ir*, afirma a Antonia. *Vá, se quiser.* Antonia se sente dividida. Agora, Tia Rosa faz o jantar de domingo na própria casa, que é bem ao lado, e a comida é boa. Depois de um tempo, Antonia começa a sair do apartamento nas tardes de domingo. Passa essas noites na presença de uma família de verdade, no casulo familiar de Sofia e no calor de uma casa presidida por adultos. Quando volta, depois do jantar, carregada de sobras que

Rosa insiste em empilhar em seus braços, muitas vezes encontra sua mãe dormindo no sofá.

Durante a semana, a casa é silenciosa. Elas leem. Há dias em que não falam nada.

Em algum momento, na primavera, Lina percebe que não pagou aluguel durante todo o inverno. Imagina a si mesma e a Antonia, expulsas, sentadas nas poças escuras e lamacentas que se formam em cada esquina. Ela abre a boca, começa a chorar e vai para a cama.

Antonia ouve com paciência e, quando Lina já berrou o suficiente sobre a situação, liga para a casa de Sofia e diz:

— Minha mãe precisa de um emprego.

Na semana seguinte, como mágica, Joey liga e diz que tem um contato em uma lavanderia industrial que lava os lençóis de restaurantes e hotéis.

— Não é glamoroso. E eu fico feliz em continuar ajudando... em ajudar.

Joey, claro, esteve pagando pelo apartamento. Lina está presa. Depende de seu malfeitor para libertá-la, e, óbvio, ele não irá, porque ela não pode cuidar de si mesma. A Família não libertará Lina, não a abandonará. *Nós sempre iremos te proteger*, Joey quase fala.

— Eu não quero seu maldito dinheiro manchado de sangue! — grita para Joey. — Nunca mais quero ter algo a ver com isso.

Joey mente: conta que a lavanderia não tem nada a ver com a Família. Ele promete que ela pode se sustentar a partir de agora. Lina desliga o telefone e diz a Antonia:

— Finalmente cortamos laços com eles.

Porém, mais tarde naquela semana, Antonia se esgueira para a casa ao lado para o jantar de domingo, onde Joey resiste à vontade de colocar a mão em seu braço e pedir desculpas por estar vivo. E, quando ela sai, Rosa coloca nas suas mãos um prato de sobras coberto com papel alumínio.

Quando é quase verão, Rosa sai por dois dias, e a mãe dela vem ficar com Sofia. A Nonna é uma mulher pequena, severa e tem regras rígidas sobre o que as meninas não devem fazer. Nada de correr. Nada de falar alto. Tire essa expressão do rosto. Nada de agitação na igreja. Nada de cotovelos sobre a mesa. Pelo amor de Deus, fique quieta, não se mexa. Sofia arrasta os pés no chão e deseja que seus pais voltem para casa. Ela imagina ser um menino, mas não tem graça: há um vazio ali, falta alguma coisa. Então Sofia continua menina, mas não uma muito boa. Seus cadarços estão desamarrados, e ela mancha a roupa com uma gota de gordura.

Rosa e Joey voltam com Frankie enquanto Sofia está na escola. Quando ela chega em casa, seu pai abre a porta do apartamento, diz *shhhh* e gesticula para a sala, onde Rosa está sentada no sofá, com os braços em volta de uma trouxa de cobertores.

— Esta é a sua irmã — diz Rosa.

Os olhos de Sofia dobram de tamanho. Ela se vira e corre o mais rápido que pode pelas escadas, pela porta de seu prédio e até o apartamento de Antonia.

— Tonia, Tonia, você tem que vir! — grita, antes que a porta esteja totalmente aberta. Antonia está tirando o uniforme escolar. O apartamento dela cheira a cabelo sujo, a fantasmas.

Na sala de estar de Sofia, ela e Antonia se aglomeram em volta de Frankie, acariciando o cabelo na cabeça dela e examinando os dedos das mãos e dos pés. Não é uma troca exata, mas as duas garotas podem sentir o mundo se deslocar: uma pessoa fora tirada de suas vidas, mas receberam outra no lugar.

— Mamãe — pergunta Sofia —, de onde ela veio?

Rosa gesticula em direção à barriga vazia.

— Ela morava aqui. Lembra? Você conseguia vê-la se movendo.

Sofia e Antonia olham para Rosa e depois para Frankie. Ficam olhando de uma para a outra.

— Mas, mamãe — diz Sofia, finalmente —, como ela entrou aí?

— E como — pergunta Antonia — ela saiu?

Rosa suspira.

— Vocês saberão quando estiverem casadas. E até lá vocês têm que ter cuidado.

Sua resposta não é suficiente para Sofia e Antonia, que fazem um acordo tácito de desvendar isso o mais rápido possível.

Passam-se horas até que Rosa se levante do sofá e coloque a adormecida Frankie no pequeno berço que ocupa o quarto de hóspedes do apartamento. Sofia espia pelo canto da porta entreaberta. Tenta imaginar Frankie vivendo com eles para sempre.

Rosa se aventura na cozinha. Tem o cheiro de sua mãe: um perfume que mistura sabão e fermento. Ela encontra pães frescos e uma geladeira cheia. Coloca nas mãos de Antonia um pão feito por Nonna e um prato de caçarola coberto. Antonia desce as escadas com relutância e volta para seu apartamento.

Mais tarde, naquela noite — tão tarde que os segredos mais profundos podem ser revelados, e a escuridão os guardará —, Rosa se senta no sofá para alimentar Frankie e chora. Chora porque está grata pela criança em seus braços. Porque está exausta pelo trabalho de trazer a criança ao mundo. E porque sente uma tristeza pura e sincera, pois, na última vez em que Rosa cuidou de uma criança neste sofá, Lina estava lá para ajudá-la.

Nas semanas seguintes, Antonia passa cada momento que pode no apartamento dos Colicchio. Aprende a banhar Frankie, a trocar e a fixar a fralda, a niná-la. Sofia é mais precavida, um pouco cautelosa com essa nova criatura que comanda toda a atenção do lugar. Ela está dividida entre protegê-la e competir com ela. Mas Sofia também se apaixona por Frankie. E aprende a fazer Frankie rir.

Às vezes Antonia finge que a bebê é dela, que é mais velha, que mora em uma casa limpa de paredes de vidro próxima ao mar — sempre com fogo aceso e música tocando. Ela, Sofia e

Frankie dançam e balançam e celebram. Ouvem as ondas quebrando. Antonia pensa que talvez não sentirá tanta falta dos pais quando for mais velha, quando for mãe. Acha que ter um bebê dividirá sua vida em antes e depois, que vai fazê-la superar este triste capítulo. Mesmo a família de Sofia tratando-a como um deles, Antonia ainda sente uma fenda irregular na sua própria pele e ela quer, fervorosamente, ser remendada.

CRIANÇAS SÃO RESILIENTES, de modo que Antonia parece estar um pouco melhor logo após o desaparecimento do pai, quando, claro, não está bem. Mas o mundo continua girando, levando-a consigo.

Ao redor de Sofia e Antonia, a economia se enfurece e sufoca como um animal moribundo. Em 1931 e 1932, elas caminham até a escola por uma rota diferente, para evitar os cortiços que surgiram em terrenos vazios, onde *tudo pode acontecer*, diz Rosa, balançando Frankie em seu quadril e entregando um sanduíche a Sofia para levar à escola. *Mamma, nada vai acontecer*, diz Sofia, que, aos 9 anos, sente-se desafiadora, destemida e encapsulada na certeza de que sua família sempre cuidará dela, que ela sempre cuidará de si mesma. Aos 9 anos, Antonia tem uma casa que dá eco quando ela fala. Sua sala de estar é um cemitério, a terceira cadeira está vazia. *Tudo pode acontecer, Sof*, diz, puxando a mão de Sofia. *Venha*.

Sofia e Antonia aprendem novas palavras. Mercado de ações, miséria. Desemprego. O pai de Sofia está mais ocupado do que nunca. Há novos homens trabalhando para ele. Joey tem menos tempo para contar a Sofia sobre seu dia, mas entra no quarto dela quando chega em casa, com um caramelo ou uma bala de limão, e sussurra: *não diga à sua mãe*. A mãe de Sofia faz jantares de domingo grandes o suficiente para alimentar países inteiros e manda todos para casa com tigelas de sobras. Sofia e Antonia se sentam e observam enquanto Rosa e Joey fazem as rondas, conversando com os homens que Joey contratou e suas esposas, com os pais de Rosa quando eles vêm e com os irmãos e irmãs de Rosa.

Não há mais Fianzo no jantar. Não há mais Tio Tommy, não há mais Tio Billy. Felizmente, não há mais crianças Fianzo, cujos dedos grossos dados a beliscões sempre foram a ruína do domingo. Sofia e Antonia equilibram Frankie entre elas em duas cadeiras espremidas uma ao lado da outra e a alimentam com feijões-verdes e pedacinhos de pão. Fazem caretas quando ninguém está olhando. Brincam de jogo da velha, usando guardanapos.

Às vezes, especialmente quando completam 10 e 11 anos, Sofia deixa Frankie com Antonia e se aventura nos aglomerados de adultos espalhados pelos cômodos de sua casa. Ela lê o jornal por sobre os ombros dos homens, imita seus suspiros desdenhosos sobre a economia, ouve suas preocupações de que Roosevelt não será melhor que Hoover e suas piadas de que uma nova Lei Seca tornará a Família rica de novo. Eles dizem: *Grande Joe, esta é a sua garota? Você terá muito trabalho com ela*. Ela entra em colmeias conspiratórias de mulheres, que falam sobre salões de beleza e mercearias — um escudo frágil para o que realmente querem saber. As mulheres sussurram sobre suas futuras famílias. Sofia inspira seus perfumes. As mulheres acham que ela é precoce, destemida e um pouco mal-educada.

Logo é mandada de volta para Antonia, a quem sussurra por sobre a cabeça de Frankie: *aquela está grávida. Aquelas querem se mudar para o campo, mas precisam de dinheiro.* Numa outra semana, ela volta com detalhes sobre sexo, seu rosto iluminado de choque e emoção. Antonia fica horrorizada ao saber da permeabilidade de seu corpo. Teme que a idade adulta não a fará se sentir mais sólida do que agora. Antonia é mais feliz com Frankie, onde tudo pode ser inventado, e não há tanto a se perder. Onde ela não tem que ver muitos outros adultos se movendo pelo mundo com bem mais força e presença que sua própria mãe.

Sofia e Antonia ainda estão muito absortas no desenvolvimento das próprias vidas para ficar pensando demais no mundo além de suas casas, além de sua própria arquitetura interna. Mas, quanto mais velhas ficam, mais percebem que são diferentes de seus colegas de classe. Por causa de suas famílias, Sofia e Antonia não são incluídas em jogos no parquinho e não são bem-vindas nos círculos de fofocas das meninas. Elas aprendem na escola que a Família é composta por criminosos mesquinhos. Por valentões. E dão aos demais moradores uma má reputação. Por serem crianças da Família, Sofia e Antonia não são confiáveis.

Porque ouviram atrás da porta e porque ficaram zanzando fora da cama, Sofia e Antonia descobrem que o desaparecimento de Carlo teve a ver com abandonar a Família, mas fugir é o mesmo que escapar do ar, ou da luz do sol. Impossível e inexplicável. São jovens demais para pensar na Família como valentões e em si mesmas como indivíduos. Elas ainda estão ligadas às raízes. Então Sofia e Antonia avaliam a possibilidade de que *elas* sejam criminosas, que, em essência, não sejam confiáveis. Mas isso também não parece verdadeiro.

Sofia se torna mais impenetrável. Não consegue pensar em si mesma como vilã nem consegue se imaginar como vítima. Assim, a pré-adolescente Sofia se convence de que escolheu ficar sozinha. *Era isso que eu queria*. Ela se enche da certeza confortável de que Joey está ajudando as pessoas, de que é uma honra fazer parte de uma família da Família e de que só é condenada ao ostracismo por aqueles que não entendem. Quando lembra do desaparecimento de Carlo, ela ignora.

Antonia se refugia em sua própria pele e mente. Ela carrega um livro consigo para todos os lugares. Lê debaixo da mesa da escola quando deveria estar encontrando o valor de x.

Claro que elas têm uma à outra. E é por isso que, quando fazem 12 anos e Angelo Barone encurrala Antonia em um canto escuro do pátio da escola e diz saber como o pai dela morreu e que Carlo merecera, Sofia ouve, recua o punho e lhe dá um soco no queixo. *Puttana*, cospe ele, para uma ou para as duas. No banheiro, antes da aula, Antonia joga água fria no punho avermelhado de Sofia. Elas fazem contato visual pelo espelho. Angelo não vai denunciar Sofia. Não vai admitir que uma garota lhe dera um soco. Ambas vestem máscaras idênticas de frieza e vão para a aula antes que o último sinal toque.

Quando têm 13 anos e Sofia quer sair para dançar no porão de uma igreja próxima, Antonia toma coragem e mente para Lina, para ir com a amiga. Elas passam a noite sentindo um horror frio, mas ao mesmo tempo boquiabertas de admiração. Alternam entre o suor espesso do toalete feminino e a pista de dança fluida e brilhante. São as mais jovens ali, um fato que incomoda Antonia, mas que agrada Sofia, que espera se passar por alguém de 15 ou 16 anos; por apenas mais uma jovem segura de si sem nada a esconder. Os mindinhos delas se entrelaçam, e seus braços balançam para frente e para trás, enquanto caminham para casa numa escuridão em que não deveriam estar. Suas sombras parecem uma criatura vagando pelas ruas do Brooklyn.

Exatamente na mesma manhã, Antonia e Sofia acordam com sangue nas coxas. Não pensam que estão morrendo: Antonia, prática demais, tem um diagrama que ensina a acolchoar a calcinha, que arrancou de um livro da biblioteca e guardou na mesa de cabeceira para este exato momento. Sofia não é prática, mas é curiosa. Ela se deleita com o cheiro metálico e almiscarado, enrola os lençóis, leva-os para a lavanderia e conta a Rosa, que franze os lábios, sussurra instruções pela porta do banheiro e diz: *Você tem que se proteger agora*. Sofia entende que é frágil, mas não se sente assim.

Sofia e Antonia se encontram do lado de fora. Não precisam dividir o que aconteceu. Na gélida luz do sol da manhã, ambas estão entusiasmadas com a mudança.

NÃO DEMORA MUITO até que Sofia e Antonia comecem a sonhar com uma fuga.

PARTE DOIS

1937 — 1941

ANTONIA PASSOU DEZ MINUTOS apontando três lápis para ficarem do mesmo tamanho. Coloca-os no bolso da mochila, alisa as páginas do novo caderno e certifica-se de que as alças da mochila estejam do mesmo tamanho. Antonia se entrega plenamente a rituais parecidos — ao escovar cada dente para que toda a sua boca fique lisa, ao amarrar os cadarços em formatos iguais, e ao enrolar almôndegas metodicamente simétricas. Eles clareiam sua cabeça e fazem seu corpo se sentir descomplicado. Assim, não é surpresa que, na noite cálida de agosto antes de começar o colegial, Antonia tenha organizado todos os seus vestidos por cor, empilhado os livros por tamanho e cortado dois pães em fatias perfeitas e uniformes.

Está ansiosa para ir à nova escola, onde espera que o imenso campus lhe permita algum anonimato. Imagina como será se livrar das histórias que as pessoas contam sobre ela: *Te contaram que a mãe dela não saiu de casa desde que ele morreu? Sabia que ele matou cinco homens na Sicília e por isso que teve que vir para cá? Ouvi dizer que ela usa uma das camisas dele por baixo do uniforme. Vi outras mulheres visitando a mãe dela, e elas não pareciam levar bolinhos para compartilhar.*

Antonia examina sua franja reta no espelho e usa uma tesoura de costura para aparar as pontas de alguns fios rebeldes. Com cuidado, ela prende a respiração enquanto corta e só solta quando considera o comprimento adequado. Afasta-se do espelho para examinar a franja que Sofia a convencera a cortar no meio de um dia interminável, quente e chato de julho. A franja não combina com seu rosto: deixa suas feições achatadas e se entrelaça com a linha proeminente de sua sobrancelha. O vento sopra os fios a toda hora. Sofia diz que gosta da franja, mas Antonia decide que vai deixá-la crescer. Ela encontra um grampo de cabelo e a afasta da testa.

Às 7h, Antonia reaquece uma caçarola que a mãe de Sofia trouxe na quinta-feira. O cheiro de tomate e queijo misturado ao calor do forno atraem sua própria mãe das profundezas da poltrona favorita dela.

— O cheiro está maravilhoso.

Antonia está empilhando fatias de pão em uma tigela, mas para, se vira e beija a mãe na bochecha.

— A mãe de Sofia trouxe.

— Rosa é boa demais para nós.

— Ela faz a mais — diz Antonia. *Aqui, querida*, diz Rosa, pelo menos duas vezes por semana. *Leve para a sua mãe. Cuidado, está pesado*. Lina não ligará para Rosa para agradecer. Antonia se lembra de quando as duas eram próximas, mais até do que ela e Sofia. A precipitação de suas vozes juntas em um cômodo diferente. Como o mundo costumava ser acolhedor. — Estará pronto em dois minutos.

— Está animada para a escola amanhã? — pergunta Lina.

Antonia fica surpresa que sua mãe se lembre de que as aulas vão começar.

— Um pouco — confessa ela. — Acho que estou nervosa.

— Você vai se sair bem.

— Acha mesmo?

Ela está desesperada pela confiança da mãe, mas ao mesmo tempo não se deixa convencer. Há uma veia exposta e pulsante no corpo do relacionamento das duas que lembra a Antonia: *você tem que cuidar dela.* Fora construída por sua mãe e é construída inúmeras vezes por si mesma.

— Não fale com ninguém com o cabelo penteado para trás — diz Lina, antes de se afastar pelo batente da porta.

Ela quer dizer Homens da Família. Com aquele penteado lambido e afastado das têmporas que sempre os denunciava. Antonia se inclina sobre a porta do forno, para verificar o jantar. O calor a atinge como um soco.

NO DIA SEGUINTE, Sofia e Antonia pegam carona para a escola nova em um dos carros de Joey. Antonia não conta a Lina. Ficam em silêncio durante a viagem de cinco minutos e, assim que chegam, ambas ficam paradas, olhando para o prédio monolítico e cinza na frente delas. Os alunos entram e saem pelas portas duplas de metal. Sofia e Antonia estão perto o suficiente para quase dar as mãos. Ao subirem os degraus, são empurradas por alguém que parece ser um homem adulto — ele tem barba! —, mas percebem que é um estudante, como elas.

Sofia e Antonia são logo separadas pela multidão no ginásio onde se matriculam. "Russo" fica em uma fila totalmente diferente de "Colicchio". Ali ecoam gritos de adolescentes, o ruído da hierarquia social e o farfalhar de pastas nas mesas dobráveis, onde administradores piegas entregam horários datilografados para cada um dos alunos.

Antonia cutuca a cutícula do dedo indicador até sentir a pele se levantar da ponta do dedo. A própria respiração ecoa na sua cabeça. O vestido que escolheu parece muito apertado, muito curto e muito infantil. Ela observa o ginásio se mover ao seu redor e tenta esconder que está prestes a entrar em pânico.

Sofia também está nervosa, mas pega um batom — que havia sido desaprovado pela sua mãe — e o aplica, usando um espelhinho que guarda na bolsa. No reflexo, ela parece estar brincando de se fantasiar: o rosto de uma criança com uma boca pintada de adulto.

— Que cor bonita — diz uma garota atrás dela. Sofia se vira, sorri e oferece o batom. A fila continua andando, e alguém tem que dizer "é a sua vez" para ela.

— Sou Sofia Colicchio — diz, enquanto se aproxima, para pegar seus horários. A mulher que os entrega parece entediada e pálida, assim como o próprio prédio.

A garota com quem Sofia compartilhou o batom está na sua turma. Sofia descobre que o nome dela é Peggy. Ela tem três amigas, chamadas Alice, Margaret e Donna. Todas almoçam juntas, em um refeitório que cheira a borracha velha e gordura, e Sofia estica o pescoço, procurando por Antonia, antes de se sentarem, mas não a encontra.

Durante o almoço, ninguém pergunta a Sofia sobre sua família. Ninguém pergunta sobre sua religião. Ninguém diz que ela tem responsabilidades, ou como é diferente dessas garotas. Em vez disso, perguntam quais garotos ela acha bonitos e de quais aulas gosta. As meninas comem palitos de cenoura e jogam o frango engordurado no lixo, e ninguém lhes diz para não fazerem isso. No espelho do banheiro, levantam as saias um centímetro a mais, deixam os cintos mais apertados e jogam os cabelos para trás.

Mas Sofia anseia por Antonia até o último sinal bater.

No carro, a caminho de casa, Antonia transborda de emoção ao dizer a Sofia que chegou a todas as aulas sem se atrasar, que não tropeçou ou rasgou o vestido, tampouco derrubou os livros no corredor, e que abriu o armário na primeira tentativa. Antonia conta para Sofia sobre a biblioteca, onde há milhares — *Milhares, Sof!* — de livros empilhados em prateleiras de metal que qualquer um — *Qualquer um!* — pode ler. A liberdade de se acomodar em uma cadeira e perceber que ninguém está olhando para ela. No primeiro dia do colegial, Antonia era anônima e estava cheia de esperança de que havia um lugar para ela no mundo, afinal.

Ela omite que passou o almoço naquela biblioteca, fugindo do burburinho do refeitório em troca de um estômago roncando e uma pilha de livros de Austen e Whitman. Também não diz que se assustava como um cervo toda vez que alguém dizia seu nome.

E Sofia não diz a Antonia que sentiu a falta dela. Em seu relato do dia, há apenas batom escuro e meias-calças. O olhar de admiração de um garoto mais velho. A armadura à prova de balas de um grupo de garotas rindo.

No domingo, após sua primeira semana no colegial, Sofia pensa que não é obrigada a ir à igreja se não quiser. E, como se cega por um clarão, não consegue ver mais nada. Quando conta isso para os pais no café da manhã, sua mãe faz o sinal da cruz, e Sofia diz:

— Você está sendo dramática, mamma.

A boca de Frankie se abre em um pequeno *oh*. Seu pai não responde até Sofia dizer:

— Você me ouviu, papà? Eu disse que não vou.

Então ele arqueia uma sobrancelha, encara-a com um olhar inescrutável e diz:

— Tome seu café.

Sofia não sabe, mas, quando o pai está trabalhando e quer que alguém se lembre de uma dívida, ele liga, convida-o para almoçar e não menciona a dívida nem uma vez. Assim como sua filha, Joey tem um sangue um pouco tenebroso correndo nas veias: ele gosta de ver seus convidados endividados se contorcerem. Eles ficam aterrorizados — o dono de um restaurante, o dono de um cinema no centro da cidade, o gerente de um bar — e geralmente oscilam entre a calma tênue e o pânico quase palpável. *Juro que vou pagar*, dizem. *Por favor, só preciso de um pouco mais de tempo.* Joey termina sua comida. Pergunta sobre a esposa e os filhos do outro homem. Menciona os nomes deles. Sorri. Leva o convidado para casa e comenta: *A gente se vê.*

Quando confronta a muralha inflexível de teimosia e vontades construída em volta da filha, Joey tenta canalizar essa versão de si que, sem dizer uma única palavra, faz um homem adulto se conter para não molhar as calças. Ele busca se esconder nos músculos faciais calmos, nos gestos sutis e nas expressões implacáveis e distantes.

Joey Colicchio consegue carregar um revólver em seis segundos. Sua esposa ainda faz sexo oral nele após dezesseis anos de casamento. É o homem mais poderoso no seu pedaço do Brooklyn. Mas sua filha de 14 anos acha que ele é irrelevante e medíocre.

— Você não pode me obrigar — diz Sofia casualmente, enquanto o pai gesticula com fúria em direção à porta, onde o resto da família espera.

Joey, mais do que a maioria dos pais, está dividido entre concordar com a pequena mulher feroz na sua frente, ou dar um grande show de machismo: *Eu vou te mostrar o que eu posso e não posso obrigá-la a fazer*, imagina-se dizendo. Mas ele tenta não levar o trabalho para casa.

Com 6 anos, Frankie está cabisbaixa e solene, e perdida sem Sofia. *Eu também quero ficar*, declara com os olhos arregalados. Sofia sente um pequeno puxão na corda que une seu coração e seu instinto e se pergunta se deveria simplesmente ir, sentar-se no banco, ajoelhar-se com os demais e passar cinco minutos com a língua no céu da boca para limpar os restos pastosos da hóstia. Não seria tão ruim assim, e Frankie não entende por que Sofia se recusa a fazer algo tão fácil, algo que ela faz toda semana.

Seu reflexo nos olhos de Frankie faz Sofia se sentir mesquinha, tola, teimosa e estranha. Incapaz de fazer coisas normais que todo mundo faz. Mas ela ergue o queixo, recusando-se a sair, vê Frankie atravessar o corredor e nota seu pai traçar com delicadeza uma linha nas costas de sua mãe enquanto os três se afastam. Está sozinha. Exultante. Há um ar vazio e desconhecido no apartamento.

Naquele dia, pela primeira vez, Sofia se senta em casa enquanto a manhã de domingo transcorre. Observa os transeuntes pela janela da sala de estar e se pergunta quantas pessoas têm tempo sobrando aos domingos. Para sua família sempre foi um dia marcado pela pressa: ir à igreja, depois para casa jantar e finalmente para a cama — ou não dá tempo de ter uma boa noite de descanso antes da segunda-feira. O apartamento parece enorme. Ela vagueia pela cozinha, deslizando as mãos ao longo das bancadas e nas costas das cadeiras. Abre a geladeira, mergulha o dedo no ragu deixado em uma tigela para o jantar, confere uma caixa de papel branco da padaria e lasca um biscoito cheio de geleia. O açúcar explode na sua língua e faz seus olhos lacrimejarem.

Sofia tem um novo olhar para o apartamento onde viveu por toda a vida: um olhar jovem, um olhar de quem passou a última semana num mundo ao qual sua família não tem acesso. Ela percebe como esteve sozinha durante a maior parte de sua vida. Exceto por Antonia, Sofia não conhecia a dinâmica do recreio, nunca fora o centro de uma multidão agitada de crianças. Ela sente que recuperou o fôlego, emergiu na luz do Sol, tirou uma camada de sujeira. Descobriu dentro de si uma sementinha parecida com raiva, ciúme, que olha com novas suspeitas para o pai, para o trabalho dele e para a estrutura familiar em que foi criada. *O que vou fazer?*

Quem me tornarei?, pergunta-se Sofia Colicchio, sozinha, em seu apartamento.

Ela não consegue se imaginar adulta. Sabe que vai se casar e ter filhos. Não se lembra de ter aprendido essa informação, mas sabe que é verdade. O casamento é como uma roupa que deve ser vestida antes de sairmos de casa. Não ter um é como andar nua pelas ruas.

Descendo o quarteirão há uma mulher que mora sozinha. Ela veio da Sicília há muitos anos para escapar de algo terrível, algo que ninguém pronuncia, mas todos os pais entendem o que é — *sim, nós também* —, e sempre tem a ver com a fome, com ser esquecido. A mulher trouxe consigo uma mala de couro esfarrapada cheia de ervas, cartas que preveem o futuro e uma caixa de madeira trancada. Há rumores de que mulheres prestes a dar à luz podem ligar para ela, e a mulher as ajudará a queimar o cordão, a diminuir a claridade, a fazer cataplasmas de ervas e flores e a mostrar às mães como inclinar os mamilos para amamentar. Há rumores de que, se ela olhar direto em seus olhos, ninguém jamais se apaixonará por você. Todos sabem que a mulher pode amaldiçoá-los com uma ou duas palavras, e assim seu futuro será alterado, ofuscado, escurecido.

Sofia sabe que se trata de uma bruxa, e ela e Antonia preferem ir pelo caminho mais distante do modesto prédio, onde as cortinas do apartamento no sótão estão sempre fechadas. Fazem isso por hábito — porque é o que aprenderam desde os 6 anos, voltando da escola —, mas até a adolescente Sofia é tomada por um medo frio, um tipo de pânico que faz o coração vibrar, quando imagina a bruxa. Ela só é vista a caminho da mercearia, com cabelos desgrenhados escapando de seu chapéu e dedos nodosos enrolados nas sacolas de compras, como gavinhas de ervilha tentando encontrar algo para segurar. Ninguém olha para a mulher, e essa ideia aterroriza Sofia. Como deve ser vazio andar pelo mundo sob o olhar de ninguém. Como deve ser insuportável nunca ser visto. Como alguém poderia chegar a esse ponto?

Sofia também sabe que, se precisasse, a bruxa a ajudaria. Mas tomaria algo em troca. Ao refletir, Sofia não encontra nada de que estaria disposta a se desfazer. Sente-se invencível e não consegue pensar em nada que possa dar errado. Está no auge dos 14 anos e não sabe nada sobre sacrifício.

O céu, a terra, um dia você será mãe: essas são verdades imutáveis. Sofia está interessada em meninos como admiradores. Seu interesse por eles é como uma aventura. Há uma cócega, uma urgência na sua caixa torácica e na sua língua quando pensa em beijar um. Ela consegue se imaginar exalando em uma boca aberta, criando uma respiração que vive apenas entre dois corpos. Mas não consegue se imaginar arrastando duas crianças pela rua, as compras caindo da sacola de papel na altura dos ombros. Não conseguiria ser como sua própria mãe, cujo cabelo parece estar sempre no lugar e que dominou a arte necessária para manter duas filhas e um marido alimentados, vestidos e limpos, mas que às vezes agarra a pia, curva os ombros e inspira e expira com esforço, agitando o ar da cozinha com a exaustão. Seu pai olha para sua mãe, mas será que é o único? Sofia quer pertencer ao mundo.

É mais fácil para ela imaginar ser Joey. Seu pai encara o mundo de frente. Se sua mãe está nos bastidores, seu pai é a estrela do espetáculo. As pessoas o observam, escutam-no, falam sobre ele. *Mas eu não faria o que papai faz*, diz Sofia a si mesma. Porque sabe o que ele faz. Há algo em Joey que deixa Sofia com raiva, com vontade de ranger os dentes. Ele é o motivo pelo qual outras famílias atravessam a rua quando veem os Colicchio se aproximando. O motivo pelo qual ninguém podia ser amigo dela na escola. *É melhor não fazer perguntas*, dizia Rosa. Sofia tem a sensação de que terá que se encolher à medida que ficar mais velha. Encaixar-se em espaços mais apertados.

Sofia está começando a ficar entediada com a liberdade desta manhã de domingo quando vê Antonia caminhar pela rua, usando um vestido vermelho com mangas e botões pretos elegantes. Ela pressiona as palmas das mãos e o nariz no vidro, prendendo a respiração para não embaçá-lo, e observa Antonia virar a esquina.

Antonia teria contado se fosse ao cabeleireiro, à mercearia ou ao correio — lugares comuns. E a teria convidado para o cinema, ou pedido um conselho caso fosse a algum lugar proibido e escandaloso (*ao meio-dia de um domingo?*), como o Central Park, onde não podem ficar sozinhas de jeito nenhum, ou Coney Island, onde o ar é salobro e estranho e elas podem observar homens entrando e saindo timidamente do circo dos horrores.

Quando sua família chega em casa, Sofia se senta resignada enquanto seu pai, ainda com a roupa de domingo, dá a ela um sermão sobre a necessidade de participar da família e seguir ordens. Ela assente enquanto sua mãe, lutando contra as lágrimas, diz: *Às vezes, Sofia, você tem que fazer coisas que não quer.* Sofia pondera a respeito. *Tenho?*

Mas ela fica distraída com uma profunda e maníaca curiosidade pelo resto do dia. Aquilo faz seus dedos tremerem, faz com que chute o pé direito contra o calcanhar esquerdo até ficar roxo. Arrasta-a até o telefone quatro vezes e a faz discar o número de Antonia duas vezes, antes de desligar. Faz com que roa uma das unhas da mão esquerda até o sabugo.

Antonia chega para jantar às 17h, e Sofia consegue não perguntar onde ela esteve. Dois anos atrás, teria perguntado. Teria puxado Antonia para dentro de um armário e sussurrado com um hálito doce e pegajoso: *o quê, o que foi?* Teria esticado os braços e feito cócegas entre as costelas de Antonia até que a amiga revelasse o segredo, até que desse com a língua nos dentes, para que as duas o analisassem. Mas, esta noite, Sofia tem certeza de que admitir que Antonia tem um segredo pioraria tudo. Perguntar a ela sobre isso seria como reunir todo o poder da sala dentro de um pequeno orbe dourado e brilhante e colocá-lo nas mãos de Antonia, sobrando à Sofia implorar a seus pés. Ela passa o jantar empurrando pequenos pedaços de berinjela em um círculo que orbita seu prato e fica quieta.

NOS ÚLTIMOS MESES, em um ato de desafio que parece ao mesmo tempo uma rebelião e um retorno ao lar, Antonia tem escapado nas manhãs de domingo. Ela deixa Lina com seus cigarros finos, seus delicados tornozelos cruzados em sapatos marrons, sua pilha de livros e seu rastro de coisas abandonadas: o pente, a xícara de chá esfriando, o suéter e a pilha de correspondência, tudo largado para se desfazer em pó. Ela deixa Sofia, que é barulhenta e confiante e lhe dá energia para seguir em frente, mas que também a esgota. Antonia deixa tudo isso e vai à missa de domingo, às 11h, na Igreja dos Sagrados Corações de Jesus e Maria.

Diz a si mesma que vai pelo cheiro. É uma combinação de livros antigos, incenso e ar carregado, que está impregnado nas vigas cavernosas e é distribuído aos paroquianos em um sopro doce. Tem um cheiro acentuado de pinheiro no inverno, de pedra metálica e fresca no verão e, durante todo o ano, do distinto aroma floral do alívio.

Mas é claro que vai além do cheiro. É a ordem profundamente arraigada, as regras definidas com clareza. A familiar ondulação do Kyrie, as texturas redondas e regulares das palavras latinas roçando na sua pele, o ritual de ajoelhar-se, o bruxulear rítmico de pequenas velas no altar e o sussurro do incenso. É a capacidade de confiar que, pelo menos durante uma hora por semana, outra pessoa está no controle.

Antonia ajoelha. Ao se benzer, seu futuro parece pairar nas vigas da igreja. *Oi, papà*, reza. *Saudades de você.*

Aqui, a saudade é bem nítida. Ela sente saudade do brilho na sua casa, do arrastar dos pés de seus pais enquanto dançavam juntos na sala de estar. Sente saudades de olhar para cima e sempre encontrar Carlo olhando para baixo, a janela do amor aberta em seu rosto, a certeza desse amor. A mão de seu pai nas suas costas enquanto ela flutuava em direção ao sono.

E é aqui que Antonia percebe que quer algo diferente do que lhe fora oferecido, que não quer acabar como sua mãe: com nada além de um marido ausente e uma filha que ela deixou de cuidar. É aqui, nas pausas entre respirações, no levantar de sua cabeça e no abrir de seus olhos depois de rezar que Antonia percebe que quer uma vida própria. Uma onde pais não desapareçam sem motivo e onde não seja governada por tantas regras imutáveis e não escritas que podem sufocá-lo enquanto dorme.

MAIS TARDE, NAQUELA NOITE, Antonia mastiga devagar o jantar, quase sem sentir o gosto da comida. A cacofonia de domingo a envolve, mas Antonia se esforça para passar o mais despercebida possível. *Escola amanhã?*, o pai de Sofia pergunta. Mas, como não é uma pergunta de verdade, Antonia se safa dizendo que sim e volta sua atenção para o prato. A escola tem sido decepcionante para ela, exceto pela biblioteca, onde passa cada momento que pode. Antonia é anônima, claro. Quase não vê crianças da antiga escola. Ninguém sussurra sobre seu pai ou lança olhares de julgamento para sua mãe. Ninguém os conhece. Ela e Sofia não têm aulas juntas, e isso nunca aconteceu antes. Sem a amiga, Antonia ficou desapontada ao descobrir que é tímida, irrelevante e facilmente ignorada nos corredores. *Igual à mamma*, diz para si mesma com o desgosto entalado em sua garganta. *Ela perdeu o marido*, contrapõe Antonia. É o que todos dizem sobre Lina quando tentam simpatizar ou justificar as partes dela que parecem não se encaixar mais no resto do mundo.

NA CASA AO LADO, Lina se joga no sofá onde passa seus dias de folga e sente o vazio em seu apartamento zumbir nos ouvidos. Como é estranho viver em um mundo totalmente diferente do das pessoas com quem você costumava estar todos os dias. Como é inacreditável ter o mesmo rosto de sempre, mas uma alma que já não reconhece mais.

NAQUELA NOITE, Sofia se deita na cama e imagina que Antonia conheceu uma nova melhor amiga. Em sua imaginação, a outra garota é mais alta, mais magra e tem olhos mais brilhantes do que ela. É mais quieta e mais contida. Não se descontrola, não perde a paciência e é mais parecida com Antonia. Quando Sofia imagina a amiga, ela está muito mais feliz com a outra garota. Não precisa mais de Sofia. As duas ficam de braços dados e compartilham segredos silenciosos de amizades cheias de confiança, riem baixinho, e suas axilas nunca cheiram mal. Sofia cai em um sono inquieto e sem amarras e acorda sentindo que esqueceu algo terrível.

No início da segunda semana do colegial, Sofia não pergunta a Antonia o que ela fez naquele fim de semana, e Antonia não sabe como contar à sua amiga brilhante e bonita que tem passado os domingos na missa. Ultimamente, as feições de seu pai pairam bem no fundo de sua memória, recusando-se a entrar em foco.

É neste ano que Sofia e Antonia guardam seus primeiros segredos. Elas se separam. E, em cada uma delas, algo totalmente novo começa a crescer.

LINA RUSSO NÃO É UM FANTASMA. Ainda é uma mulher. Ela sente que vive dentro de um corpo que, quando ela olha no espelho, parece com o seu.

Mas é uma mulher congelada no tempo. Sua vida acabou na manhã em que Carlo desaparecera. Passara a vida inteira até aquela manhã temendo que Carlo desaparecesse, ou, quando era criança, temendo que alguém como Carlo desaparecesse.

Lina sempre sentiu que, se construísse um mundo ao redor de si, ele poderia ser roubado.

Ela sabe que não há nada a ser feito depois que o pior já passou.

Mas já se passaram sete longos anos. E Lina tem um segredo também. Nos últimos meses, quando Antonia foge — para a igreja, Lina sabe, pois o cheiro do incenso é tão familiar quanto o de sua própria pele —, Lina coloca um xale sobre a cabeça e desce o quarteirão o mais rápido possível até o menor e mais vergonhoso edifício do bairro. Bate três vezes e sente seu coração martelar no peito, nas pontas dos dedos e atrás dos olhos. Então entra na casa da maga do bairro.

Primeiro fora buscar a resposta para *onde está meu marido?* Não sabia de onde essa pergunta havia saído com tanta veemência anos após o desaparecimento de Carlo. Mas, claro, a maga não está lá para responder às perguntas da maneira que são feitas, mas sim para ajudar suas clientes a encontrar as perguntas que elas não fazem. *Você está procurando uma poção do amor?*, perguntara. Os norte-americanos adoram poções do amor. Esse era o ganha-pão da maga, por assim dizer. Lina ficara insatisfeita e fora embora frustrada. *Mamma estava certa*, pensou. *É uma tolice antiga.*

Na semana seguinte, porém, Lina se viu na mesma porta. Desde então, passou a ir toda semana.

Naquela casa, os medos de Lina são analisados pelos olhos acolhedores de uma velha que quase não fala inglês. Seus medos enfrentam as cartas retiradas do tarô e são discutidos silenciosamente durante o chá, onde flores desabrocham dentro do bule. Lina aprende o ritmo da lua cheia e carrega favas nos bolsos. Aprende os pontos cardeais pela posição do Sol, pelo comprimento das sombras e pela inclinação do vento. Ela se situa na Terra. Sete anos após a morte do marido, Lina Russo — não um fantasma — encontra-se descansando no coração de La Vecchia. Uma mulher mais velha e pouco convencional, cujas histórias e ritmos a levam para um lugar que parece acrônico, estranho e misteriosamente um lar.

Pela primeira vez na vida, Lina faz algo porque quer, e não porque alguém lhe disse para fazer. Pela primeira vez ela está escolhendo algo e não se importa com o que as pessoas vão pensar. Se La Vecchia é uma rua a ser atravessada, Lina está avançando a passos largos, sem olhar para a esquerda ou para a direita.

E, sem perceber, Antonia começa a prestar atenção ao humor de Lina como quando era criança e a ocupar um espaço adequado na sua casa. Em seu apartamento, um silêncio paira: a bruxa e a garota católica comendo lasanha.

DURANTE O PRIMEIRO ANO do colegial, Antonia e Sofia passam mais tempo separadas do que juntas. Acontece devagar e de forma simples, e é quase natural quando deixam de ir juntas à escola todas as manhãs.

Antonia passa horas estudando com o entusiasmo de um homem sedento que encontrou um córrego limpo. Ela nunca fica plenamente confortável na correria do corredor, mas aprende a encontrar consolo na biblioteca e nas páginas de seus livros. Antonia estuda francês e latim. Lê com voracidade. Traça parábolas e quebra-cabeças com as datas de famosas batalhas da independência dos Estados Unidos. Todos os dias a caminho de casa, ela se testa. Sussurra a equação de segundo grau ou recita a abertura da peça *Inferno*.

Usa suas tardes para lavar a louça de Lina, as xícaras velhas com manchas âmbar e os pratos com crostas de torrada secas nas bordas. Ela cozinha massa, reaquece as sobras ou compra recipientes de sopa na delicatéssen, e tenta fazer com que Lina se sente à mesa, coma alguma coisa e pergunte a Antonia como foi seu dia. Ela deixa a mesa do jantar, vai ler e imagina que é Antígona, enterrada com seus princípios, seu deus e sua perda inimaginável. Ou se imagina jogando terra preta em cima do túmulo de Lina. Em outro momento, Antonia é Penélope, abandonada por aventureiros corajosos. Ela é Circe, com apenas os fantasmas das coisas que perdeu como companhia. Desta forma, Antonia consegue viver cada experiência amarga, raivosa e apaixonada que negou a si mesma em sua própria vida, onde está muito ocupada tentando sobreviver para pensar em como se sente.

À noite, antes de dormir, Antonia fecha os livros, depois os olhos e sente saudades de Carlo. Faz isso com cuidado, alguns minutos de cada vez. *Boa noite, papà*, sussurra.

Sofia encontra um grupo de garotas mais velhas, de lábios vermelhos e cabelos penteados, que trocam bilhetes quando a professora se vira e ficam encostadas em seus armários entre as aulas. Se conhecem a família dela, não dizem nada. É provável que não se importem. Com suas novas amigas, Sofia aprende o poder de um quadril saliente, de uma unha bem cuidada. Passa a ter uma atenção especial quando se veste. Ela se atreve a aparecer na mesa do jantar com sua coluna orgulhosa e reta e seus lábios alinhados e brilhantes. Começa a notar os olhos de outros alunos na escola seguindo-a enquanto caminha pelo corredor, e a maioria desses olhares a faz se sentir mais importante, mais cheia de vida e mais corajosa.

Sob o escudo à prova de balas da popularidade, Sofia passa de inúmeras novas amizades e obsessões a outras, tanto quanto consegue encontrar. E, embora seja verdade que as pessoas acham Sofia Colicchio *um pouco imprevisível* (como diriam suas melhores amigas inconstantes e bem arrumadas, os meninos com quem ela se dignara a sair e os professores em cujas aulas Sofia *não fez jus ao seu potencial*), também é verdade que ela tem a mesma magia viciante do pai, de modo que as pessoas querem estar perto dela. Mesmo sem consciência do fato, é verdade que seu elenco rotativo de amigas se torna a essência de uma sucessão mecânica e lendária — um emaranhado regular, um ciclo rítmico de desgosto e paixão.

Sofia se apaixona por menina após menina e deixa cada uma delas de repente. E há uma fila para ser amiga dela mesmo assim, porque passar duas, ou quatro, ou nove semanas como o objeto da atenção de Sofia vale a pena: trocar sorrisos de lado, desfrutar o foco da escuridão penetrante de seus olhos. Apesar dos rumores sobre sua família. Apesar do perigo que estala como estática no ar ao seu redor. Apesar da crueldade dos afetos errantes de Sofia, da maneira rápida como segue em frente, da luminosidade de sua atenção esmaecer no horizonte: vale a pena ser amiga dela. Ah, vale a pena.

Claro, é preciso levar em conta se é amor ou *amor*, e a verdade é que isso nunca ocorreu a Sofia: que, para algumas amizades particularmente desgastantes entre adolescentes, a linha é tênue de qualquer maneira. E é justo dizer que Sofia se apaixona e desapaixona e *ama* essas garotas, mas não nomeia o sentimento.

Então Sofia segue em frente e sente-se um pouco mais como ela mesma cada vez que deixa alguém para trás. *Não sou assim. Nem desse jeito. Muito menos deste. Sou feita de outra coisa.* Sempre dona de uma eletricidade inimitável, ela começa a exercer seu poder. A testar seus limites.

Um belo dia, Antonia menciona a Sofia que ela vai à missa toda semana, sozinha. Diz assim, de repente, e fica claro que não se importa mais com o que a outra pensa. Sofia não pergunta o porquê. Antonia ouviu um boato de que a amiga deixou Lucas Fellini, o garoto mais chato da escola, colocar a mão sob sua blusa, mas não ousa confirmar nem perguntar como foi. *A mão dele estava fria?*, quer saber. *Você estava usando aquela blusa com os botões que grudam?*

Sofia e Antonia começam a preencher o espaço entre elas com histórias sobre o futuro. Durante o primeiro ano do colegial, Antonia decide que irá para a faculdade. Percebeu que a leitura, que sempre fora um refúgio temporário, poderia ser uma fuga para toda a sua vida. Ela deixará o Brooklyn, deixará a Família para sempre — não da mesma forma que sua mãe, refugiando-se na própria pele, mas desabrochando, alcançando algo totalmente novo. E então decide: Antonia vai conhecer alguém que nunca ouviu falar da Família. Seus filhos nunca saberão sobre isso. Nunca se sentirão isolados na escola, e o pai deles nunca desaparecerá um dia para jamais ser visto de novo. Antonia — a exploradora do Ártico, a amazona com seu cavalo, a aventureira do safári — resgatará a si mesma e sua futura família do cenário indômito onde fora abandonada desde a morte de Carlo.

Em seus devaneios, ela compra uma casa com uma varanda aconchegante e a enche de filhos e um marido. Lina virá nos feriados, e Sofia visitará nos finais de semana. Ninguém vai trabalhar. Ninguém falará do passado.

Sofia consegue sentir a profunda mudança que *deve* estar a caminho: ela acabará em uma aventura imprevisível. Terá uma vida que ainda não foi sonhada. Jogará fora as restrições da feminilidade, que já consegue sentir que sufocam o seu futuro.

Ela percebe que, assim como Rosa, está usando essas mesmas restrições a seu favor, sempre que pode. Sofia descobre o poder de pálpebras pesadas, de um olhar imperturbável. Ela deixa

Lucas Fellini levá-la para sair, mas é claro que o boato sobre a blusa desabotoada e a mão boba é falso.

Sofia aprendeu a passar as mãos em seu próprio corpo. Fica sozinha em frente ao espelho do quarto e encontra um lugar macio no centro de si mesma. Deve ser isso que ela precisa proteger, segundo Rosa. Este deve ser o coração frágil, a coisa que a torna quebrável. Esta é a causa das guerras, a fonte da vida.

É quase suficiente.

ANTONIA E SOFIA acenam uma para a outra quando passam nos corredores. Sentam-se juntas e dizem *ah, tudo bem?*, sem embaraços no jantar de domingo. É como se a amizade delas tivesse pausado, congelado, e, quando estão juntas, elas têm que viajar no tempo para um lugar onde possam falar a mesma língua. Sempre têm que deixar algo de suas versões atuais para trás. O rosto inexpressível de Antonia reflete o fingimento de Sofia. Com suas novas amigas, Sofia nunca se pergunta se precisa do novo suéter ou do pescoço perfumado. Antonia, com sua dedicação ao estudo e seus sapatos confortáveis, faz Sofia se sentir uma fraude. E, quando antes Sofia fazia Antonia se sentir mais forte, agora ela se sente desajeitada e desconfortável nas margens da luz da amiga e, sendo honesta, levemente crítica da nova afetação dela. É perturbador questionar os motivos de alguém que sempre foi sua bússola. A solidão de se perguntar se apesar dos laços familiares, das promessas de amizade e dos juramentos de confiança que fizeram, você está sozinha no fim das contas.

Tarde da noite, quando as horas parecem inomináveis e o corpo de Antonia está pesado de exaustão, mas sua mente gira a milhares de quilômetros por minuto, ela às vezes coloca uma palma esticada na parede de tijolos que compartilha com Sofia. Do outro lado da parede, Sofia às vezes descansa sua testa no tijolo. Cada uma delas imagina que a outra está ali.

ANTONIA ESTÁ OBCECADA em ler as notícias. À medida que o verão queima com menos intensidade, observa os homens e jovens de Hitler passarem pela Tchecoslováquia e os imagina se infiltrando na Polônia como um copo enchendo de água. Ela sente o mal fervilhar pelas rachaduras que está começando a notar no mundo ao seu redor.

Ela fica exausta a cada dia que passa enclausurada com Lina, embora a mãe esteja um pouco diferente agora: mais ocupada e menos frágil. Lina não vê necessidade de esclarecer seus pensamentos para os outros, e assim seus dias são repletos de versos de músicas que a mãe dela cantava e fragmentos de lembranças. Antonia faz o café da manhã, e Lina se levanta sem tocar o prato, exclamando que não gosta de comer torradas frias ou então sem dizer nada, afastando-se em um silêncio inexplicável.

Onde quer que vá, Lina começa a falar sobre as coisas que poderia ter feito se não tivesse se casado com Carlo: teria sido uma escritora, ela diz. Teria sido a melhor amiga de Zelda Fitzgerald. Teria sido uma vendedora, uma daquelas jovens intimidantes e estilosas que parecem confortáveis em qualquer situação, embora se destaquem por sua elegância e postura onde quer que passem. *Em vez disso, olha só*, diz Lina, levantando as mãos ressecadas, cheias de rachaduras perenes e manchas brancas e grossas graças à lavanderia industrial, onde passa os dias lavando lençóis para hotéis de subúrbio. *Em vez disso, perdemos seu pai.*

Antonia considera ir à casa de Sofia várias vezes por dia, mas é impedida por uma vaga sensação de orgulho e medo. Há um abismo entre elas. Sofia usa a máscara de mulheres que ambas costumavam admirar como se tivesse sido feita para ela o tempo todo. É refinada e perfeita. Imaginar-se indo até Sofia em busca de conforto faz Antonia se encolher. Ela planeja estudar em Wellesley, tornar-se professora de clássicos e se envolver em livros e solidão como Emily Dickinson. Até mesmo para Antonia, há algo de fantástico e frágil nessas fantasias. *Pessoas estão morrendo lá fora, e você imaginando um diploma universitário que não pode pagar.* Ver-se pelos olhos de Sofia só pioraria as coisas.

Então Antonia abriga-se em si. *Algo se aproxima*, dizem as manchetes, as transmissões de rádio, os pombos que brigam por migalhas nas esquinas. Quando fecha os olhos, é inundada por sensações. *Malocchio*, diz sua mãe. Mau-olhado. Antonia tem 16 anos.

O mundo está instável.

DE REPENTE, Sofia e Antonia parecem duas mulheres diferentes, em vez de duas garotas simbióticas. Sofia cresceu, e seus lábios, olhos, ombros e panturrilhas se tornaram arredondados. Ela parece conter inúmeras surpresas, como se a qualquer momento pudesse rir, chorar ou alongar os braços acima da cabeça. O cabelo de Antonia escureceu, e os dedos das mãos e dos pés se alongaram o suficiente para que desenvolvesse uma graça inimitável.

Aos 16 anos, o corpo denuncia coisas que acontecerão mais tarde, mas que você ainda não percebe, é claro. Antonia se sente apenas pesada e descuidada em seus membros graciosos, e Sofia, na maioria das vezes, morre de tédio, desesperada para se mover e esperando impacientemente por algo novo.

FRANKIE TEM 8 anos e é precoce e perspicaz como Rosa. *Por que você não aparece mais vezes como antes?*, perguntara a Antonia no domingo, e ela sentiu o estômago revirar, como se tivesse sido pega fazendo algo proibido, e então voltou a ajudar Rosa com a arrumação da mesa. As duas mesas de cartas, dobradas e escondidas atrás do sofá, são limpas e encostadas uma na outra, para que todos se sentem à mesa. Há uma longa extensão marrom que, ao ser instalada na mesa da sala de jantar, acomoda dez pessoas espremidas, em vez de seis espalhadas.

Toda semana, Sofia e Antonia têm conversas corriqueiras sobre amenidades enquanto arrumam a mesa, cortam cebolas e tiram a poeira das taças de vinho. Ficam próximas o suficiente para respirar uma à outra e o bastante para não se sentirem culpadas por deixar a amizade se desgastar. Cada uma delas nota: *Ela parece feliz. Ela parece feliz sem mim.*

As duas se livram do penúltimo ano do colegial quando o calor de junho de 1940 começa a sufocá-las. Na semana seguinte, o rádio anuncia que a Itália se uniu à Alemanha, e as meninas se encontram espremidas no apartamento de Sofia com inúmeros corpos familiares e inquietos. O vinho é servido, e a sala se enche com uma densa nuvem de fumaça de cigarro. A mesa de Sofia é soterrada por uma pilha de chapéus, suéteres e carteiras.

— Será igualzinho à Primeira Guerra — diz o pai de Rosa. Nonno raramente aparece no jantar, porém, quando o faz, comanda o recinto: senta de pernas abertas na cadeira de Joey, em frente ao sofá, com as mãos cruzadas sobre a barriga. O gesto de deferência da parte de Joey serve tanto para amenizar a tensão natural entre genros e sogros quanto para afirmar seu status: *veja como ele é confiante*, as pessoas pensam. Joey divide o poder sem arrefecer. *Olha que ilustre.* — Seremos reduzidos a trabalhos essenciais e necessidades.

— Mas o que isso significa para nós? — pergunta Paulie DiCicco.

O cômodo se cala. Cinco homens voltam as cabeças para Paulie, que é o novo contratado de Joey e não devia ter falado fora de hora. As mulheres, Sofia e Antonia entre elas, sentem o ar tenso e silencioso por um momento.

— A ansiedade dos jovens — diz Joey, desculpando-se. O ar perde a tensão. As mulheres voltam para o seu círculo. Sem perceber, Sofia e Antonia se aproximam. Antonia coloca um guardanapo por vez nos anéis. Sofia limpa manchas de uma pilha de garfos. Ambas aguçam os ouvidos para escutar a conversa dos homens.

— Mas, pai — diz Tio Legs, o irmão mais velho de Rosa —, todas as Famílias têm dinheiro para dar e vender. Não será como da última vez. Estamos ganhando bem.

— Não será como da última vez, porque esta não é uma guerra sem sentido — diz Joey. As pessoas murmuram em resposta.

A Família não entra em consenso. Como italianos, querem apoiar a Itália com todas as forças, embora essa tenha sido uma tarefa complicada com anos de rumores sobre a nova ordem mundial de Mussolini. A maioria não se surpreende que os vilarejos, economicamente falidos de onde fugiram com suas famílias, tenham sido vítimas desse novo mal.

Como imigrantes, são cautelosos com a guerra e estão inseguros se devem acreditar ou não nos sussurros sobre as atrocidades desumanas cometidas contra quem não está alinhado com os objetivos do Terceiro Reich. Como norte-americanos, querem desesperadamente se afastar de mais uma catástrofe europeia e se desvencilhar do emaranhado de política e cultura que está arrastando para a lama os parentes do outro lado do Atlântico.

Como empresários, estão intrigados. As finanças após a Lei Seca têm sido instáveis e incertas, mantendo-se graças aos pagamentos em troca de proteção de restaurantes e pequenos proprietários de lojas — uma floricultura conhecida por buquês de casamento belos e caros, uma importadora de tapetes na avenida Atlantic, uma agência de viagens que planeja as férias de verão de membros dos escalões mais baixos da família Rockefeller —, mas não está promissor como antes, quando vinho valia seu peso em ouro.

Eles sabem que a guerra torna algumas coisas escassas. Coisas que podem ser adquiridas, é claro, se você conhecer as pessoas certas e pagar o preço certo. Então percebem que a guerra na Europa significa que as pessoas vão querer sair. Vão querer ir para *algum lugar.* E precisarão de ajuda, especialmente de um discreto grupo familiarizado com todos os caminhos e rotas comerciais secretas a leste do Mississippi e ao longo da fronteira canadense.

Rosa treme enquanto enche os copos. No final da última guerra, ela conheceu Joey, e a adrenalina do mundo os impulsionou de forma bem sutil ao longo do namoro, preencheu a sala quando faltava assunto e fez os edifícios cinzentos que eram seu horizonte se tornarem majestosos. *O que poderia acontecer desta vez?*, pensa, procurando Joey pelo cômodo. Ela não está interessada em mudanças. Rosa tem tudo de que precisa: suas lindas filhas e seu marido.

Do outro lado da sala, Joey está distraído. Seus olhos não encontram os da esposa. Se a visse, sorriria. Não experienciava incerteza de verdade há tanto tempo que está alegre, distribuindo tapinhas nas costas e brindando. Ele tem um foco: sente-se atraído, eletrificado. O perigo da complacência é que ela o esgota, o torna enfadonho, o distrai do calor à medida que a água à sua volta começa a ferver.

No fim daquela noite, quando os relógios reiniciaram e as conversas se dividiram em pequenos grupos de preocupação que especulavam pela sala de estar e pelos corredores, Antonia e Sofia estão sozinhas no quarto de Sofia.

Quando sua amizade embaraçosa não é diluída pela presença de outros, o ar de repente parece estagnado e denso. Inquieta, Antonia tem um desejo incontrolável de balançar braços e pernas, e Sofia não consegue olhar a amiga nos olhos.

— Bem — diz Sofia —, acho que tudo será diferente agora.

— Tudo está diferente o tempo todo — diz Antonia e se arrepende na mesma hora. *Por que você sempre tem que dizer algo assim?*

Sofia revira os olhos para o teto.

— Não foi isso que eu quis dizer.

De repente elas ficam presas em um momento turvo, mudo e hostil do qual não sabem sair.

Como chegamos a este ponto?, reflete Sofia. Ela sente falta de Antonia, que olha mal-humorada para o colo e parece não se importar mais com ela. Sofia lhe dirige uma resposta fria.

— Desculpe. Eu não quis dizer… eu só… desculpe.

— Está tudo bem — diz Antonia. Ela se levanta e olha pela janela. Sente falta de Sofia. — Ouvi dizer que você saiu com Lucas Fellini.

Sofia ri.

— Saí, infelizmente.

Logo Antonia fica mais curiosa do que irritada.

— O que aconteceu?

Sofia quer contar tudo, mas não quer parecer tão ávida.

— Está pronta para ouvir?

— Que nojo. Provavelmente, não. — Antonia se sente despertar em relação à Sofia, um velho instinto, um alívio.

— Bem, eu não… estava pronta também. Para grande decepção dele.

Antonia faz uma careta, mas um calafrio de medo a percorre. *Sofia faria algo assim?*

Sofia sorri, dá um tapinha na cama, e Antonia se senta.

— Ele me levou para jantar, mas não sabia o que dizer. No início fiquei com pena, porque a camisa dele estava muito apertada, e era óbvio que a mãe tinha arrumado o cabelo dele e que o pai tinha dado um sermão sobre como se comportar. Mas ele não fez uma pergunta. Pediu um simples macarrão com manteiga, e passamos metade do jantar sentados, em silêncio!

Antonia sorri ao imaginar a radiante Sofia tentando caber num banco de madeira no pátio de uma trattoria e pedindo Coca-Cola com canudo. Sofia e Lucas Fellini: o menino mais chato da escola. A amiga cobre a mão de Antonia com a sua e se inclina para conspirar.

— E depois? Foi como se ele achasse que tinha se saído bem, e então me acompanhou no caminho de volta. Você sabe, *passando pelo parque perto da escola*.

Antonia suspira, porque o parque perto da escola é conhecido por ser um lugar onde casais se encontram. No ano passado, duas meninas saíram grávidas desses encontros.

— Eu sei — continua Sofia —, e ele meio que me *olhou* como se dissesse *certo, aqui vamos nós,* e eu só conseguia olhar pra ele e pensar *acho que você vai ter que se virar sozinho.*

— Sofia, *francamente.*

— Eu sei, mas vai me dizer que você não acha que ele fez isso quando chegou em casa? De qualquer forma, ele não conseguia nem se inclinar na minha direção ou pedir um beijo. No final, só se virou e me levou para casa! — Sofia se interrompe, para recuperar o fôlego. — Ah, Tonia, você devia ter visto a cara dele. Parado lá, me olhando como um cão abandonado. Como se isso fosse me convencer!

As duas se encaram por um segundo e meio, depois desabam na cama, rindo.

— Ele era tão chato! — lamentou Sofia. — Pensei que fosse contagioso!

— Imagine pegar a *chatice* do Fellini! — grita Antonia. Lágrimas escorrem dos cantos de seus olhos, e sua barriga dói. — Acha que se contagiaria apenas pelo beijo ou teria que...?

— Eu não queria respirar o mesmo ar que ele, que dirá beijá-lo! — arquejou Sofia. — *Muito menos...* Urgh! E tenho certeza de que ele disse a todos os amigos dele que fizemos isso e muito mais, só que não estou nem aí, desde que não tenha mais que falar com ele! Meu Deus!

Sofia quase conta que houve um momento em que olhou para Lucas e pensou: *e se eu simplesmente fosse em frente? E se eu desabotoasse meus botões e só fosse em frente, assim, do nada, o que aconteceria depois?* E se contasse que fora impedida não por uma sensação de que estava errada, ou de que tivesse que se proteger, mas por uma poderosa onda de tristeza pela ideia de que Lucas Fellini seria a pessoa a dividir sua vida em antes e depois. Pela ideia de que, se mudasse, ele faria parte dessa mudança. Em vez disso, disse a ele para acompanhá-la até em casa e foi dormir ainda tremendo com a linha tênue entre dizer sim ou não. Mas Sofia se sentiria vulnerável se contasse isso a Antonia, que com certeza não precisava lutar para não quebrar regras como ela.

A barriga de Antonia está doendo de tanto rir — de alívio, de amor e de medo pelas coisas que a amiga fica tentada a fazer. Sofia descansa a cabeça no braço esticado, para poder olhar de lado para Antonia.

— Sinto muito, sabe?

Antonia fica tentada a perguntar *por quê*, mas sabe que seria uma dessas escolhas que a tornaria menor, que Sofia reviraria os olhos e diria *você sabe*, e Antonia de fato *sabia*. Então apenas responde:

— Eu também.

E elas se deitam juntas e ouvem os adultos na sala de estar. Uma tosse aqui, um riso de homem ali.

— Já parou para pensar nisso? — pergunta Sofia. Ela gesticula em direção à porta fechada do quarto.

— O que quer dizer?

— Já parou para pensar no que estão fazendo lá fora? Você pensa no que os nossos... no que meu pai faz?

— Tento não pensar — diz Antonia. Mas é claro que pensa: cada chapéu retirado é uma homenagem ao pai. Cada terno elegante é uma lembrança do que lhe fora tirado. Quase diz a Sofia que está construindo, na sua imaginação, uma casa com uma varanda aconchegante, que tem alimentado fantasias sobre faculdade, independência e fuga. Ela acredita que Sofia entenderia, mas que também se sentiria abandonada. E a amiga saberia que Antonia estava fingindo.

Sofia fica em silêncio, mas insiste:

— Eu, sim.

— Você o quê?

— Eu penso a respeito.

Não pensa com frequência, mas não consegue tirar da cabeça a imagem da pequena Antonia: a vida marcada para sempre pelas maquinações de homens que têm poder e segredos de sobra.

Ultimamente, cercada por amigas que não ligam no fim de semana ou sequer perguntam como está, mas que, como um exército de saias plissadas, ficariam ao lado dela contra tudo que é desconhecido, Sofia fica estupefata, presa na lembrança da solidão da escola primária, da dor na garganta ao andar pelos corredores sob a atenção de olhos semicerrados e críticos. Ela percebe que não nutre curiosidade sobre o que o pai faz para governar o Brooklyn, pelo contrário, tem muita raiva. Raiva de tudo.

— O que você acha?

— Acho que é errado. — Quando diz isso, Sofia acha que acredita. Ao dizer essas palavras, é impulsionada por uma opinião pura e soberana. Percebe que este é o pior medo de Joey: que ela descubra o que ele faz e odeie. — Acho que é errado e que eles machucam de verdade as pessoas.

— Acho que é mais complicado do que isso — comenta Antonia, que nunca teve o privilégio de ser obstinada; que, lá no fundo, sabe como a Família destruiu sua vida, mas também como a mantiveram. Surpreende-se ao pensar nisso. Um buraco perfurou sua futura vida imaginária, e todo o ar foi drenado. *Você nunca abandonará sua família*, percebe. Ela não é melhor do que Lina, que também não consegue escapar dos laços com a Família.

— Como? — pergunta Sofia. Ela sente que tem razão. Sente aquilo pegar fogo dentro de si. As palavras estão saindo, não há como pará-las. — Como pode você, *você*, entre todas as pessoas, achar complicado?

— Como é que é? — Antonia fica de pé, e de repente lá estão elas: à beira de algo não dito. Estão tontas e prestes a chorar, pois sua união ainda é frágil. Não querem se separar de novo, mas seria fácil demais.

O fogo consome as entranhas e o peito de Sofia e sobe até a garganta.

— Depois do que fizeram com o seu pai. Como pode achar que é complicado?

— Eles pagam meu aluguel, Sof. E o seu, caso tenha esquecido. — Antonia a encara. — Não é um pouco hipócrita criticá-los?

Sofia está arrependida e ainda mais zangada. Lágrimas se formam atrás de seus olhos. Ela se sente esquentar e sabe que seu rosto está vermelho-vivo. Sua voz está presa na garganta.

— Desculpe. Não foi isso que eu quis dizer.

— Está tudo bem — diz Antonia, e está. O alívio de ter algo sobre o que brigar é melhor do que o silêncio entre elas.

Sofia olha para a amiga e quer fazer mil perguntas.

— Não está com raiva? Deles? De nós?

Antonia olha para ela. Está parada na porta do quarto de Sofia, sendo iluminada pela luminária na mesa. Tem o mesmo rosto que tinha aos 5, 9 e 13 anos.

— Todos os dias. Mas que alternativa eu tenho?

DEPOIS QUE ANTONIA SAI, Sofia revira sua raiva recém-descoberta. É quente como metal derretido. Ela inclina a cabeça na direção dos murmúrios que vem da sala de estar, mas não consegue ouvir. Então se esgueira pela porta do quarto com meias nos pés. À medida que se aproxima da sala, escuta seu pai conversando com seu tio e seu avô.

Sofia espreita por uma brecha na porta francesa que dá para a sala. Joey está de cabeça erguida, a coluna ereta e os ombros largos inclinados em direção ao pai de Rosa.

— Eu não te invejo — diz o avô de Sofia. — Iniciar um novo empreendimento, durante uma guerra... É difícil fazer com que as pessoas comprem qualquer coisa.

— Vamos nos certificar de que estamos vendendo algo sem o qual não podem viver — diz Joey.

Surge uma linha de norte a sul na testa dele. Sofia observa os pensamentos do pai se agitarem. É difícil ficar com raiva quando olha para o rosto familiar dele. Ela é teimosa demais para se perguntar se a raiva é apenas uma máscara frágil para algo mais profundo e complicado, mas, olhando para Joey, sabe que não está apenas com raiva. Não está pronta para admitir, mas Sofia está muito curiosa. Isso faz com que se sinta uma traidora. Está traindo Antonia, que foi ferida profundamente pelas maquinações da Família. Está traindo a mãe, que só queria que Sofia se contentasse com o espaço que lhe fora designado no mundo.

Mas não está traindo Joey. Isso a torna mais próxima dele do que Sofia jamais imaginou.

ENQUANTO BEIJA ROSA, fecha a porta do apartamento, desce as escadas de Sofia e sobe as de seu próprio prédio, Antonia desiste do sonho de um diploma universitário em uma cidade onde ninguém a conhece. Sem a Família, sem sua própria história e sem Sofia, ela é uma concha vazia. Nunca conseguirá sozinha. Isso é o que diz a si mesma, mas é claro que a verdade é mais complicada: Antonia já não tem certeza de que quer conseguir sozinha.

Tem que haver uma maneira de sair do jugo da Família sem abandonar as pessoas que ama. Tem que haver uma maneira de conseguir tudo o que quer.

CONFORME O SILÊNCIO da noite cai no Brooklyn, Sofia e Antonia plantam as mãos contra a parede de tijolos entre seus apartamentos, e ambas sabem que estão ali. Sabem que não vão abandonar uma à outra. Cedem à força dos laços que as criaram.

Lá fora, uma guerra se expande. O mundo inteiro está agitado. Ninguém vai para a cama na hora, e o rádio crepita até que não haja nada além de músicas gravadas e estática. Ainda assim, à medida que a noite passa, alguém está sempre pairando perto de um rádio, ouvindo. À espera de informações ou pretextos. De uma prova que o mundo não está acabando. Da voz de um parente há muito perdido ou uma mensagem de Deus.

Até a transmissão da manhã, tudo o que haverá é estática.

A PRIMEIRA VEZ QUE ANTONIA esbarra com Paolo Luigio ele é apenas um borrão de olhos vermelhos e ombros caídos a caminho do prédio de Sofia, enquanto ela não presta atenção aonde vai. Quando colidem, um pacote marrom cai dos braços dele, e passaportes vermelhos e novos se espalham pelo chão, cheios de promessas e favores. Paolo e Antonia ficam atordoados por um instante.

Antonia se inclina, recolhe alguns passaportes e os entrega a Paolo.

— Com licença — diz, enquanto corre pela rua. Então para, vira e acrescenta: — Estou atrasada para a escola. — Ela sente as bochechas e as costas formigarem.

— Bom dia, senhorita — diz ele, tocando a borda do chapéu.

Tão simples, mas tão infinitamente complicado assim.

Até que esteja sentada na aula de estudos sociais, suando pelas costuras do uniforme engomado, não havia ocorrido a Antonia se perguntar o que um homem que nunca vira antes fazia no apartamento de Sofia entregando passaportes.

Quando o encontra de novo, duas semanas depois, ela o cumprimenta:

— Bom dia.

E ele sorri.

Passa o resto do dia se contorcendo cada vez que lembra do encontro. As palavras tropeçando de seus lábios infantis, mais altas e ríspidas do que pretendia. Os olhos graciosos dele, o aceno de cabeça. Antonia tremendo e de repente mais desconfortável do que nunca dentro do seu corpo.

Ela se vê à espera do chapéu de Paolo descendo a calçada todas as manhãs. Raramente diz mais do que *olá*, mas acredita que consegue sentir o cheiro dele em suas roupas todos os dias. Na presença dele, ela é como manteiga derretida. Como lava fundida. Como uma planta pequena e verde desabrochando em direção à luz.

PAOLO LUIGIO CRESCEU na rua Elizabeth, no tipo de cortiço com mais paredes do que as construídas originalmente e mais habitantes do que era capaz de abrigar. É o mais novo de quatro irmãos e o primeiro a ir trabalhar no Brooklyn, onde sua caligrafia impecável e técnica meticulosa são úteis para falsificar documentos — passaportes, certidões de nascimento, cartas de referência — necessários para que os refugiados judeus possam encontrar empregos legítimos. Ele não se importa com o horário estranho ou com a ambiguidade moral do trabalho. Sonha em usar um terno tão bem-feito quanto os que seus chefes usam, em entrar numa sala e senti-la silenciar com sua presença. A grandeza, aquele padrão evasivo pelo qual alguns meninos julgam suas vidas, sussurrava em seu ouvido desde cedo.

Paolo convida Antonia para almoçar quando as árvores começam a perder as folhas. Ela diz a si mesma para recusar, para não sair com um homem que trabalha para Joey Colicchio, mas, quando abre a boca, nada sai, e ela apenas acena com a cabeça. Não consegue se concentrar, mas parece uma calda quente. Parece um cubo de gelo ao sol.

Antonia acredita que Paolo existe em dois lugares ao mesmo tempo: aqui, no corredor, sorrindo para ela; e, de alguma forma, em algum lugar futuro, na sua própria imaginação. Nenhum deles vive inteiramente na Terra.

Eles vão à cafeteria da esquina, e ela descobre que Paolo tem 20 anos. Ele adora ler, mas cresceu falando italiano em casa e acha a leitura em inglês ou italiano mais difícil do que ouvir uma conversa. Antonia descobre que ele gosta do trabalho que faz para o pai de Sofia, mas não o que é.

— Você sabe como é — diz ele sem de fato explicar, e ela sabe. Conta que o pai morreu quando era jovem, mas não como.

— Foi apenas uma dessas coisas — diz, mas também não entra em detalhes, e ele assente.

Antonia descobre que Paolo tem medo de altura e, quando ele conta, ela o observa mexer distraído no anel do guardanapo e na faca de manteiga. Embora o resto do corpo esteja calmo, ele nunca fica quieto. Ela conta que fica tímida em grandes multidões.

— Não acho que deveria ficar — afirma ele com segurança.

— Por quê?

— Porque você é espetacular.

Depois fica em silêncio e, enquanto observa Antonia na atmosfera do restaurante ao meio-dia, Paolo percebe que, embora tenha a mente inquieta, ela quase sempre está parada.

Após pagarem, Paolo leva Antonia para casa, e ela sente o olhar onipresente das senhoras do bairro nas janelas do segundo andar na rua King, o calor do corpo de Paolo caminhando ao seu lado, a agitação do tráfego enquanto os lixeiros gritam pelo quarteirão.

Ao pé da escada, Paolo coloca três dedos na aba do chapéu e pisca com discrição. Durante a hora seguinte, ela não consegue parar de reproduzir a cena: o cotovelo dobrado, o adeus mais rápido do que imaginara, a própria mão deslizando ao longo do corrimão de ferro enquanto subia as escadas. Até que ela o veja de novo, Antonia não conseguirá se lembrar de como ele é.

Assim passa o outono: almoços com Paolo, cafés e caminhadas lentas nos limites do bairro, onde é menos provável que Antonia encontre alguém que conheça. Ela está nervosa: não esperava se apaixonar por alguém que Joey havia contratado. Não esperava se apaixonar por qualquer pessoa. Em sua mente, um futuro alternativo começa a se construir. Ela vai se casar com Paolo. Escapará da casa de Lina sem precisar abandoná-la. Antonia quer desesperadamente ser boa. E pela primeira vez desde que se lembra, parece que pode conseguir.

JOEY COLICCHIO COORDENA um grande império de contrabando agora. Usando os contatos que fez na Itália com exportadores de azeite e carne curada, construiu uma rede impecável de Brindisi a Red Hook sem se envolver diretamente em nada. Por um preço alto, as famílias judaicas lhe pagam para serem transportadas com discrição entre rodas de queijo parmigiano e garrafas de vinho Chianti. Mas não são apenas os judeus. Há católicos também. Homossexuais. Uma família cigana que vendeu joias de gerações para comprar passagens. Joey não se importa. Se puderem pagar, ele providencia o transporte. Se pagarem mais, providencia passaportes, histórias falsas e referências para que aluguem apartamentos lotados e de má qualidade.

Os negócios estão mais movimentados do que nunca. Quando os primeiros relatos do horror dentro de Dachau e Buchenwald chegam aos ouvidos de Joey, ele aumenta os preços. (Apesar disso, há um rumor persistente de que ele não recusa mulheres e crianças que não podem pagar. E, claro, a ideia de que Joey Colicchio seja responsável por algo do tipo é um rumor infundado. Não há provas documentadas, e quase ninguém ao longo da rota sabe o nome de Joey. E, aqueles que sabem, preferem ter os olhos arrancados de seus crânios a dizer qualquer coisa.)

No final de 1940, Joey precisa de um assistente.

SERÁ QUE SOFIA sente um calor, um tremor ou algum tipo de liberdade profunda dentro de si mesma quando Saul Grossman desembarca do transatlântico onde esteve agachado por duas semanas, vomitando bílis num balde no porão com outros quinze judeus?

Será que ela sossega em seu lugar predeterminado no universo?

Exatamente às 11 horas da noite, dois meses após cambalear para fora do porão do *SS Hermes* na luz do sol norte-americano, Saul Grossman chega à delicatéssen onde faz sanduíches para nova-iorquinos famintos e noturnos. O ar frio do inverno faz líquidos fluírem dos olhos e do nariz, que ele limpa com a manga do casaco enquanto se apressa pelo quarteirão. Ele atravessa a multidão na saída do teatro, levanta a grade em Ludlow e bate os pés pelo caminho, para dispersar os ratos. Não está mais surpreso com a quantidade de pessoas em Nova York que espera comer quando quer.

— Sempre te ouço chegar, Saul — diz Lenny. — Parece que você pesa 200 quilos!

Lenny, uma figura de 140 kg, tem o sotaque arrastado do Brooklyn e um sorriso que se espalha por todo o rosto. Ele transmite uma gentileza superprotetora, uma lealdade compassiva, uma bússola moral com ponteiro de diamante. Lenny manteve Saul de pé e alimentado quando ele foi parar pela primeira vez na delicatéssen, abatido e com saudades de casa.

— Precisamos de gatos, Lenny — diz Saul. — Acabei de assustar um rato do tamanho de um pastrami.

— Bobagem. Temos você para mantê-los na linha!

Lenny sorri enquanto Saul passa por ele no porão escuro. À meia-luz, ele parece um lunático.

— Ei, Saul? — chama ele.

Saul se vira.

— É bom te ver um pouco melhor.

— Obrigado. Estou tentando. Recebi uma carta de casa esta semana.

— Assim que se fala. Boas notícias?

Saul balança a cabeça.

— É da minha mãe, então sei que ela mente. Diz que está tudo bem, que arrumou um trabalho de varredora de rua. Tenho certeza de que é muito pior do que admite. — Quatro anos de estudo na escola primária e meses de imersão completa tornaram seu inglês quase perfeito, mas a pronúncia alemã das consoantes sobressai, especialmente quando Saul está chateado.

— Ela vai dar um jeito de escapar, Saul.

Saul assente e caminha até a parte de trás do porão. Fica exausto só de imaginar tudo o que pode ter acontecido com a mãe e com seu país. Ele encontra um avental e um chapéu e deixa o casaco num gancho, na sala dos funcionários. Lava as mãos, seca-as no avental, olha-se no espelho e pisca para afastar o sono antes de subir as escadas para a delicatéssen.

Já está lotada, e a multidão espremida do lado de fora embaça as janelas com seu hálito faminto.

— Comece a trabalhar, Grossman! — ladra Carol. Saul tem certeza de que não parou nem por um segundo, mas acena para Carol e se arrasta atrás da fileira de sanduicheiras para chegar à sua estação.

Saul empilha rosbifes em torres instáveis, faz camadas com fatias fumegantes de peru no pão de centeio. Espeta pedaços de carne e coloca molho em cima. Suas mãos manipulam com destreza pães, pedaços de carne, colheres de caldos e molhos, mostarda e maionese. O mundo se restringe ao baque, ao assobio e à batida de uma delicatéssen movimentada.

Pensamentos sobre sua mãe e seu país são insignificantes perto do ranger de sapatos de borracha no chão, do chiar do queijo derretido, do barulho de bandejas de metal vazias sendo trocadas por novas, da balbúrdia e da tagarelice de clientes arrastando as cadeiras e lambendo os dedos. Ao fundo do balcão, na estação de picles, Lenny emergiu da contabilidade que fazia no porão e gritou:

— Um picante, um picante, duas metades, picles, picles, picles com endro. Quantos, senhora? Sim, três picantes, bom apetite!

— Ei, garoto!

Saul se vira para o balcão, perguntando-se o que será que esquecera. Pastrami no centeio, dois picles... Ele não faz ideia.

— Em que posso ajudar?

O homem é alto e moreno como Saul, mas com o peito largo, as maçãs do rosto esculpidas e o cabelo penteado para trás que ele aprendeu a associar aos italianos em vez de aos judeus.

— Você faz um excelente sanduíche.

— Obrigado, senhor — diz Saul. Ele pode sentir o olhar de Carol fuzilá-lo, fazendo um buraco no avental. — Então... — Ele se move para pegar o recibo do próximo cliente da fila. Não está acostumado a ficar parado quando a delicatéssen fica tão barulhenta e agitada.

— Ei! — diz o homem alto. Saul se vira. — Olha, garoto — continua o homem, equilibrando o sanduíche em uma mão e levando um picles até a boca com a outra —, você faz um sanduíche excelente, mas eu estava dizendo... Santo Deus, esses picles são bons... Você parece um cara inteligente.

— Pareço? — pergunta Saul.

— Parece. E eu estou no ramo de caras inteligentes. — O homem termina o picles e procura um lugar para limpar as mãos.

Como não encontra nenhum, esfrega o polegar e o indicador ao longo do punho da manga da mão oposta e pisca.

— Obrigado, senhor — diz Saul —, mas devo voltar ao trabalho.

— Certo, certo, entendi, você está ocupado. Vou direto ao assunto. — O homem alto estende a mão sobre o balcão, para apertar a de Saul. — Eu sou Joey Colicchio e gostaria de lhe oferecer uma promoção.

A verdade é que Joey Colicchio sabe que Saul estudou inglês por anos antes de fugir e o observa há semanas. Ele é jovem, forte e passa todo o tempo fora do trabalho sozinho. É o candidato perfeito para uma posição delicada.

Parado, com a delicatéssen girando ao seu redor, olhando para o homem italiano que acabara de lhe oferecer um emprego sem nenhum motivo aparente, Saul flutua entre a curiosidade e o medo. *Não confie em ninguém*, dissera sua mãe. Mas ela também dissera: *Deixe-me orgulhosa.*

— Grossman! — O rosnado de Carol os interrompe. Saul olha para cima e solta a mão de Joey Colicchio.

— Eu tenho mesmo que voltar ao trabalho. — E volta para a sua estação, onde pelo menos dez recibos estão enfileirados no balcão. — Peru no pão branco. Pastrami no centeio, peru no centeio, bife de língua com mostarda.

— Eu voltarei, garoto. Caramba, esse sanduíche é bom.

SETE HORAS DEPOIS, Saul está parado na rua Houston, observando o estrondo do trânsito matinal. O céu está rosa, cintilante e tingido pela primeira luz amarela do sol, que se ergueu sobre as pontes que ligam Manhattan ao Brooklyn com cordas diáfanas. Como acontece em todas as manhãs claras e frias, o intenso odor e o barulho do trabalho parecem um sonho.

DE VOLTA AO BROOKLYN, Joey Colicchio beija a testa de sua esposa adormecida e inala a poeira e o sabão familiares do quarto. Faz uma pausa na janela, para olhar os edifícios adormecidos do sul do Brooklyn antes que façam sombra contra o sol brilhante da manhã. Ele se despe, deixando os suspensórios presos às calças num emaranhado no chão e as meias em pequenas bolas brancas. Mesmo sem olhar para baixo, sabe que seu corpo mostra os sinais inconfundíveis da meia-idade — as pernas perderam um pouco da tonicidade, o tronco está mais pançudo do que o costume, a pele se estica com mais delicadeza sobre os músculos, e estes não se agarram mais aos ossos como antes. O emaranhado de pelos no peito está salpicado de cinza e espalhado na pele fina.

Ele sobe na cama ao lado da esposa e move a maior parte do corpo de encontro às curvas flexíveis dela. Ela se inclina em direção a ele, e seu cheiro sobe da caverna de lençóis, preenchendo o quarto. Lá fora, há trabalhos inacabados — um jovem ainda não contratado, planos não postos em prática, dívidas a serem pagas.

Joey teve várias reuniões após a conversa com Saul. No meio da noite, num momento de determinação fria e calculista, ele recuara o punho e dera um soco na cara de um homem. Joey é particularmente hábil em socar alguém na cara. Feito ao acaso, os ossos da mão podem se quebrar como gressinos. Mas, sem sequer pensar, Joey Colicchio pode dar um golpe devastador: os dedos dobrados com força, o polegar do lado de fora, o pulso inclinado para que a carne da bochecha do outro homem encontre o lugar potente entre as juntas dos dedos indicador e do meio de Joey. Não há sequer um impulso. Em vez disso, há um golpe breve e forte, um trajeto direto do punho de Joey para o tecido macio da bochecha de Giancarlo Rubio. Há um pouco de adrenalina. Uma satisfação indescritível e viciante.

Não ficamos de brincadeira quando alguém nos deve, falou Joey, silvando. *E você sabe que está com sorte por ser eu aqui.* Joey enxugou a mão no lenço. *Está com sorte de eu ter vindo esta noite, e não um dos meus homens. Eles não são tão gentis quanto eu.* Giancarlo Rubio colocou a mão no corte da boca e disse: *eu sei, eu sei, vou pagar.* Giancarlo é dono de um restaurante na crescente seção italiana de Carroll Gardens. Os associados de Joey se certificam de que azeite, prosciutto e vinho sempre cheguem até ele. Intactos.

Giancarlo tem uma esposa e cinco filhos. As crianças estarão dormindo em seus beliches estreitos quando ele chegar mancando em casa, mas sua esposa lhe servirá um copo de vinho. Ela colocará gelo no olho inchado e roxo de Giancarlo e pressionará o corte no rosto até que ele pare de cuspir sangue coagulado. *Ou seus filhos comem ou os meus*, Joey às vezes pensa em dizer. Mas não consegue admitir, ou não acredita, que não tem escolha. Não sabe mais qual parte do trabalho é um sistema do qual vale a pena se libertar e qual parte é uma herança, um coração, uma terra fértil a partir da qual ele cresce.

O rapaz judeu aceitará o trabalho, Joey tem certeza. Ele consegue ver algo de si mesmo no jovem. Lenny diz que ele é mais pontual do que um relógio de pêndulo e gentil, equilibrado e calmo, mesmo quando o lugar está lotado e os clientes estão espumando pela boca, com fome e sem paciência. Joey confia no julgamento de Lenny, que está na folha de pagamento de Colicchio há anos; ele é um recurso inestimável no território de Eli Leibovich. Joey percebe que Saul terá um talento especial para o trabalho e apreciará o benefício de algo que parece estranhamente com uma família. É um bom trabalho para alguém que perdeu as raízes. Joey sabe disso por experiência própria.

Joey move a cabeça para o travesseiro da esposa e enterra o nariz nos cabelos dela. *Mais uma hora*, ele espera, à medida que a respiração dela se alonga e parece mais próxima da consciência. *Fique mais uma hora.*

SOFIA ESTÁ ACORDADA. Está acordada desde a hora mais escura da noite, quando ninguém imagina que o dia irá clarear. Quando o simples ato de abrir os olhos e mirar através da fenda em suas cortinas passa a sensação de encarar o corpo nu do mundo, com todas as suas dobras vulneráveis e seus ângulos suaves. Sofia não sabe o que a acordou, apenas que era uma inquietação sem nome e que não a deixava voltar a dormir.

Os olhos de Sofia se aguçam enquanto o quarto fica cinza e vai clareando. Seus membros doem. Em breve o alarme tocará, ela estenderá a mão e pressionará o botão cromado para desligá-lo, sem nem sequer pensar. É o primeiro dia do último semestre do colegial.

O ANO-NOVO AMANHECE gelado e violento. A guerra é como um casaco que o mundo veste sobre os ombros. Antonia continua lendo as notícias mesmo após Lina banir o *Times* de casa. Ela ouve o rádio com os olhos fechados. Pessoas estão morrendo aos montes em Londres. Na Eritreia. Em Bucareste. Antonia sente cada uma dessas perdas formigar ao longo de sua espinha. O relógio acelera os dias: parece não haver tempo a perder. Parece que os seres humanos são mais frágeis do que Antonia jamais poderia ter imaginado.

Ela se entrega à relação com Paolo. A guerra reorganiza suas prioridades. Decide que é melhor criar raízes do que arriscar perder essa oportunidade. Descobre que o mundo não resolverá suas falhas e instabilidades por ela, então é melhor se contentar com o que recebe. Paolo a leva a sério e faz com que se sinta segura. Eles decidem ter três filhos: será menos caótica do que a criação de Paolo e menos silenciosa do que a de Antonia. A guerra os encoraja a ter essa conversa. As pessoas continuam morrendo. Antonia coloca toda a energia na construção de um futuro que suportará o caos do mundo ao seu redor. Na maioria dos dias, acredita que pode fazer isso sem ter que escapar da Família no fim das contas.

Sofia sonha em cores. Sua atenção vagueia, mas ela vive o presente na íntegra, então sua vida é uma tapeçaria em constante mudança de amizades e tarefas, de trabalhos escolares feitos sem concentração e de encontros para os quais está atrasada. Sente-se inquieta e temerosa ante a ideia da formatura. O trem está prestes a descarrilar, e a ousada Sofia Colicchio ainda não descobriu o que quer fazer. E a guerra torna tudo ainda mais evidente.

Diariamente, a rotina parece a mesma: Joey fecha as portas da sala para outra reunião noturna, e Rosa torce um pano de prato até esfarrapá-lo, antes de levar café e bolo para os associados de Joey. Frankie chega da escola e conta que Donny Giordano falou que o irmão dele vai se alistar e que qualquer um que não faça o mesmo é um covarde que odeia os Estados Unidos, ama nazistas e puxa o saco de alemães. A sala fica em silêncio, porque Joey emprega uma grande quantidade de jovens capazes, mas que já estão lutando outro tipo de guerra. Mas eles não falam sobre isso à mesa de jantar.

Mais tarde, Rosa deixa um par de agulhas de tricô na cama de Sofia, para que ela ajude a fazer meias que são enviadas nos pacotes de suprimentos do exército. Por mais que não queiram que ela trabalhe numa fábrica como as outras mulheres, jamais deixarão que ela não participe de alguma forma. Todos os dias, a guerra se fecha em volta de Sofia e diz: *Decida fazer algo de útil ou eu decidirei por você.*

Não sei o que fazer, responde, desesperada. Ela fica na janela do quarto como se fosse uma cortina esvoaçante e faz o mesmo por toda a casa. Sua letargia faz com que se deite no sofá, numa poltrona e se esparrame pela cozinha, de modo que Rosa quase tropeça nela. *Não sei o que quero.*

Antonia se afastou de Sofia. A parte de Sofia que pertencia à Antonia está faltando, uma parte que ela quase sempre conseguiu farejar, sentir. Agora, está em um lugar ao qual Sofia não tem acesso. À medida que os últimos meses do colegial desaparecem, Sofia considera as opções diante de si: casamento; universidade e depois casamento; escola de secretariado e depois casamento. Nenhuma delas parece uma vida que queira viver.

Com apenas a sua própria companhia, Sofia se sente violentamente confrontada por aquilo que não descobriu ainda e expressa isso ao brigar com a mãe ou ao perder a paciência com Frankie. *Esses dias você está uma verdadeira chata*, diz Frankie, de 9 anos, à Sofia, no mesmo tom irritante e prático que usa para conversar com todos, seja criança ou adulto, Família ou avós. Onde Sofia sempre quis ser o centro das atenções, Frankie conseguiu ficar confortável. Ela acompanha as discussões dos homens sobre política e finanças no jantar de domingo. Nunca queima a comida quando pedem para olhar uma panela. As regras parecem flexíveis para ela, como se Rosa e Joey estivessem cansados por terem criado Sofia. Agora, se Frankie não quiser pentear o cabelo, não precisa, se quiser ir ao cinema sozinha com uma amiga, pode ir. Ninguém nunca diz: *Frankie, aqui não é o seu lugar.* E Frankie sempre dá um jeito de fazer o que quer.

Você é sempre uma chata, vocifera Sofia em resposta, depois entra no quarto e se sente um monstro estranho.

QUANDO PAOLO CONVIDA Antonia para jantar na casa de sua família, ela chega cinco minutos mais cedo e sobe as escadas rangentes devagar, ouvindo a percussão e a melodia das famílias atrás das portas dos apartamentos. O de Paolo dispõe de quatro cômodos ao longo de um corredor estreito. As paredes cinzentas têm um leve aroma de tomates cozidos, de tinta empoeirada e do suor de quatro filhos. Os pisos de madeira foram arranhados pelo cascalho, pelas botas de trabalho, pelos trinta anos de reorganização de móveis e pelos meninos correndo de um lado para o outro ao longo das tábuas. É um apartamento que contaria histórias sobre seus ocupantes, ainda que eles não estivessem lá. O lugar se esforça para conter a família de Paolo — para absorver os cheiros da culinária, o vapor dos chuveiros e as lágrimas das brigas.

Paolo divide um quarto com um irmão, os dois mais velhos se espremem em um segundo quarto, e seus pais dormem em um terceiro. Os seis cozinham, bebem, comem, brigam, riem, choram e respiram em uníssono no último cômodo. Eles parecem coexistir no pequeno apartamento, movendo-se tão rápido que é difícil acompanhar.

Antonia, sentada à mesa da cozinha, dobrando guardanapos, sente como se estivesse num carrossel: um pouco tonta, um pouco animada e tentando acompanhar sem sucesso o cenário em constante mudança. A família de Paolo é barulhenta e carinhosa. A mãe — baixa, larga, expansiva — beija Antonia em ambas as bochechas, segura seu rosto, olha-a nos olhos e diz:

— Então esta é a linda garota que faz com que nosso Paolo fique tanto do outro lado do rio ultimamente?

Antonia tenta sorrir, mas, como a mãe de Paolo ainda está segurando suas bochechas, acaba fazendo uma careta estranha. O pai de Paolo é alto, tem membros longos como um polvo e usa óculos pretos e grossos. Ele exclama:

— Basta, Viviana, dê uma chance ao pobre menino!

A mãe de Paolo o golpeia com um pano de prato e se volta para o fogão. Os irmãos de Paolo não se importam com Antonia, pois estão discutindo se devem se alistar no exército.

— Vou cortar seus pés enquanto dormem antes de vê-los ir para a guerra — adverte Viviana, gesticulando com a faca de cortar carne, e os meninos saem do caminho por precaução, caso ela queira fazer isso agora.

Paolo quer que Antonia se case com ele. Ela consegue sentir o desejo de dizer sim pulsando dentro de seu peito. Pensa muitas vezes em Sofia: o alívio que deve ser fazer o que se quer, quando se quer.

Mas Antonia não contou a ninguém sobre Paolo e não pode se casar com ele até que conte. Ela se preocupa que, se contar à mãe ou à Sofia, suas razões para amá-lo se revelarão frágeis. Acha que ele se tornará menor, ou menos importante, quando contar à sua melhor amiga de toda a vida. Sofia nunca teve a intenção de menosprezar Antonia, e talvez Antonia se permita ser diminuída com muita facilidade, mas ela ainda teme a interrogação na testa de Sofia, o choque nos lábios redondos de cereja e talvez o riso, um pouco de escárnio quando perguntar *sério, você? Bem, quem é ele? Nunca ouvi falar.*

As relações que Antonia cuidadosamente construiu vão desmoronar. Ela sabe que a mãe ficará furiosa e desapontada por ela amar um homem que trabalha para a Família. Sua mãe talvez entre em colapso sob o peso da grande traição inadvertida de Antonia. *Não fale com ninguém com o cabelo penteado para trás.* Paolo é moreno, mas seu cabelo é tão escuro que é quase preto e se move em direção à parte de trás da cabeça por conta própria, em uma onda alta que emoldura o rosto.

E o trabalho dele é bom. O suficiente para resgatar Antonia de sua própria casa, que mais parece um cemitério. O suficiente para sustentar seus futuros filhos e comprar-lhes roupas e livros. O suficiente para que Antonia ganhe tempo e espaço ao se casar com Paolo. Não terá uma varanda aconchegante, mas um apartamento com vários cômodos. Um local seguro para os filhos. Antonia, uma criança perdida, pode prosperar com qualquer coisa que lhe seja dada. Pode ver a vida se desenrolar diante dela como um tapete infinito. Antonia e Paolo construindo uma casa a partir do zero. Eles não carregam nada que os segure.

Ela quer falar com a mãe sobre ele primeiro. Quer contar à Sofia. O segredo começou a acordá-la durante a noite, torcendo-lhe os dedos nos cabelos e imobilizando-a, mas as palavras estão trancadas em algum lugar abaixo dos pulmões, e ela não consegue encontrar a chave.

A CIDADE DE NOVA YORK estende-se pela costa no meio do Atlântico. No verão parece um pântano e, no inverno, parece um nórdico deserto branco. A cidade cria o clima como uma cordilheira: o pavimento e os edifícios prendem e aquecem o ar durante o verão. E o vento do inverno ecoa pelas longas avenidas, a própria natureza rodopiando pela selva de concreto.

Em alguns outonos, os nova-iorquinos conseguem prever se o inverno será longo. Há uma paciência no vento cortante e o cinza monocromático dos dias, antes de nevar. Há um brilho sádico mesmo nos céus azuis — os dias claros servem para destacar as árvores sem folhas e aumentar a ausência de vida da paisagem.

O inverno encobre o trânsito e para os relógios. Parece que sempre fez frio. Os nova-iorquinos sentem isso em seus corpos, antes de aceitarem conscientemente o que terão de enfrentar. Os ombros se curvam em antecipação. Os passos são comedidos e mais lentos, abrindo caminho em montes de neve fantasmas.

Saul Grossman está acostumado com o inverno, pois cresceu em Berlim, onde, nos dias mais escuros, o sol não nasce até o final da manhã e começa a se pôr de novo assim que atinge o horizonte; onde os dedos dos pés de um homem podem ficar pretos durante um dia de trabalho se as botas estiverem mal isoladas; onde a escuridão e o frio fermentam na barriga e produzem uma fome que não pode ser satisfeita, mesmo nos anos mais prósperos e com os alimentos mais suculentos.

Quando criança, ele apreciava os primeiros anjos de neve, a adrenalina de andar de trenó pelas calçadas em que a neve ainda não fora removida, a maneira como o calor de seu apartamento pinicava antes de suavizar suas bochechas congeladas e o fugaz sopro de calor escapando das portas de bares e padarias.

Ele ansiava pelas férias de inverno da escola, quando a mãe o levava para trabalhar com ela. Saul passava a manhã lendo no chão de casas enormes, enquanto a mãe esfregava azulejos de banheiros e varria lareiras. À tarde, ela lhe comprava guloseimas nos carrinhos ambulantes. Cidra e pão de gengibre deslizavam pela garganta em goles quentes, enquanto seu nariz escorria e a mãe puxava o cachecol com mais força em volta de seu pescoço. Quando nevava, Saul era o primeiro a sair pela porta do prédio, seguido por um bando de crianças empacotadas em casacos, com as mãos enfiadas em luvas de lã e trenós sob os braços. Mesmo depois das Leis Raciais de Nuremberg, houve dias de neve em que ele se lembra de se sentir despreocupado e invencível.

Mas, este ano, Saul enfrenta o inverno com um desespero persistente e terrível.

O inverno pode ser uma boa maneira de restringir o mundo às partes mais importantes, se a alma estiver cálida de amor, se a casa estiver cheia de quinquilharias familiares ou cheiros perfumados, se o trabalho for satisfatório, se alguém dormir bem à noite e comer bem durante o dia e se os músculos das mãos e dos pés não tiverem câibras. Mas, Saul, sozinho em um novo país e desesperadamente preocupado com o antigo, não tem nada para aquecê-lo ou sobrecarregá-lo. Ele fica dividido entre a certeza de que sua vida na Alemanha era um sonho e a desconfiança em se está mesmo em terra firme desde que rastejara tremendo do porão do navio há três meses. Sente-se partido em metades irregulares e enfrenta o inverno nos Estados Unidos com nada além do corpo falho e um quarto vazio em uma pensão no Lower East Side para proteger seus ossos contra o frio.

Saul passa as primeiras semanas amargamente frias de 1941 caminhando contra o vento até a delicatéssen e depois contra o vento de volta para casa ao amanhecer; de alguma forma, ele consegue urrar por todas as ruas em que Saul passa. Algumas notícias da Europa começam a ser filtradas pela escassa rede de Saul. Tentam completar os fragmentos das histórias segurando cartas esfarrapadas contra a luz, ou ouvindo os sussurros que saem como orações das bocas de refugiados ainda mareados.

Saul não consegue dormir de preocupação. Na hora mais escura da noite, ele imagina a mãe no papel principal de cada uma das notícias que ouviu. Um vilarejo inteiro forçado a cavar a própria sepultura e, em seguida, enfileirado na beira da terra fresca e fuzilado. Crianças doentes, suando, juntas, em campos de trabalho forçado. Tifo e gripe se espalhando pelos guetos judeus cada vez menores, como fogo em um palheiro. Homens nus parados na neve até que seus tremores diminuam e os olhos se suavizem, para depois terem seus dentes de ouro recolhidos para a fabricação de cornijas e parapeitos. Trens cortando o corpo despedaçado da Polônia, da Áustria e da Hungria.

É inconcebível estar vivo, dormir com lençóis, fechar a porta do quarto todas as manhãs ou beber café ao sol. Saul não consegue decidir se deseja estar lá. Há algo torturante nos rumores sobre os quais ele se sustenta, mesmo quando é confortado pela imagem da mãe viva em algum lugar, em qualquer lugar. Quando está dormindo, sua boca às vezes forma as palavras das bênçãos de sexta-feira. *Baruch atah Adonai*, sussurra ele. *Bendito és Tu*. Enquanto estiver acordado, ele não falará com Deus, não conseguirá reconciliar a ideia de Deus com a doença que atormenta a Europa. *Deus não é tão simples*, sua mãe lhe diria. Mas a mãe dele não está ali para fazer isso.

Mesmo que o corpo de Saul conseguisse sobreviver ou não sozinho àquele inverno, é quase certo que o desgaste da mente e da alma teriam sido piores. Mas, graças a Deus, Joey Colicchio aparece de novo em meados de fevereiro, desta vez na porta da frente da pensão de Saul. As pessoas na Europa estão morrendo derrubadas como dominós, cidades inteiras simplesmente apagadas. Os homens da Família esperam que uma maré de imigrantes maior do que nunca comece a se jogar à mercê do Oceano Atlântico e da burocracia ocidental.

O instinto humano de sobrevivência entra em ação quando menos esperamos. Desesperado por qualquer mudança, Saul aceita o trabalho.

QUANDO JOEY CHEGA em casa após contratar Saul, Rosa, que está cozinhando, limpando e rondando Frankie como um falcão para garantir que ela faça o dever de casa, beija sua bochecha. Joey circunda a cintura dela com as duas mãos, puxa-a de encontro a ele com as palmas das mãos na parte de trás da caixa torácica e grunhe na boca dela. Mas Rosa gira e afasta-o com as costas da mão.

— Jantar em dez minutos — diz ela. Joey, sentindo frio onde esperava envolver Rosa em seus braços, beija Frankie no topo da cabeça.

— Papà, meu cabelo — diz Frankie, descartando-o também.

No final do corredor, Sofia está sentada à mesa, com o queixo apoiado na mão e o cabelo brilhando sob a luz da lâmpada. Joey imagina Sofia com 4 anos, correndo até ele quando chegava em casa. Com 6, sentada no colo quando estavam sem cadeiras no jantar, comendo suas azeitonas quando acreditava que ele não estava olhando e depois sorrindo para ele, traquina, brilhante como um raio.

Sofia com 8 anos, a mão nas costas da pequena Antonia, que desabava em soluços na mesa da cozinha pela segunda vez naquela semana. Sofia, metade da atenção na dor da amiga e metade observando o rosto de Joey como um falcão observa uma ratazana se contorcer, centenas de metros lá embaixo na terra. *Eu sei o que você fez.*

Tudo o que eu queria era facilitar a sua vida, Joey quer dizer à Sofia. Mas o rosto de Carlo surge na mente dele. Isso e a arrogância do poder. A perfeição do controle. *Mentiroso*, diz sua memória.

Sofia com 14 anos, olhando para ele, destemida, enquanto ele, Rosa e Frankie saíam para a igreja. Ela sempre foi a garotinha dele.

Vá até ela, ordena a si mesmo. Mas nada se move.

Com 17 anos, Sofia não consegue sentir o desespero do pai e não consegue se conectar à própria versão de 4, 6, 8 ou 14 anos. Dezessete é um abismo: ela se sente divorciada das versões passadas, com decepções cada vez mais nítidas. E o futuro — agora tão próximo que as paredes do presente cedem sob seu peso — ainda é um pânico turbulento. Sofia se sente sozinha e desconectada.

Quando ela vê Saul Grossman pela primeira vez, do outro lado da mesa de jantar, no domingo, decide na hora do que precisa para se vincular de volta à Terra.

Saul tem o corpo esguio, olhos escuros e barba feita. Sofia o observa comer. Ele mistura tudo, pequenos pedaços de feijão, carne, casca de limão curada e melão doce, tudo de uma só vez e mastigado com cuidado.

Sofia cutuca Antonia com o joelho, debaixo da mesa.

— Sabe quem é?

Antonia olha.

— Nunca o vi antes. — *Posso perguntar a Paolo*, quase diz. A frase escaparia com tanta facilidade. Ela volta a atenção para o prato.

— Ouvi meus pais conversando. Meu pai contratou um judeu da Alemanha. Ele parece judeu para você?

— Não sei, Sofia — diz Antonia. A impaciência endurece suas palavras. Sofia será dominada pela paixão agora, como sempre. Estará apaixonada na próxima semana.

— Acho que sim — continua Sofia. Saul está quieto do outro lado da mesa, observando. Ele ouve com os dois olhos e as duas mãos enquanto Joey fala sobre negócios, e Rosa lhe oferece uma terceira porção de comida. — Nunca imaginei me apaixonar por alguém que trabalha para o meu pai.

Antonia se impede de revirar os olhos e dizer a Sofia que seria bobagem *se apaixonar* por qualquer pessoa que tenha visto por apenas dez segundos, do outro lado de uma mesa de jantar.

Paolo, como todos os homens de Joey, é convidado para jantar todas as semanas. Ele permanece em Manhattan com a própria família porque Antonia acha que não conseguiria fingir por três horas que não o conhece. *Há uma solução fácil para isso, Tonia*, diz Paolo. Antonia comprime os lábios.

Paolo quer que ela conte à mãe sobre eles. Quer que diga que vai se casar com ele. Eles discutiram durante o café, e Paolo deixou o dele esfriando na mesa. Estava desapontado e zangado e, do lado de fora, ergueu as mãos e disse *não sei se consigo mais fazer isso* e se afastou, enquanto Antonia ficou sozinha, sofrendo na calçada. Ela o imaginou a semana toda, aninhado nos barulhentos e perfumados recantos do apartamento dele, cercado pela família. Em sua própria cama, ela ameaça flutuar para longe e se dissolver no ar noturno.

— Antonia?

— Desculpe. — *Este momento é perfeito*, pensa Antonia. *Diga a ela. O que acha que vai acontecer?* Mas o que diz é: — Eu não sei, acho que você só conhece quem tem que conhecer.

— Acho que sim. Eu não deveria ter perguntado a você, não é? — Até Sofia sabe que isso foi maldoso, mas não conseguiu evitar, porque se sente má nesse momento: fora de controle, implicante. Dentro de si, sente algo pequeno murchar, algo que queria crescer na direção de Antonia. O que quer que fosse, desintegra-se. *As pessoas mudam*, diz a si mesma.

Ela volta a atenção para Saul, que tem cachos suaves e precisa de um corte de cabelo. Observa-o pelo resto da refeição. Nota como ele segura o guardanapo, o copo de água, a mão de outro homem em saudação. É tanta delicadeza que as coisas que toca parecem sagradas. Sofia quer ser segurada assim. Como um copo de água. Como um livro de biblioteca. Como um par de meias dobradas.

Ao lado de Sofia, Antonia discute consigo mesma em silenciosa agonia. *Diga. Desembucha!* Mas o deserto que se estende pela língua e pela garganta é muito seco.

Depois que Antonia vai para casa, Sofia se senta na cama e pensa: *você não tem permissão para fazer isso*. Nunca funcionou antes. Ela lista as coisas proibidas que fez: faltar às aulas para se sentar num banco de parque ao sol, as pernas balançando. Piscar para os pedreiros da construção civil, que inclinam os capacetes e fazem beicinho. Dizer aos pais que tomaria conta de Frankie, mas passar o tempo todo no quarto, deixando a irmã entrar na banheira sozinha. Comprar o sutiã que a mãe *nem morta compraria para a filha*, com bordas rendadas e um corte moderno. Caminhar sozinha da rua Canal até a Fourteenth, com os ombros para trás e a cabeça erguida.

No final do corredor, Saul Grossman demorou falando com o pai dela. As portas da sala de visitas ecoam quando são fechadas e o ar noturno se adensa. Em seu quarto, Sofia Colicchio está com a pele toda alvoroçada e extasiada de curiosidade.

ANTONIA VAI PARA CASA, carregando um prato de sobras para Lina. A raiva é um carvão em brasa, uma coisa condensada e ardente. Ela bate a porta do apartamento com mais força do que pretendia e decide fazer chá — já que é uma pessoa incapaz de lançar pratos ou insultos. A água ferve, e Antonia a despeja no bule. As folhas amolecem e se espalham. À medida que o chá dourado passa do filtro para a xícara da mãe, Antonia fica cada vez mais irritada.

Está irritada com Paolo por ter lhe dado esse ultimato horrível. Com Sofia, que se deixa dominar pela paixão em meio a berinjela e salsicha e por viver tão plenamente suas próprias afeições. Por ela ter dito *eu não deveria ter perguntado a você*, tão casualmente, como se não houvesse profundidades em Antonia que Sofia não pudesse alcançar. Está irritada com a mãe, por entregar a vida ao arrependimento e à tristeza. Mas, acima de tudo, Antonia está zangada consigo mesma. Por ser incapaz de evocar a coragem para ser quem é na frente das pessoas que mais a amam e por se recusar a mostrar a um homem que não tem sido nada além de gentil, acolhedor e generoso que o ama. Por olhar a felicidade nos olhos e dizer: *Não estou pronta.*

Antonia coloca a xícara de chá da mãe numa bandeja. Coloca um torrão de açúcar e mexe.

— Mamãe — chama. — Fiz chá para você. — Ela liga o forno em temperatura baixa e esquenta o prato de Lina.

Lina aparece, usando roupão e chinelos. O cabelo está volumoso e emaranhado graças ao encosto do sofá. Ela agarra as costas da cadeira com dedos longos. As unhas estão rachadas, e a pele ao redor, esbranquiçada.

— Chegou em casa mais tarde hoje.

— Mamãe, estou apaixonada. — Antonia deixa escapar e então cobre a boca com a mão, mas logo tira, porque mais palavras estão saindo, rápidas, em uma pequena enxurrada. — Por um homem. Um homem da Família. O nome dele é Paolo.

Lina olha para a filha como se estudasse uma pintura ou uma vista distante. Antonia está com os pés afastados como se estivesse se preparando para uma briga, mas suas mãos tremem, o rosto está pálido, e o cabelo, um caos ao redor da cabeça. Antonia é mais alta do que a mãe há anos, mas agora parece se encolher e se curvar.

Lina não é má. Talvez fraca ou perdida. Mas, quando olha para Antonia, lembra-se da manhã em que nasceu sua filha — linda, inteligente e agora adulta. Ela e Antonia se entreolham por cima da mesa onde, há quase dezoito anos, Lina se viu presa numa dor muito maior do que ela. Ajoelhara com a opressão da dor, ficara de quatro. Quando olhou para a filha pela primeira vez, Antonia abriu os olhos castanhos úmidos e a olhou também… e foi assim. *Estarei aqui para você*, ela prometeu à sua pequenina filha. *Obrigada*.

De repente, Lina está suspensa, mal se equilibrando no longo fio da própria vida. A lembrança questiona: *para onde aquela mulher guerreira foi?* Lina não quer ouvi-la, pois há muito tempo decidiu que o desamparo e o afastamento são as únicas soluções para a enxurrada de dor que a vida lhe dera. *Eu não quero lutar*, ela decidira. E não lutou. Deixou-se engolir: seu corpo está pequeno, e suas inspirações consomem menos oxigênio. Ela toma o menor número de decisões possível. Tenta ao máximo não deixar vestígios de si mesma — sem pegadas na lama da memória de ninguém. Mas a lembrança de sua menina olhando-a — com confiança, com amor, com mistério — gira ao redor delas e fala para Lina: *Está na hora. Aqui está a sua filha. Ela cresceu e tem medo de te dizer que se apaixonou, porque você não tem sido uma mãe para ela há dez anos. Tudo o que você sempre quis foi que Antonia vivesse uma vida sem medo, e você falhou. Forçou-a a cuidar de você, a viver o luto por você, a viver por você. Pediu para que propagasse os seus preconceitos. Você é o peso que a afasta da felicidade.*

Antonia ainda está parada, desafiando-a, assustada e sem mãe.

E Lina percebe que não conseguiu desaparecer. Bem na frente dela, está a prova tangível de seu fracasso.

Não há palavras para o quanto está arrependida. Está cheia de um remorso que ameaça explodi-la. Não vai fugir desta vez. Não vai pedir à filha para segurar a sua mão.

— Me fale sobre ele. — *Deixe-me ser sua mãe novamente.*

NA NOITE SEGUINTE à conversa com a mãe, Antonia liga para Sofia, porque nada mais a assusta, e a amiga ouve enquanto ela conta: *Estou apaixonada*. Sofia percebe um pequeno ranço pesar no coração enquanto escuta, mas diz: *Estou tão feliz por você*. Ela desliga o telefone e fica sozinha no quarto, com seu coração despedaçado e suas fantasias frágeis.

SOFIA CRIA O HÁBITO de permanecer atrás da porta da sala, bisbilhotando Paolo e Saul enquanto trabalham. Foi assim que descobriu que Saul é de Berlim, onde conseguiu os fins bem articulados das palavras e o baixo *ja*, que escapa às vezes enquanto escuta outra pessoa falar. Ela decorou sua programação ouvindo-o descrever as voltas que dá em pensões e hotéis, bairros estrangeiros impenetráveis — como o Borough Park — e partes do Lower East Side, tão pequenas e tão ao leste que poderiam ser confundidas com a água ou com as ruínas da costa da própria ilha.

Viu Paolo conferindo nomes numa longa lista e passando pacotes embrulhados com cuidado — o conteúdo, ela descobriu, contém falsificações valiosas para judeus europeus e ricos dispostos a pagar por uma nova vida. Também viu o pai, à espreita no recinto como uma onipresença, pesando pilhas de notas com uma mão experiente e beijando Paolo e Saul antes de partirem.

Para Sofia, a Família e a Alemanha são como um pesadelo de que só se lembra em partes — há algo tenebroso em ambos, o âmago e a garganta dela têm certeza —, mas escolhe se sentir confortada pelo som de Saul, Paolo e o pai conspirando em vozes graves, trabalhando contra um mal indefinido e inominável. Não podem estar todos do lado errado.

NO DIA EM QUE PAOLO vem jantar no seu apartamento, Antonia passa a tarde limpando. Não há muito o que fazer quanto ao sofá gasto, ao local afundado que encoberta o lugar favorito de Lina, ou às manchas nos tapetes da cozinha e da sala de estar. Mas ela limpa os espelhos e as bancadas até que brilhem. Faz o jantar e enche o apartamento com o vapor e a fragrância: alho refogado e tempero de limão. Fica no pé de Lina até que a mãe tome banho, afaste o cabelo do rosto e se vista. Antonia acredita que Lina está quase normal. *Quase uma verdadeira mãe.* Ela balança a cabeça, para se livrar dessa crueldade.

As coisas entre ela e Lina estão boas desde a primeira conversa sobre Paolo. Antonia acredita que Lina quer que ela seja feliz. Mas a mãe está cada vez mais estranha: mulheres começaram a entrar e sair do apartamento para visitá-la, quando Lina pensa que Antonia está dormindo. Ela está traçando o próprio curso. Antonia até admira isso, mas há uma parte de si que ainda está com raiva. Não confia que Lina tomará banho antes que a companhia chegue, ou que dará conselhos sobre detalhes do casamento. Não confia em Lina para ficar no mundo real por tempo suficiente para jantar com seu noivo. Assim, Antonia passa o dia limpando e cozinhando, com um olhar suspeito e treinado em Lina, que quer ser confiável, mas ao mesmo tempo não suporta a inconveniência de se arrumar para visitas, ou de comer em um momento determinado, em vez de só quando estiver com fome.

As mulheres que visitam Lina vieram por sugestão da maga. Afinal, é trabalho dela considerar a pergunta não feita — que, no caso de Lina, era sobre como seguir em frente, quando sabemos que não há caminho seguro contra a dor e a decepção. Agora, há uma vela acesa na janela de Lina e mulheres entrando após Antonia sair para o jantar de domingo.

As mulheres querem conversar enquanto viram cartas de tarô, ou ouvir as palavras que Lina sussurra a cada lua cheia. Elas voltam vez após vez. Pagam o suficiente para Lina pensar em largar a lavanderia quando Antonia se casar. As fissuras nas mãos, que se estendem dolorosamente pelas digitais não importa quanto azeite esfregue, desaparecerão. Ela nunca mais precisará obedecer aos ponteiros do relógio.

Não vai deixar mais o medo controlá-la. Se Antonia quer se colocar no caminho do horror, Lina não pode impedir. Ninguém conseguiria pará-la quando se casou com Carlo. A dor inevitável — o amor faz com que ela seja assim — acordava Lina todas as noites, seu coração batendo forte e o temor percorrendo seu corpo.

Não mais, ela pensa, quando o noivo da filha bate à sua porta, com aquele cabelo penteado para trás característico da Família, aquelas irresistíveis maçãs do rosto altas, o sorriso aberto: uma ponta da boca erguida transformando tudo em piada, tudo em sexo, tudo em tensão, energia e charme. Exalando aquela confiança jovem e ignorante, aquela certeza de que o mundo se abrirá como um tapete vermelho, aquela rejeição à mortalidade. *Você nunca se sentiu frágil*, Lina pensa enquanto aperta a mão dele, e ele inclina a cabeça com gentileza, enquanto ela acena e Antonia olha de um lado para o outro, do noivo para a mãe. Lina entende o poder do medo agora: ele coloca em foco o que é mais importante. *Você nunca se machucou*, ela pensa, sorrindo para Paolo.

Quanto a Paolo, ele não se lembrará da comida ou da conversa desta noite. Apenas se lembrará do brilho de Antonia curvando-se sobre o prato, certificando-se de que a mãe está com o dela feito antes de se servir. A luminosidade do rosto quando olha para ele, a força na mandíbula cerrada, a determinação quebrando em ondas sobre Paolo e Lina enquanto comem. *Ela é alguém para crescer junto*, pensa Paolo. *É alguém por quem zelar. É alguém que vai zelar por mim.*

DUAS SEMANAS DEPOIS, numa noite de quinta-feira de abril, Sofia ouve a campainha e se afasta dos estudos, que já estava fazendo sem entusiasmo. Espera que seja Saul, e é... Ela o escuta cumprimentar a mãe. A suavidade da voz e dos passos dele ecoam pelo corredor.

Em direção a ela. Ele está indo em direção a ela.

Sofia observa Saul pela porta entreaberta do quarto. A maneira como se move mostra à Sofia que ele se preocupa com as pessoas. Há segredos disputando espaço em seus olhos semicerrados e uma curva triste na boca quando não quer responder a uma pergunta, que fazem com que Sofia perca o ar. O coração dela bate forte, retumbando sem controle no peito, ameaçando sair pela boca. Tudo pulsa, do rosto às pontas dos dedos até as pernas bambas. Ele está a um metro dela. Vai abrir a porta do banheiro.

— Olá — diz Sofia. Ele olha para cima. Estão cara a cara, Sofia meio escondida atrás da porta do quarto, e Saul com uma mão já na porta do banheiro, olhando diretamente para Sofia com olhos interrogativos.

— Olá.

Então algo em Sofia irrompe. Ela estende a mão, agarra a camisa dele e o puxa para frente. Os olhos dele se arregalam de surpresa, enquanto Sofia inclina o rosto em sua direção e dá um beijo úmido e ofegante, confuso e rápido.

Ela se afasta e olha para o rosto de Saul. Sofia beijou meninos suficientes para saber que eles ficam espantados depois que ela se afasta. Eles deveriam ficar maravilhados com a própria sorte.

Saul está sorrindo, mas não parece maravilhado. Parece prestes a rir.

— Sofia, certo?

Por um segundo agonizante, Sofia acredita que a humilhação será tão poderosa que terá de se afundar na terra. Ela fecha os olhos e deseja que seu corpo seja engolido pelo chão.

Quando os abre, Saul ainda está à sua frente.

— Desculpe — gagueja ela. — Desculpe mesmo...

— Está tudo bem. — A maneira como ele diz faz com que Sofia sinta que pode, apesar de tudo, ficar bem. — Tenho uma reunião com o seu pai. Eu deveria...

— Vá. Pode ir.

Naquela noite, o nervosismo faz Sofia se remexer, os cabelos escorregadios colados no pescoço úmido e nos lençóis suados, ora quentes, ora gelados. *O que vou te dizer se eu te vir novamente?*

Sofia não precisa se perguntar por muito tempo. Ela passa um sábado agitado olhando pela janela do quarto, mas Saul chega cedo no domingo, antes dos outros familiares de Sofia, antes do grupo de três a cinco Tios — Vito ou Nico ou Bugs, algo assim —, antes das esposas, que Sofia costumava achar o auge do charme, mas cujas unhas de acrílico, cabelos cuidadosamente ondulados e pescoços perfumados demais ela agora acha exaustivo, banal e chato. Claro, isso é um reflexo do próprio tédio de Sofia, da própria exaustão e das próprias perguntas não respondidas. Restam apenas dois meses de aulas e, depois, nada.

Antonia não virá hoje. Ela está mais uma vez em Manhattan, com a família de Paolo, e Sofia está aliviada por não precisar lidar com o olhar consciente de Antonia, com a forma com que a amiga entende tudo o que ela está pensando sem precisar dizer uma palavra. É desgastante ver a vida de Antonia avançar em saltos cuidadosamente calculados. Faz com que Sofia sinta que está fazendo tudo errado.

O rádio está ligado na cozinha, e Rosa está peneirando açúcar de confeiteiro em tortas e biscoitos de avelã, enquanto há uma panela grande no fogão cheia de água fervente. Sofia está abrindo a massa com o rolo no balcão, expirando a cada vez que o empurra para longe de si, e Frankie está ao seu lado, picando cebolas e enrolando pilhas de folhas de manjericão em tubos finos, para cortar em tiras. O cabelo de Sofia se soltou e virou uma bagunça suja e enfarinhada ao redor da cabeça, e há lágrimas ardentes por causa das cebolas escorrendo pelos cantos dos olhos. Até que ouve uma voz perguntar:

— Tem certeza de que não há nada que eu possa fazer para ajudar aqui?

Sofia empurra o rolo com tanta força que a massa aberta parte ao meio, desliza para fora do balcão e pousa aos pés de Saul, que acabara de entrar, que acabara de se oferecer para ajudar na cozinha, se os ouvidos de Sofia estiverem funcionando bem.

Ele pega a massa, cheia de pedaços de casca de cebola e caules de ervas que escorregaram para o chão, e lhe entrega. Rosa tira a massa das mãos de Sofia, balbucia algo como *nunca vamos tirar tudo a tempo* e começa a arrancar as migalhas de pão e os flocos de pimenta da massa de macarrão.

— Desculpe, mamãe — murmura Sofia. Então olha para Saul e, antes que possa se conter, fala: — Acho que você já ajudou o suficiente.

Saul parece magoado e se retira para a sala de estar. O estômago de Sofia se revira. *Qual é o seu problema? Por que você é assim?*

— Ele é um pouco estranho, não acha? — pergunta Rosa. — Se oferecendo para cozinhar?

— Sofia gosta dele — diz Frankie. — Olha como o rosto dela está vermelho.

— Mentira! — Sofia quase grita. Frankie ainda é mais baixa do que ela, mas enfrenta o rosto zangado da irmã com uma piscadela destemida e imperceptível. Sofia quer estrangulá-la.

— Acho que ele é judeu — diz Rosa, como se isso resolvesse a questão. Rosa sabe que ele é judeu, mas esse é seu jeito: apresentar fatos como dúvidas. Abrindo a metade não arruinada da massa de ravioli, Sofia pensa em se apresentar como uma dúvida.

Rosa é mais inteligente do que todo mundo, mas nunca se saberia pela maneira como ela fala. *Se oferecendo para cozinhar?* Há algo afetado no tom de Rosa que faz Sofia querer atirar uma bola de demolição contra a casa da família. *Acho que ele é judeu...* Como se todos no cômodo também devessem aderir a qualquer regra invisível e inquebrável que Rosa cria. Sofia passa o resto da tarde furiosa, tentando não encontrar os olhos investigadores de Frankie.

Mais tarde, após lavar o rosto e as mãos, tirar o avental e alisar o cabelo, Sofia se esgueira para a sala de estar e encontra Frankie se espremendo na cadeira vazia ao lado de Rosa.

— Senta lá — diz Frankie, acenando com a cabeça em direção à cadeira em frente a Saul, que está bebendo vinho. Ele usa um colete marrom, óculos redondos e o cabelo na frente do rosto, fazendo com que Sofia queira desesperadamente passar os dedos na testa dele para afastá-lo.

— Frankie, por favor — pede Sofia à irmã, que se vira serenamente como se não tivesse ouvido.

Então Sofia se vê sentando na cadeira da ponta da mesa, em frente a Saul, que olha para cima e diz:

— Olá de novo.

— Oi — cumprimenta Sofia e depois olha para o prato. *Tente falar com ele desta vez*, diz Antonia na sua cabeça, mas Sofia descobre que cada pensamento que já teve desapareceu, que o interior de seu cérebro ecoa como um corredor de mármore vazio.

— Desculpe por antes — diz Saul. Alguém passa um cesto de pães de alho quentes. O estômago de Sofia ronca tão alto que ela tem certeza de que Saul ouviu. O vapor embaça os óculos dele.

— Não foi nada. Desculpe. Eu não deveria ter sido tão... — Sofia perde as palavras e logo enche a boca de pão.

— Ainda não sei como as coisas funcionam aqui. — O sotaque de Saul é fraco, mas tropeça na língua o suficiente para que Sofia se agarre a cada palavra. — Eu gosto de cozinhar, mas acho que não é o meu lugar.

Sofia ri.

— Sem dúvida não é. Eu não gosto de cozinhar, mas sou obrigada.

— Pena que não podemos trocar. — Ele passa um prato de almôndegas para ela.

Sofia sorri, e algo derrete no ar entre eles.

— Onde você aprendeu a cozinhar?

— Com a minha mãe. Éramos só nós, então eu ajudava.

— Sua mãe... ela ainda está na Alemanha?

— Berlim. Eu acho. — De repente, ele fica bem concentrado em espetar uma vagem.

— Você não sabe?

— É impossível saber. Os nazistas. Está bem ruim por lá.

Sofia não havia notado antes, mas agora a fala de Saul é sucinta, e ela sente que está se intrometendo.

— Desculpe.

Saul olha nos olhos dela, e de repente os dois têm acesso a algo muito maior do que a política do jantar de domingo. Sofia pensa que há um mundo real lá fora, com consequências reais. Um mundo onde as pessoas não sabem onde estão suas mães. Um mundo onde a maior preocupação não é se um homem se ofereceu para cozinhar.

Bugs ou Vito chama Saul, e ele desvia a atenção de Sofia, que se pergunta se imaginou toda a conversa.

— Sofia — chama Rosa —, passa esse prato, por favor.

Sofia se levanta e leva o cesto de pães de alho para o outro lado da mesa, onde Rosa está sentada em frente a Joey e ao Nonno, que pega o maior pedaço de pão sem sequer olhar para o cesto, ou para Sofia. De repente, ela se sente muito ligada ao mundo que já conhece. Olha para o outro lado da mesa, e Saul parece estar entretido na conversa. Vito dá um tapa no braço dele, e os dois riem. Frankie está falando com Rosa, com Nonna e com uma mulher que Sofia julga ser a esposa de Bugs. As quatro parecem completamente absortas. Sofia está sozinha de novo.

MAIS TARDE, NAQUELA NOITE, Sofia está secando pratos. Rosa saiu da cozinha, para ir ao banheiro, e Nonna já foi embora com Nonno, levando consigo seus olhos de águia. Ninguém está observando enquanto Saul passa silenciosamente pela porta da cozinha e fica tão perto de Sofia que ela consegue sentir o cheiro dele, tão perto que os pelos em seus braços e em sua nuca se esticam em direção a ele.

— Até a próxima semana — diz Saul.

O sangue dentro de Sofia está denso e fervente. Há corredeiras bombeando nas veias, nas bochechas avermelhadas, nas pontas dos dedos e dos joelhos. Uma mudança ecoando próximo à superfície de sua pele, ameaçando explodir a qualquer momento.

PARTE TRÊS

1941 — 1942

PAOLO AMA ANTONIA com um desespero que o acorda à noite e uma veemência que o surpreende. Quando estão juntos, ele consegue sentir os átomos do corpo coalescendo, esforçando-se, conspirando para estar mais perto dela. Quando estão separados, é atraído pelas amarras de sua obsessão, que o conectam a ela. A fixação de Paolo começou a lhe dar insônia. Ele fica acordado, olhando para a tinta rachada no teto do quarto, e sente algo se contorcer sob a pele salgada.

Antes de Antonia, Paolo imaginava a vida adulta em preto e branco. Ele é um produto de cortiços precários e sinuosos, onde juramentos de cuspe e brigas de parquinho transitaram para uma vida adulta precoce. A vida se tratava de sobrevivência — à pólio e ao sarampo, à violência perpetrada pelas escórias das gangues de Five Points e dos valentões maiores e malvados das escolas e ao trabalho nas fábricas, que deixava cabeças girando e pontas de dedo sangrando.

O prazer era aproveitado ao acaso e sem pensar em consequências ou desdobramentos. Era a carne servida em refeições além do jantar de domingo, o uísque queimando na garganta exausta ou a cama macia de uma mulher fácil. Foram poucos os que escaparam e retornaram para as férias contando histórias de sucesso, como produtores da Broadway ou banqueiros, que permitiam aos demais dormir à noite, seguros de que o trabalho árduo valia a pena e de que o sonho americano estava vivo e bem. A mãe de Paolo não tolerava bobagens, e isso incluía *devaneios fantasiosos*, pois criara os filhos para trabalhar arduamente e encontrar conforto nas pequenas coisas. *Esta ceia*, diria ela. *Os mais belos rabanetes!* E então olharia, ergueria as sobrancelhas e diria: *Se tiver sorte, uma boa mulher.*

Quando criança, Paolo não pensava em mulheres, salvo como elementos de uma vida adulta bem-sucedida: um bom emprego, uma boa mulher, um bom lar. Ele queria desesperadamente seguir o conselho da mãe, mas também queria ir além. Queria uma casa mais limpa, mais organizada e mais sensata do que o turbilhão caótico de seu apartamento de infância. Queria ser conhecido na rua pelo próprio nome, em vez de ser agrupado no bando de rapazes Luigio: *Você é o menor, não é? O mais novo?*

Seus pensamentos sobre Antonia são em cores. As fantasias sobre presente e futuro estão tão interligadas que nem sempre ele sabe se ama a Antonia diante dele ou a Antonia em sua cabeça, quinze anos no futuro. Mas Paolo tem 21 anos, e tudo ainda está acontecendo ao mesmo tempo. Ele acredita entender o que se tornou e o que o motiva. Como a mãe pode reduzi-lo à versão mais básica e desesperada de si mesmo com apenas uma palavra. Como acorda dolorido, das pontas dos pés à junção dos dedos das mãos, com pensamentos interrompidos sobre Antonia, abrindo a porta de uma casa que compartilham, cheia de luz, cheia de móveis maravilhosos e imaculados. Antonia abrindo a porta do quarto dos fundos. Antonia abrindo os botões do vestido. Abrindo a boca. Engolindo-o inteiro.

Em julho, Antonia sonha com o primeiro dia na faculdade. Ela entra num edifício coberto de heras e depois na sala de aula do jardim de infância. Os outros alunos riem enquanto ela tenta se espremer numa mesa infantil. Maria Panzini se inclina e cochicha para a pessoa ao lado, atrás de uma mão enluvada, e Antonia sabe que estão falando dela. *Eu sempre quis vir aqui. Vai melhorar.*

Antonia acorda tremendo, embora o ar pesado do meio do verão esteja denso no quarto. Ela se enrola no lençol, vai na ponta dos pés para a sala de estar e se aninha no sofá, no espaço amaciado pelo corpo de Lina. É dominada pela gratidão de que não viverá neste apartamento para sempre.

Antonia fez um bom trabalho ao se convencer de que o casamento — a vida que está construindo cuidadosamente com Paolo — é o que quer. Paolo também quer algo diferente do mundo em que foi criado. Para ele, essa mudança é a Família, da qual Antonia sempre pensou que precisava escapar para seguir em frente. Mas Paolo está seguro de si. Ele é um sonhador, como ela, mas é cuidadoso, comedido e criativo. Paolo tem um plano. Está juntando dinheiro para um apartamento, para móveis, para a cama. Estarão casados na próxima primavera. O futuro de Paolo é repleto de cômodos limpos, crianças bem-comportadas, calor e segurança. Antonia adotou esse futuro como se fosse o seu.

Quando fala com Paolo das aulas na universidade, ele parece distraído, confuso. Ele não consegue encaixar na sua fantasia futura a ideia de Antonia se esforçando para obter um diploma, mas a ama. *Ele me ama.* Quer que ela seja feliz. Diz que vai tentar, que vai arranjar uma solução. *Nós vamos arranjar uma solução.*

Como Paolo, Saul não consegue dormir durante o verão de 1941. Ele anda e anda e pensa em mulheres. Passa as horas sombrias subindo e descendo Manhattan, movendo-se até as pernas formigarem de fadiga e depois se retirando para o metrô fumacento, cujo ar o ajuda a manter a cabeça presa ao corpo. Algumas noites, ele fica extasiado ao pensar em Sofia. Quando está com ela, o temor que amarga sua língua e retorce o estômago é reduzido a nada. Sofia faz com que Saul se sinta como se estivesse de pé por conta própria. Ele se apaixonou pelo cheiro e pela força, pela maneira como ela é tangível e surpreendente, pela doçura da risada e pelo cheiro de terra que sente nos cabelos dela.

Em outras noites, a saudade da mãe parece uma criatura andando ao seu lado, pelas avenidas iluminadas por lampiões.

Depois que termina o colegial, Sofia passa uma semana sentada no quarto, sem rumo, presa em um tipo de liberdade esbaforida que parece vazia, insubstancial e avassaladora. O resto de sua vida — que até junho não era mais do que uma ideia surreal — exige que ela pense em períodos que nunca havia imaginado e pinta cada pequena decisão que pensa em tomar em tons lúgubres de estabilidade.

— Você podia considerar a universidade, sabe — disse Frankie, espreitando atrás da porta do quarto de Sofia, para encontrar a irmã folheando a mesma revista pela terceira vez ou olhando sem rumo pela janela.

— Você conhecerá alguém em breve — disse sua mãe.

Sofia não quer ir para a universidade, onde passaria outros tantos anos sendo informada sobre o que era certo e errado. E ela não quer conhecer alguém. A não ser que seja Saul, é claro, mas ele nunca satisfará os requisitos da família dela para ser esse "alguém".

Eles nunca se casarão. Nunca terão filhos. O nome de Saul nunca virá em primeiro lugar nos cartões endereçados a ambos. Eles não serão unidos pela igreja, pela cultura ou por coisa parecida, somente pela própria teia de segredos, mentiras e amor. Isso torna seu tempo juntos irresistível. Torna possível que Sofia — que sempre sentiu um pouco de medo ao pensar em casamento e filhos — seja loucamente dominada pela obsessão por Saul, que é seguro e não ameaça sua independência. Ela começa a entender a contradição: como é possível querer algo mais do que qualquer coisa e ao mesmo tempo não querer. Como às vezes a impossibilidade de um sonho é o que o torna atraente.

Sofia é movida pelo novo segredo. Ela e Saul se cruzam no corredor. Há algo magnético entre eles, algo liquefeito. Eles dão as mãos atrás de portas, caminham rapidamente juntos ao redor do quarteirão, falam na direção da boca um do outro, derramando frases, formando uma onda que é puro vício animal e expiração.

Sofia e Saul trocam bilhetes quando ele vai à casa dela. Marcam encontros em outros bairros. Escondem-se em restaurantes pequenos e experimentam pratos de lugares que só viram nos mapas: Marrocos, Grécia, Malásia. Saul não sabe quais são os bairros perigosos e não trata Sofia como se ela fosse frágil. Eles caminham o mais para oeste possível, sem entrar em Hudson. E, à medida que o sol se põe, observam as luzes se acenderem em Nova Jersey e na Times Square e se sentem em uma ilha, um trecho escuro impenetrável num terreno industrial baldio nos confins do mundo.

Com Saul, Sofia sente haver espaço para si. Ele pergunta à Sofia quem ela é, quem quer ser, e nunca há a ameaça da decepção, de Sofia não se encaixar num espaço predeterminado. *Acho que quero ser poderosa, como meu pai*, ela conta a Saul, *mas eu nunca agirei como ele*. Ela não sabe o que vai fazer, mas entende que será *algo*.

À medida que o verão passa, ela pensa em Saul cada vez mais, apesar da decisão de que estão apenas se divertindo, apenas quebrando as regras.

Saul, que está apaixonado por Sofia apesar de ser inaceitável se apaixonar quando se perdeu o país e a família, entende de contradições. Entende estar na presença de algo impossível. Saul começa a sentir como se estivesse saindo de uma longa hibernação, um inverno interminável. O batimento suave de seu coração acelera à medida que Sofia fica cada vez mais quente, banhando-o em calor. Ele começa a compreender o valor da sensação, da necessidade abrasadora do presente. Onde antes vivera em lembranças, especulações e profunda preocupação, Saul começa a abrir caminho para a vida à medida que ela se desenrola a cada momento.

NO OUTONO, Sofia e Antonia não voltam à escola pela primeira vez desde que se lembram. Setembro começa, e elas caem de cabeça. Sentem-se carregadas pelo rio de suas vidas. Parece que estão correndo para um penhasco, olhando para uma cachoeira sobre a qual há apenas casamento e filhos, vestidos práticos e a administração de uma casa. Ambas travam batalhas solitárias e silenciosas consigo mesmas: o que querem e o que acontecerá independente disso. O amor, percebem, é algo que pode acontecer mesmo que não queiram. Não sabem dizer se ele é o próprio rio ou apenas um bote salva-vidas. Mas precisam reajustar como pensaram que seria.

Joey Colicchio tem trabalhado demais. Ele está sobrecarregado, dividindo-se entre o mundo onde é pai de duas meninas com pernas longas e olhos sagazes e o mundo onde é a violência personificada, o terror do ambiente, a razão de homens acordarem suando à noite. Nos dois mundos, o seu melhor é exigido, puxado e tirado dele. Nos dois mundos, ele é o centro. É o coração.

Joey imaginara que a operação de contrabando que havia liderado em tempos de guerra aliviaria um pouco da culpa que pesa como uma pedra em suas entranhas. Imaginara que, ao permitir que outras famílias se alimentassem do tórrido, decadente e polpudo sonho americano, isso o ajudaria a justificar a relativa opulência do próprio estilo de vida, em comparação com tantas outras famílias que conhece. Joey quer acreditar que paga aos seus homens o máximo que pode; que usa a violência com a maior parcimônia possível.

Mas uma parte de Joey sabe que é mentira. *Você escolheu esta vida*, ele se lembra. Teria havido menos violência no sindicato dos pedreiros, se tivesse ficado quieto e pagado as dívidas. Teria propagado menos medo se tivesse ficado na casa dos pais até se casar e acrescentar dez ou doze netos à família vivendo em um cortiço. Teria se desintegrado na lama ao lado do pai no cemitério. *Do pó ao pó*. Joey se questiona se é um bom homem.

Rosa parara de buscar conforto em Lina anos atrás, mas, nos últimos tempos — com Sofia desaparecendo o dia todo, reservada e na defensiva em relação aos seus planos, Frankie explodindo à menor provocação, e Joey raramente em casa e inquieto quando chega —, ela se imagina, nas horas calmas da noite, andando até a casa ao lado de chinelos e roupão e desaparecendo na velha rotina familiar.

Sabe que isso é impossível. Lina se transformou num espetáculo, numa fábula. Com exceção dos irmãos e das esposas que aparecem todos os domingos, Rosa passa as semanas confusa e sozinha. Como sempre, ela entende. Sabe por que é assim, as estruturas que tornam isso necessário.

Ainda assim, Rosa fica acordada à noite e imagina como seria fechar a porta barulhenta do apartamento, atravessar os corredores nas pontas dos pés, sair para a rua e encontrar o caminho até a escada escura do prédio de Lina e Antonia, onde Lina poderia abraçá-la e dizer *esperava que você viesse*; onde, se tivessem sorte, saberiam mais uma vez onde as filhas estavam e se ainda dormiam.

No dia 7 de dezembro, Pearl Harbor é bombardeada. Nada é poupado. A guerra, que fora problema de outra pessoa, uma tragédia distante, algo inatingível, entra nas casas dos norte-americanos. Aperta as mãos em volta de suas gargantas. Força-os a olhá-la cara a cara.

Sofia escapole de casa, onde os pais estão atolados em preocupações adultas, numa espécie de depressão que a faz sentir como se o chão fosse areia movediça. Não sabem o que fazer. Não sabem o que acontecerá. Ela pega um táxi para Manhattan. Observa os cabos de metal da ponte do Brooklyn passarem e se lembra de ter 4 anos, a caminho do jantar de domingo. Aninhada no colo do pai, o centro da segurança. Como ela pode se concentrar em si mesma? Como pode decidir fazer qualquer coisa num mundo que está desmoronando desde seus alicerces?

Sofia se encontra com Saul escondida, num cinema escuro, no centro da cidade. O filme já começou quando se senta ao lado dele, cumprimenta-o com um aperto no ombro e pressiona o corpo em direção ao dele no escuro. Ele oferece um pacote de pipoca pela metade, e ela de repente está faminta. Enche uma mão de cada vez e deixa o sal se acumular sob as unhas e a gordura penetrar na pele. Sofia envolve o braço no cotovelo de Saul e inclina a cabeça em seu ombro. Sente os ossos do braço dele, o longo e esguio caminho que se estende do seu coração. Ele é sólido, seguro e vivo. Algo em Sofia se acomoda e se amplia.

Após o filme, Saul e Sofia passeiam pelos caminhos arborizados do Washington Square Park, tentando ao máximo não parecer bons alvos para batedores de carteira. Eles param em um bar soturno de artistas na rua MacDougal, e Saul compra dois copos de cerveja escura, que bebem de pé, inclinados, juntos, numa mesa de canto alta. Sofia gosta da sensação leve e imprudente e bebe mais enquanto Saul fuma.

Ela fala sobre o filme, inventa histórias sobre os outros clientes (uma amante, a mulher com o vestido muito apertado e os cachos cuidadosamente arrumados; um jornalista que não quer ir para casa ainda, com cadernos a tiracolo, girando uma aliança de casamento no dedo; uma artista, que saiu da casa dos pais em Nova Jersey e tem apenas caixotes de plástico como móveis). Sofia preenche o espaço vazio na conversa deles, o tempo todo pensando nos ossos dos braços de Saul, nos nós dos dedos contra a pele dela, nos cílios sonhadores e vibrantes. Dentro de Sofia, a coisa que despertara marcha para frente e para trás. Está faminta. Saul está quieto, seus olhos não a registram.

— Em que está pensando? — pergunta ela, e Saul abre mais os olhos e se concentra nela, como se tivesse esquecido onde estava. Ele faz uma careta. É uma piada interna, uma expressão que faz por cima dos ombros de homens com quem está falando quando Sofia está parada fora do recinto, observando. *Estou aqui*, é o que quer dizer. *Mas preferia estar aí, com você.*

— Nada.

É o que ele diz quando está pensando na família, na Alemanha e nas camadas de mistério indescritível que cercam sua vida na Europa.

Sofia estende a mão para Saul, e ele a pega, mas seu olhar permanece neutro, focado em algum lugar acima do ombro dela. Não sabe aonde ele vai, mas gostaria que voltasse.

— Você está em outro lugar.

— Estou bem aqui.

Mas não está. E Sofia, que muitas vezes se retrai nos próprios pensamentos quando as conversas com Saul chegam a esse impasse, contrai os lábios e coloca a mão no peito dele.

— Me conte.

— Você não viu as notícias?

— Claro que sim.

— Bem, eu... — Saul se interrompe. Ele dá de ombros. — Acho que estou pensando nisso.

— Acho que estou tentando não pensar. — Sofia está pensando nas mãos de Saul, nas bolhas que sobem até o topo de um copo de cerveja.

— Acho que não consigo evitar.

— Tudo bem. — Sofia quer ser o suficiente para Saul. Quer que sua presença o atraia e o tire dessa situação. Quer se ver fazendo isso e sentir que talvez seja boa no fim das contas. Como se não houvesse um espaço vazio à sua frente onde um caminho deveria estar. Poder confortá-lo seria um conforto para ela mesma. — Talvez seja melhor eu ir.

— Sofia — chama Saul, e há uma urgência na sua voz que ela não reconhece —, você ao menos se importa que o mundo esteja desmoronando? Acham que milhares de pessoas morreram ontem. Na guerra, o resultado da morte de pessoas será a morte de mais pessoas. E cada uma delas faz parte de algo. Elas têm mães, têm filhos... — Saul para abruptamente. Um rubor surgiu nas bochechas dele, e os olhos estão brilhantes e vivos.

— Claro que me importo — diz Sofia. — Mas eu vim até aqui para escapar da minha família, para te ver, e você está agindo como eles, e não há nada que eu possa fazer para alcançá-lo, assim como não há nada que eu possa fazer para alcançar ninguém. Não aguento me sentir tão impotente, Saul. Eu poderia ir para casa, mas minha mãe me daria uma meia para tricotar, e eu não acho que tricotar uma meia seja útil!

— Certo... Certo. — Os clientes de outras mesas estão observando pelos cantos dos olhos. Saul acena com a cabeça em direção à porta, e ele e Sofia saem do bar para a rua gelada. — Acho que você tem razão.

— O quê? — Sofia havia se preparado para uma briga.

— Essa preocupação... não ajuda. Só me sinto culpado.

Agora Sofia está com uma energia reprimida, a respiração ansiosa e furiosa, e a adrenalina pulsando. Uma briga não fora oferecida, e ela não sabe como resolver sem extravasar, sem gritar para o sol fraco e oscilante do inverno, sem destruir tudo pelo caminho.

— Não há motivo para você se sentir culpado — esbraveja ela, mais severa do que pretendia.

— Que filho não se sentiria culpado por abandonar a mãe?

— Você não a abandonou.

— Claro que abandonei.

A simplicidade disso ameaça arrancar lágrimas de Sofia. Os dois estão se arrastando pela esquina da MacDougal com a rua Bleecker. Eles se inclinam um para o outro, para se aquecerem. O ar de dezembro entra em seus casacos. A agonia de estar indefesa cresce de novo em Sofia, cortando a garganta dela com suas garras.

Quando Saul tenta virar à direita, em direção à Sexta Avenida, onde Sofia chamará um táxi para o Brooklyn, ela o impede.

— Eu tenho uma ideia. — Suas palavras se perdem nas camadas do cachecol, e Saul tem que se aproximar e pedir que repita. — Me leve para casa com você — sussurra no ouvido dele. A respiração dela está quente, mas logo congela no lóbulo da orelha dele.

Pelo resto de sua vida, Saul se lembrará do momento em que assentiu e disse *está bem,* empurrando o rosto no cachecol e no cabelo de Sofia para beijá-la e colocando o braço em volta dos ombros dela. Ele conseguirá provar o gosto congelado e metálico do ar e sentir, como se estivesse ali, a urgência do corpo de Sofia inclinado contra o seu. Conseguirá imaginar a vida como agora: estendendo-se diante dele e cheia de prazeres infinitos. Sofia sempre foi a única a conseguir alcançar as profundezas de suas preocupações com coisas que ele não podia controlar e trazê-lo de volta à superfície. *Me leve para casa com você*, dissera ela, e o gelo no lóbulo da orelha o lembrou de que Saul estava vivo e de pé, com uma garota que amava, em Nova York.

— Está bem.

Eles começam a caminhar para o leste, quietos, tremendo de frio e antecipação, arrastando-se na maré de trabalhadores que estão indo para casa.

MAIS TARDE, NAQUELA NOITE, Sofia está deitada na falta de familiaridade da cama estreita de Saul, que está adormecido. Sente-se anônima e poderosa: uma mulher atemporal, parte de um ritual muito maior do que ela. O luar brilha através da janela e faz sombras lúgubres na parede. Há uma árvore que cresce encolhida, distorcida pelo vento. Os corpos esticados e as cabeças pequenas e anormais de pedestres passam pelo teto em um desfile surreal.

Sofia acredita em Deus da mesma forma que uma criança acredita que os pais saberão se ela quebrar uma regra. É curiosa e um pouco ressentida, mas Deus, como todas as grandes estruturas nas quais Sofia encontra significado ao afirmar sua independência, é onipresente no seu mundo. Deus é as missas ritualísticas às quais deixou de ir quando adolescente, apenas para ver se faria diferença, é a insalata di mare e baccala na véspera de Natal, é a naturalidade ao fazer o sinal da cruz quando passa por uma catedral. Deus está no cheiro da comida da mãe. Deus está na cintura da sua saia, aquela que parece íntima demais dos ossos de seus quadris, mas que a enche de coragem, acalma e a torna o ponto focal de cada homem por quem passa na rua. Ocorre a Sofia, pouco antes de adormecer, perguntar-se se Deus sabe que ela está nua na cama de um homem judeu com quem não é casada.

Ela acorda na madrugada cinzenta e examina a mudança de seu corpo nu nos lençóis de Saul. *O que foi que eu fiz?* Apesar de toda a sua atitude, Sofia nunca cruzara uma linha tão grande como essa.

Sofia se levanta, envolve-se com uma camisa e abre a porta do quarto de Saul com cuidado. Para ir ao banheiro, atravessa um corredor de 5 metros onde sem dúvida não tinha permissão para estar, apoiando-se na parede enquanto anda na ponta dos pés, esperando misericórdia dos pisos antigos que rangem. Ela tranca a porta e olha para o rosto no espelho manchado, perguntando-se se alguém notaria. Parece a mesma, só está um tanto pálida por dormir muito pouco. Joga água gelada no rosto e se abaixa na privada, que está fria o suficiente para prender sua respiração na garganta.

No quarto de Saul, com as coxas ainda ardendo e o coração batendo forte, Sofia sobe de volta na cama e olha para o teto. Ela não consegue decidir se está se sentindo mais ou menos completa. Não tem certeza se conseguiu atrair Saul para o presente. O medo de que não tenha sido suficiente, de que nada tenha mudado — sério, tudo continua o mesmo — sufoca-a, deixa-a cega. Ela precisa de ar, de luz.

Ao lado dela, Saul se mexe. Sofia vira a cabeça para olhar. Ela nunca viu as feições do rosto dele tão relaxadas. Ele assobia suavemente quando expira, e Sofia se dá conta de que está desconfortável por saber disso. Parece muito pessoal. Ela se sente congelada agora. Quer saltar da cama, correr pelo gelado Lower East Side à medida que o amanhecer surge, esmurrar e bater em algo maior do que ela enquanto a luz matinal se espalha pela cidade como fissuras em um ovo.

Na cama, Sofia cobre a boca com a mão, para não chorar. Por toda sua vida, disseram que isso iria mudá-la. Que decepcionante quebrar a maior regra que tinha e permanecer no confim da mesma pele.

ELA SAI DO QUARTO de Saul com uma vaga sensação de mal-estar, com uma decepção beirando a repulsa. Não em relação a Saul — Sofia sorri para ele quando sai do quarto, ele pergunta se ela está bem, e ela mente —, que é sempre gentil e em cujos olhos Sofia não arruinou nada, não revelou nada, não traiu confiança alguma. Sofia sente repulsa das mentiras que lhe contaram sobre o próprio corpo. Ela não confia em ninguém.

No táxi, a caminho de casa, ela deixa os braços ligeiramente longe do corpo. Desce na esquina e olha para as janelas com cortinas das casas no seu quarteirão, que parecem observá-la.

Eu estava na casa de Antonia, diz para a mãe furiosa e aterrorizada e para a irmã curiosa e astuta. *Acabei adormecendo. Desculpe. Eu sei, mamãe. Desculpe.* No banheiro, Sofia tira a roupa, abre a água no máximo e fica no chuveiro até que a pele brilhe com o calor.

Obriga-se a olhar no espelho quando o vapor se dissipa. Parece a mesma. Não se sente quebrada ou danificada. Não se sente magoada. Rosa não olhou para ela e perguntou: *O que você fez?*

Cada regra que aprendi, percebe Sofia, *é uma mentira.*

As lágrimas que foram se acumulando desde que estava na esquina da Bleecker com a MacDougal com Saul enfim escorrem pelas bochechas de Sofia. Enquanto envolve uma toalha no corpo e chora, Sofia acha que o mundo finalmente virou do avesso por completo.

Rosa se pergunta o que aconteceu com Sofia, que passou todo o verão e outono saindo de fininho, evitando a família. Ela sabe — como quando sabemos algo que no fundo não queremos saber — que Sofia não adormeceu na casa de Antonia. Já percebeu, é claro, que Sofia e Antonia não são tão próximas agora como foram, que as duas estão preocupadas com as questões de serem quase adultas, de descobrirem como isso acontecerá.

Antonia tem um noivo, aquele lindo menino de Manhattan, e Rosa está muito feliz por Antonia. Mas, ao mesmo tempo, deseja desesperadamente que Sofia também encontre alguém e canalize sua energia feroz numa vida de boa aparência. Rosa não sabe onde Sofia estava na noite anterior, mas sabe que ela está mentindo.

Sofia não vê Saul até o próximo jantar de domingo, onde ele mal a encara nos olhos, temendo que baste um olhar de Joey Colicchio para saber o que ele fez. Isso ajuda Sofia, que passou a semana deprimida no quarto e que não tem certeza do que diria a Saul, mesmo que tivesse a oportunidade. A magnitude do que fizeram é um muro de concreto entre eles.

O Natal é na próxima semana e depois chega o Ano-Novo. Joey e a equipe ficam atipicamente ocupados nas primeiras semanas de 1942. Saul trabalha em horários estranhos, e Sofia caminha pelo bairro, empacotada em casacos de pele e com o vento chicoteando as lágrimas em seu rosto, enquanto dobra todas as esquinas. Eles não se esbarram, e nenhum deles atende o telefone. *O que deu em você?*, pergunta Rosa. *Está mais estranha que o normal*, diz Frankie.

Sofia está mais estranha do que o normal. Ela não se reconhece. E assim Sofia se vê sentada na cama, disposta a ligar para Antonia. Estão em meados de fevereiro. Antonia está planejando o casamento e só sabe falar disso. Sofia não quer ligar para ela. Mas não há mais ninguém que possa ajudar, por isso está encarando o telefone. Ela se obriga a pegá-lo. *Disque o número.*

Sofia sabe que não há nada a ser feito, mas tem certeza de que Antonia saberá o que fazer. Ou melhor: Sofia tem certeza de que, aos olhos de Antonia, irá se sentir ela mesma de novo.

Ela pega o telefone.

— Preciso te ver.

— Tem certeza?

Sofia assente com as mãos no colo. Ela está sentada na cama de Antonia, no apartamento mofado e familiar como um casaco velho. Seus joelhos tocam os de Antonia.

— Tenho. Tenho tanta certeza quanto... Já se passaram dois meses e meio, Antonia. Passei todas as manhãs de janeiro ajoelhada no chão do banheiro. — Ela dá de ombros. — Tenho certeza.

— Mas... — Antonia se senta silenciosamente, ao lado de Sofia, em respeito à crise em questão. — Como? — Sofia ergue as sobrancelhas. — Quer dizer, eu sei como. Acho que... Quando? Não, eu sei quando. — Antonia fica em silêncio por um momento e depois pergunta: — Onde?

— No quarto dele, em dezembro.

— Uau. Sofia, uau!

— Eu sei.

— Você não é casada.

— Eu sei.

— Ah, Sofia, ele é judeu!

— Eu sei. — Sofia se vira para Antonia, e suas feições estão pequenas e assustadas no rosto pálido e grande. — Meus pais nem sabem que ele e eu… que nós… Meu pai trabalha com Saul todos os dias. Antonia, acho que ele vai matá-lo.

— Tenho certeza de que não vai — diz Antonia e coloca o braço em volta da cintura de Sofia. Ela não tem certeza alguma, mas sabe que o imediatismo, a permanência e a existência incontestável da terceira vida no cômodo significa que tudo tem que ficar bem. Tem de se resolver. Sofia e Antonia, brincando de faz de conta, sempre presumiram que não havia nada que não pudessem enfrentar juntas.

— Eu posso aparecer para o jantar. Você quer esperar, e aí contamos?

E lá está: Sofia se sente ela mesma de novo. Energia flui pelo seu corpo. Seus dedos flexionam, os dedos dos pés formigam. *Graças a Deus.* Então vira o corpo na cama e abraça Antonia, envolvendo-a contra o peito, pressionando o rosto no cabelo da amiga.

— Obrigada. — As mãos de Antonia estão emaranhadas com as suas, e os olhos dela estão no rosto de Sofia. — Mas acho que tenho que ficar a sós com eles. É o único jeito… Eu tenho que fazê-los me deixar explicar. Se você estiver lá, ficará muito óbvio… Eis nossa filha, a mulher decaída, ao lado da amiga que vai se casar com o bom rapaz católico. Entende?

Ela não sabe exatamente o que vai "explicar", porque a coisa toda ainda é obscura para ela também, os passos que a levaram até este ponto, a maneira como sua vida mudará. Mas está impaciente agora, pronta para se mover. Sofia tem um plano. Tem algo que precisa fazer. A energia nervosa ameaça sufocá-la se ficar parada. Ela se levanta e se vira para sair.

— Obrigada — diz Sofia, mais uma vez. Ela sai do quarto de Antonia.

— Sofia?

— Sim?

— Saul sabe?

— Não — confessa Sofia, perto da porta de entrada do apartamento de Antonia.

Às vezes, quando estão sozinhos, Antonia deseja, fervorosa e silenciosamente, que Paolo atravesse a extensão do sofá ou da mesa entre eles, agarre-a pela cintura e retire sua blusa dos ombros, a saia das coxas. Antes de adormecer, ela imagina o peso do corpo dele. Ela se enche de mel quente com o que imagina.

Como a linha é tênue, Antonia percebe. Como é insubstancial o espaço entre imaginar e pedir.

Como parece fácil atravessar o limite entre os dois.

Sofia não se arrepende, mas está assustada.

Algumas noites, fica acordada, imaginando se deveria esconder. Passa horas sem dormir, desenhando blusas largas, casacos com capuzes enormes, saias que formam um balão em torno da cintura.

Às vezes, ela se imagina com Saul e o bebê, vivendo na natureza, numa cabana na floresta, ou carregando tendas nas costas como indígenas. Saul caçaria veados, e ela colheria nozes para fazer farinha e ostras para assar nas brasas das fogueiras. Eles vestiriam a criança com gramíneas trançadas. Dormiriam enrolados um no outro sob as estrelas.

Fantasia que a mãe abraçará Saul e chorará, o pai baterá nas costas dele, olhará para Sofia e será severo, mas ficará orgulhoso. Eles planejarão um grande casamento ao ar livre, à vista de ambos os seus deuses, e Sofia se cobrirá de joias e seda, e dançarão até o nascer do sol.

Também se preocupa se vai acabar sozinha, com o bebê amarrado por um cachecol velho aos seus seios que vazam leite, procurando centavos na sarjeta.

Sofia imagina o bebê crescendo, mas não consegue sentir nada.

DECIDE CONTAR À SAUL PRIMEIRO. Ele não tem notícias da mãe desde o verão de 1941. Ele não fica sozinho num ambiente com Sofia desde a noite que passaram juntos em dezembro. Não é da natureza dele ficar zangado com ela por tê-lo evitado. *O que posso fazer?* Ela não parece grávida, e é difícil para Saul compreender o que lhe contaram. *Do que você precisa?* Sofia não precisa de nada. Se ela ficar parada, sem se mexer, ainda crescerá um ser humano dentro de seu corpo. Mas ela está mais feliz do que imaginava estar com Saul. Ele a beija, e algo em Sofia desabrocha, algo quente e que estivera esperando, algo que sonhava com este momento. Sofia agarra os punhos da camisa dele e o puxa.

Ela convida Saul para jantar sem dizer à mãe, o que ela sabe que vai lançar Rosa em uma espiral de ansiedade. Mas Sofia não consegue descobrir como contar a Rosa e Joey que Saul está vindo sem lhes dizer o porquê, e Saul queria estar presente. *É minha responsabilidade também*, dissera ele, com um vinco muito sério entre as sobrancelhas. O problema havia se transformado em "isso", havia sido compartilhado, havia sido nomeado e, assim, chamado à existência, ao mundo, junto com eles. Sofia entra num táxi e observa Saul se afastar, arranhando um círculo nervoso na parte de trás da cabeça. Algo em seus passos lentos a deixa comovida, como gargalhadas que ela tem que engolir. *Você o ama*, diz uma voz na sua cabeça. *Você não esperava, mas ama*. Parece Frankie. *Cala a boca*, responde Sofia. Ela vira a cabeça para frente. O táxi avança até o Brooklyn.

Saul aparece no apartamento dos Colicchio mais cedo, e Rosa está limpando as mãos com um pano de prato.

— Joey sairá em um minuto.

Ele agradece, porque não há como dizer a ela: *Na verdade, estou aqui para o jantar*. Felizmente, Sofia o ouve chegar, porque aparece na sala.

— Mamãe está fazendo almôndegas. Quer ficar?

Rosa lança um olhar sagaz para Sofia.

— Sim, é claro, não aceitaríamos que saísse no frio, venha.

Ela oferece a Saul um copo de vinho e se esgueira pelo corredor, para sussurrar com Joey. Sofia e Saul ouvem-no dizer:

— Não, não tem nenhuma reunião.

Eles se encaram em um silêncio furtivo.

Quando o jantar é servido, Sofia, Frankie, Saul, Joey e Rosa se sentam à mesa, em silêncio, olhando para os pratos intocados enquanto o vapor sobe em colunas curvas na direção do teto. A lâmpada superior os ilumina de cima a baixo, e as velas na mesa, de dentro para fora. É Frankie que come primeiro e os alivia da tensão.

Só Sofia limpa o prato: está faminta. Cada espaço dentro dela grita para ser preenchido.

E então chega o momento em que todos fazem uma pausa, as velas ainda bruxuleiam, e a atenção à mesa se move e descansa em Sofia e Saul. Sofia limpa a boca com o guardanapo, entrelaça os dedos e deixa a voz se abrir.

— Mamma. Papà. — Ela olha para cada um deles e depois para o meio da mesa, onde os pratos ainda estão pela metade. Pensa em como Antonia poderia dizer isso. Poderia falar sobre o relacionamento que ela e Saul construíram, as maneiras sutis com que aprenderam a cuidar um do outro, a surpresa de tudo. E então diz: — Saul e eu vamos ter um bebê.

O que é tão abrupto, tão sem tato, tão diferente de Antonia quanto qualquer coisa que pudesse imaginar.

Frankie ofega e depois sorri: trata-se de algo importante, e ela sabe que será uma espectadora e, de alguma forma, estará envolvida. Será escandaloso. Será inédito.

Rosa está indignada.

— Não diga isso. O que, em nome de tudo que é mais sagrado, faria você dizer algo assim? — Mas, antes de terminar a frase, ela percebe que Sofia não está inventando. Rosa fica em silêncio, depois se vira para Joey. — Diga alguma coisa!

Joey não diz nada.

— Sofia, isso é um absurdo — diz Rosa. — Ele não é católico. O que está pensando? Como pode construir uma vida assim? Onde o seu filho vai estudar? O que vai fazer no Natal? Por que não me responde? Sofia, diga alguma coisa!

O pânico de Rosa se agita como um pássaro preso na sala, batendo nos móveis, nas janelas, um caos.

— Eu não sei, mamãe! — Sua voz também está alta e clara, e todos olham para Sofia, que é o centro da gravidade que os colocou em órbita. — Não planejamos isso. Não planejamos... Eu não queria me apaixonar por ele. Mas, mamãe, ele é interessante, é gentil e me ama, e não me importo se ele não é católico, ou se estamos fazendo as coisas fora de ordem. Não me importo!

— Giuseppe Colicchio — grita Rosa, virando-se para Joey —, solte a maldita língua! Fale com sua filha!

Mas os olhos de Joey estão em Saul. Seu rosto está ilegível. O olhar é um alfinete, prendendo Saul na cadeira, como uma borboleta em um quadro de cortiça. Ele fica em silêncio por um momento e, quando fala, sua voz é clara e calma:

— Vocês vão se casar. Vou falar com o padre Alonso, e ele realizará a cerimônia mesmo que você — Joey olha para Saul — não seja católico. Bem, você pode se converter. Será um favor especial para mim. Para nós. Pode usar o nome Colicchio. Vou providenciar para que não haja problema.

Saul está se comportando da melhor maneira possível e, como tal, sente-se sorrindo e acenando com a cabeça para as palavras de Joey, antes que o significado delas esteja explícito no cérebro. Percebe que a mãe de Sofia está sorrindo; que a própria Sofia parece feliz, ou pelo menos surpresa. Saul ouve Joey Colicchio lhe dizer que deve desistir do seu nome, da sua língua e de seu legado. Ele entende que está recebendo algo imenso em troca.

— Obrigado. — Ele se ouve dizer. *Obrigado?*

— Papà, eu... — começa Sofia. *Papai, obrigada por não matar o homem que eu amo. Papai, não suporto mais vê-lo olhando para mim com uma cara triste. Papai, passaram-se anos... Quando é que deixei de ser a sua garotinha?*

Papai, você não pode esperar que Saul desista de tudo.

— Papà, isso é loucura.

Mas não foi Sofia que falou, foi Frankie, com sua presença evidente ao lado de Rosa. Os olhos brilhantes dela se acendem.

— Isso não é uma discussão — diz Joey, automaticamente, antes de registrar que está falando com Frankie, seu bebezinho. Frankie, que nascera depois de quatro abortos e teve que ser cortada para fora da barriga da mãe quando o sol nasceu, que chorara e chorara nos primeiros meses de vida, quando nada a acalmava. Mas que, uma vez que se acostumara com o mundo, havia encontrado conforto nos sabores de novos alimentos e no riso da irmã e quase não chorara desde então. — Isso não é uma discussão.

— Claro que é. Não é justo, papà. Você nem perguntou a Sofia e Saul o que eles querem. — Frankie diz isso com naturalidade, assim como diz qualquer coisa. A verdade pesa sobre todos eles. Ninguém perguntou a Sofia e Saul o que eles querem.

Saul é dominado pelo desejo de dizer algo apaziguador, como *tudo bem*, ou *sério, eu não me importo*, mas está em silêncio. Como pode saber em quais momentos ele tem controle sobre a direção da própria vida e em quais momentos não tem escolha a não ser se render a forças maiores? Ele é bom em sobreviver, bom em prosperar em quaisquer circunstâncias inesperadas que apareçam. Mas, aqui, no momento da decisão, Saul percebe que não sabe fazer as escolhas que vão guiá-lo em uma direção ou em outra.

— Basta! — grita Joey, e, pela primeira, vez sua voz quebra ligeiramente, fora de controle. — Isso não é problema seu. Você vai se sentar aí e não vai falar. *Não* vai. Você não vai piorar a situação difícil em que sua irmã colocou esta família. Não vai questionar minha decisão. Está claro? — Frankie está em silêncio. — *Está. Claro?*

Mas Frankie não consegue se conter.

— Isso é ridículo, papà! O ser humano tem direitos. As mulheres têm…

— Frankie, chega — diz Rosa.

— Mas, mamma…

— Já chega.

— Está tudo bem — diz Sofia. Ela coloca a mão no joelho de Frankie. Mantém os olhos no próprio colo e diz a si mesma novamente, para enfatizar: *Está tudo bem*. Ela acredita nisso. Pela primeira vez em meses, *tudo vai ficar bem*.

Há uma espécie de expiração coletiva — de cada pessoa na sala, da própria sala em si, dos próprios ossos de Nova York — quando a família Colicchio se transforma em algo novo.

SAUL É MANDADO para casa com sobras embrulhadas em papel alumínio.

Quando chega, está tão exausto que mal consegue levantar os pés escada acima. Ele fecha as cortinas e enfia duas camisas sobressalentes ao longo das rachaduras entre as vidraças. Na cama, contorce o corpo ao longo dos lençóis gelados, até sentir o batimento cardíaco acelerar e os lençóis começarem a aquecer.

Ele conta suas inspirações e expirações — inspira, expira — e tenta não pensar em Sofia. Tenta não pensar no que significa a gravidez, em sua mãe desaparecida e em se tornar pai no novo país. Sente-se maior do que o normal, com uma responsabilidade maior do que ele. E se sente culpado, porque uma parte sua está aliviada ao aceitar a oferta de Joey Colicchio, que o fará desaparecer completamente numa nova vida.

Os olhos de Saul estão pesados, a respiração está lenta, e ele está quase dormindo quando a porta do seu quarto se abre com tudo. Ele senta na cama — o coração pulsando na cabeça, no peito e nos dedos —, piscando furiosamente no escuro.

Antes que pudesse encontrar o foco, o pai de Sofia já o havia agarrado pela gola da camisa, levantado e prendido contra a parede. A cabeça de Saul bate no tijolo, e estrelas explodem na frente de seus olhos. Ele mal consegue respirar.

— Eu pensei que podia confiar em você — rosna Joey Colicchio. — Seu mentiroso de merda sorrateiro. Como se atreve?

— Eu não tinha intenção... — diz Saul. Os pés mal tocam o chão. A adrenalina o percorre como um raio.

— Você não tinha a intenção *de quê?* — Há uísque no hálito de Joey. — Não tinha a intenção de arruinar a vida da minha filha? Não tinha a intenção de aceitar o emprego que te dei? Não tinha a intenção de pôr os pés nesta porra de país? — Ele olha diretamente para o rosto de Saul. — Pode apostar, seu judeu figlio di puttana, que vai desejar não ter feito nenhuma dessas coisas.

De repente, Saul percebe que está olhando para um Joey Colicchio diferente do homem leve e carismático que o envia para o norte ou para o cais da Ellis Island, para cobrar refugiados alemães, austríacos e húngaros aterrorizados. O Joey Colicchio que solta fumaça na frente dele, com as mãos na sua garganta, é o assassino, aquele que viu homens borrarem as calças e implorarem por suas vidas e depois os enviou para dormir no Hudson com tijolos amarrados aos tornozelos. Saul percebe que Joey pode matá-lo. Ele pode morrer.

— Eu a amo. Sei que não acredita nisso, mas eu amo.

Joey Colicchio afrouxa o aperto em volta do pescoço de Saul. Ele cai no chão. Joey enfia a mão no bolso de trás e puxa uma pistola. Aponta para Saul.

Saul encara o cano da sua própria mortalidade e se pergunta se talvez fosse para ser assim. Seria tão simples. Por um momento, Saul considera o luxo de se render com alívio e gratidão.

— Você a ama — diz Joey, sem abaixar a pistola. — Você a ama, porra?

— Eu a amo — diz Saul. *Minhas últimas palavras não foram nada mal.*

— Levante-se — diz Joey, gesticulando com a arma.

Saul se levanta. Joey aponta a arma para o peito dele. Saul fecha os olhos.

— Abra os olhos.

Saul os abre.

— Primeira regra da paternidade. Você não pode morrer agora. Não é mais a prioridade.

QUANDO CHEGA EM CASA, Joey Colicchio tira a pistola do bolso do casaco e a envolve em musselina, colocando-a na escrivaninha.

Joey beija Rosa. Espia o quarto de Frankie e diz:

— Apague as luzes.

Então atravessa o corredor em direção ao quarto de Sofia. Ela está escovando o cabelo, e, no rosto rígido, Joey vê o bebê que embalou no hospital, a criança de 5 anos que levou para as reuniões em Manhattan, a jovem de 14 anos que foi firme, tão furiosa que quase levitou e disse a ele — disse a *ele*! — que não iria à igreja. Joey não sabe o que dizer, mas anseia por ela, então limpa a garganta antes de entrar no quarto da filha. Sofia olha, e ele se curva e segura o rosto dela nas mãos.

— La futura mamma — diz ele, como se fosse fácil.

— Papà — diz Sofia suavemente.

E Joey Colicchio a toma nos braços e, por um momento, se enche de puro deslumbramento.

Antonia se casa com Paolo quando o ar do inverno fica mais brando. Lina está sentada sem lágrimas no rosto e ereta no banco mais adiante, olhando para frente. Na parte de trás da igreja, os colegas de trabalho de Paolo se alinham em ordem de altura, numa coincidência surreal, como uma matriosca de criminosos e contrabandistas. Lina pode contar os fios de cabelo, de tão alerta que está seu corpo; de tão determinada que está a não dar atenção aos homens da Família.

Joey conduz Antonia até o altar, espantado que a garotinha que viu aprender a nadar em um dia de verão em Long Island seja a jovem capaz e inteligente que está entregando a um marido. Ele assente para Lina tão graciosamente quanto consegue, mas um aceno não pode construir uma ponte sobre doze anos de tristeza, sobre a enorme lacuna entre eles onde Carlo deveria estar, sobre as maneiras com que os dois evoluíram para sobreviver.

Sofia e Saul não se sentam juntos, pois ainda não estão casados. Sofia se enfiou em seu vestido mais bonito, que fechou quando ela estava de pé com a barriga contraída, mas que agora parece acentuar a pequena protuberância em seu ventre. Quando se levanta, parece perfeitamente normal, mas, quando se senta, sua cintura se esparrama. Sofia não se encaixa no vestido. Não se encaixa neste casamento, onde ficou ao lado da mãe e de Frankie e tem que cobrir a cintura com o cachecol da irmã. Não se encaixa com as mulheres daqui. Não pode se sentar com os homens. Não é uma criança nem uma adulta de verdade.

Sofia se contorce. Pode sentir o olhar de Saul do fundo da sala, onde ele está com os outros homens da Família. Estão na parte de trás, em respeito à Lina. Estão presentes, em respeito a Paolo e Joey e às conexões que ligam todos eles. Não há uma maneira fácil de dividir o que é família e o que é A Família. Não há separação clara entre profissional e pessoal. Sofia entende mais desse equilíbrio agora, por causa de Saul, que está ligado a um mundo mais amplo, onde a raiva de uma menina pelo pai, a frustração com a mãe ou a falta de adesão às regras não são a coisa mais importante; onde, por vezes, Sofia começa a perceber que você tem de fazer coisas que não esperava para proteger as pessoas que ama.

Um dos irmãos de Paolo foi convocado pelo recrutamento militar em fevereiro. Ninguém quer se sentar em seu lugar. Mencionar ou não mencionar o seu nome é difícil para todos. Ele envia cartas, mas não tem permissão para dizer à família onde está. Os outros dois irmãos de Paolo usam ternos iguais, e a mãe voeja entre eles como uma borboleta entre as flores, endireitando suas gravatas, afastando seus cachos errantes. Como se a família dela estivesse completa, como se uma de suas asas não tivesse sido arrancada. Viviana Luigio enfrenta desafios inesperados com um passo de cada vez e se mantém otimista. Ela compartilha comida e conversa com os novos colegas de trabalho de Paolo, porque acredita ser a coisa mais gentil e nobre a se fazer. Viviana mantém a esperança de que possa convencer Paolo a aceitar um emprego que o primo dela está guardando num restaurante; de que seus filhos voltarão para casa a salvo de todas as batalhas que lutarem.

Antonia sente-se acolhida e grata, sente-se segura como se estivesse sendo carregada por um paraquedas a centímetros do chão. Ela agradece a Joey e, por apenas um segundo, sente-se fraca ao perceber que o próprio pai não está lá, não a verá. Ele teria adorado: Carlo Russo, que colocava uma mão nas costas de Antonia enquanto ela dormia, teria adorado ver a filha se comprometer com um homem que amava. Ou Antonia pode contar a si mesma esta história: a injustiça aflita de não ter Carlo também permite que ela o idealize, que o mantenha como o ápice de algo que está perdendo a todo instante. Enquanto caminha cuidadosamente pelo mar de pessoas que conhece, Antonia recita para si: *Amar, honrar.* Respira fundo. *Obedecer.*

Esta noite, Antonia e Paolo irão para um hotel no centro do Brooklyn, o Grand Palace, que tem vista para o East River. Amanhã vão se mudar para o próprio apartamento. Paolo economizou o ano todo para o aluguel e os móveis. Antonia escolheu pratos, toalhas, luminárias de cabeceira. *E daí que eu não fiz do jeito que você queria?,* diz ela, desafiadora, imaginando-se aos 15 anos, deslumbrada na biblioteca do colegial. *Eu nos tirei de lá, não foi?* A noite passada foi a última em que dormiu no apartamento onde cresceu.

Todos comem pimentas vermelhas marinadas, ravioli de espinafre com bordas recortadas, truta com olhos murchos e carne com gosto de algas marinhas, limão e água doce. Todos dançam descontroladamente. As tristezas que sempre acompanham famílias são relegadas para cantos escuros, para a fila do banheiro, para o bar onde as pessoas aguardam suas bebidas. Antonia passa toda a noite com o rosto vermelho por causa da comida e do vinho. Ela observa Paolo, a ousadia de suas sobrancelhas, seus lábios e sua língua que está metade cor de ameixa e o chapéu

Homburg, que o deixa jovem e se inclina para sombrear um olho e depois o outro, enquanto ele dança sob a luz baixa. Após a recepção, na parte traseira de um Cadillac azul, Antonia é encorajada por quatro garrafas de prosecco a passar os dedos no cabelo escuro e grosso que escapa da aba do chapéu de Paolo, e ele agarra seus dedos e abre a mão para poder beijar o ponto em que seu dedo médio encontra a palma.

O sexo faz Antonia se sentir como um felino selvagem, como um rio. Ela se ajoelha nos cantos da mobília, estica-se para Paolo enquanto ele escova os dentes, enquanto martela um prego na parede, enquanto abre o refrigerador e então encontra os olhos dela através do cômodo. Antonia descobre que é espaçosa, resiliente e flexível. Na banheira, está faminta enquanto passa o sabonete, enquanto a água goteja das pontas do cabelo. É surpreendida pela voracidade do próprio desejo, por esta coisa trêmula e física que vem do próprio corpo, que só pode ser irracional.

Antonia engravida quase de imediato e, a cada dia que passa, sente-se menos impostora no mundo adulto. Ela entrelaça os dedos à noite com tanta força que corta o fluxo sanguíneo ao orar. *Obrigada, obrigada, obrigada.*

SOFIA COZINHA e incha no sol da primavera.

Saul recebe a Primeira Comunhão numa manhã brilhante e azul de maio, com o corpo de Cristo grudado na língua e o gosto amargo de vinho nos espaços entre os dentes e as bochechas. Mais tarde, ele segura a porta da igreja para a noiva grávida e espera que seu rosto franzido e retorcido seja associado à luz do sol. Por ser quem é, Sofia não lhe agradece por adotar sua língua, seus feriados e o nome de sua família. Por ser quem é, Saul não lhe pede que ela o faça.

Eles são casados por um padre, que vai ao apartamento Colicchio numa sexta-feira à noite e sai com um envelope cheio de dinheiro, sentindo-se menos culpado do que esperava. Como presente de casamento, os pais de Sofia arranjam um apartamento para eles na rua Verona, situado cuidadosamente na área ainda italiana de Red Hook. De um lado, o prédio fica suspenso a vários quarteirões da avenida Hamilton, onde as crianças irlandesas que se intitulam Creekies — por causa do canal Gowanus Creek, onde passa o rio — ainda dão socos, jogam pedras e às vezes lâminas de facas em italianos que chegam muito perto. Do outro lado, ficam as antigas docas, onde há muitas famílias desesperadas com olhos fundos que, Joey sabe, fariam qualquer coisa para sobreviver. Acima de tudo, o apartamento é o mais longe que Joey conseguiu das habitações de Red Hook, onde todos os dias, ao que parece, novos estivadores e suas famílias chegam ao bairro como formigas.

Joey quer uma casa em Carroll Gardens: moderna, com paredes de tijolos, encanamento novo e o jardim da frente cheio de flores. Ele imagina Rosa presidindo a ponta de uma longa mesa de jantar de madeira. Imagina Sofia e seus netos morando em um dos andares, os sons de pezinhos andando no piso de madeira e risos subindo pelos tubos do aquecedor. Mas, enquanto isso, ele encontra para a filha um apartamento de cômodos enfileirados, com dois quartos, uma cozinha e uma sala de estar.

Saul e Sofia levam suas coisas antes de se casarem, para poderem dormir lá na primeira noite. Rosa empacota para eles caixas com louças boas — mas não as melhores — e o velho caldeirão amassado. Quando eles chegam, a porta se fecha em um silêncio desconcertante, até que Saul diz *espere aqui*, vai para a cozinha e volta com um copo envolto em um pano de prato. Ele o coloca no chão diante de Sofia e diz para ela pisar. Sofia não questiona, apenas levanta e abaixa o pé. Quando o vidro se quebra, é como se uma película fosse arrancada de seus olhos. Ela está tonta. Quer tirar os copos das prateleiras e esmagar todos.

DURANTE A NOITE, Sofia acorda suando e abre a janela do quarto, para deixar o ar denso se mover ao redor dela como mingau. Ela se vira, para ver Saul dormir, os contornos do rosto dele visíveis na noite cinzenta da cidade. Suas sobrancelhas franzem, palavras se formam e desaparecem nas extremidades de sua boca. E é agora, enquanto está sozinha, da maneira que sempre se está enquanto se observa alguém dormir, que algo ocorre a Sofia, algo que ela sempre soube, mas que nunca teve as palavras ou a coragem para falar: é possível que ela não queira ser mãe.

Ela considera a inabalável presença física do bebê, virando--se, suspenso acima dos quadris. Sua dúvida também parece uma coisa tangível, torcendo seu caminho pelo ar e brotando ao redor dela como uma sombra.

Ela não consegue voltar a dormir. Os olhos estão secos e doem. De manhã, a dúvida ainda está lá. Enrolou-se em volta da mesa de cabeceira, e Sofia pode sentir as folhas ásperas nas dobras das roupas.

— Não — diz a Saul, enquanto ele serpenteia um braço em volta da barriga dela. — Não faz isso.

— Está se sentindo bem?

— Estou ótima. — A voz dela é uma porta fechada.

— Que tal esta noite eu trazer comida chinesa? — sugere Saul. — Você não precisa cozinhar.

— Já disse que estou bem — diz Sofia e caminha até o banheiro.

Após fechar a porta, ela se encara no espelho. Seu rosto vive brilhando ultimamente, reluzindo com o novo ser e com o calor. Suas feições parecem normais. *Será que você é má?*, pergunta-se Sofia. *Será que você está quebrada?*

NA COZINHA, Saul fez um bule de chá e cortou pão para a torrada. Também colocou dois ovos, um ao lado do outro, no balcão.

— Cozido? — pergunta à Sofia quando ela sai do banheiro.

Sofia quer se recusar a comer. Quer sentir a pulsação vazia do estômago até descobrir o que há de errado com ela. Mas a fome assumiu uma nova ferocidade ao longo da gravidez, e ela se vê incapaz de resistir às suas necessidades básicas: fazer xixi, dormir e comer.

— Cozido.

Ela se senta à mesa. Ainda é estranho se sentar em uma cozinha que lhe pertence, que cheira à comida que ela e Saul comem, que não é liderada por sua própria mãe. É estranho ficar sem azeite, sabão ou alvejante. É estranho acordar ao lado de Saul todos os dias. Isso a deixa tonta, deixa-a nervosa. Parece que ela é uma criança brincando de casinha com Antonia. Sofia chega a estar com torcicolo pela velocidade com que sua vida assumiu essa forma adulta. Enquanto seu corpo se estica contra os limites da pele do filho, Sofia quer, repetidas vezes, ficar com raiva. Quando não está com raiva, está alegre e cheia de energia, salpicando beijos no peito e nos ombros de Saul, fazendo-o se atrasar para o trabalho.

Mas Saul é incansavelmente gentil. Abre espaço para a raiva dela. Permanece ancorado quando Sofia ameaça explodir.

Não há nada tangível contra o qual Sofia possa brigar.

É então que ela se vê pensando em suas palavras, engolindo respostas mordazes e insatisfações que se chocam como duas rochas na garganta. Passa a escolher uma gentileza que nunca conheceu antes, conservando sua energia.

À noite, ela se enrola ao lado de Saul como um animal que faz um ninho.

Não parece permanente. Sofia não consegue enxergar mais além em sua vida agora do que quando tinha 15 anos. Quase entrou em pânico no *até que a morte os separe*, mas sua morte é impossível de imaginar.

Saul faz torradas com o pão e cozinha os ovos. Entrega à Sofia um prato com duas fatias de torrada regadas com mel e um ovo ainda rolando em sua casca quente.

— Tenho que entrar antes, mas vou voltar mais cedo. — Sofia mastiga e acena com a cabeça. Saul a beija na bochecha. — Vou ligar para falar sobre o jantar.

— Obrigada — diz Sofia, mas Saul não a ouve enquanto sai.

As horas seguintes após Saul sair para o trabalho se estendem na frente dela e desaparecem ao longe. Sofia fica ociosa: se esquece de pentear os cabelos, deixa os pratos na pia. De pé, na sala de estar, olha pela janela. Ela tem 14 anos e assalta a geladeira enquanto a família está na missa. Dentro de seu corpo, o bebê que fez com Saul está balançando as mãos e os pés contra seus órgãos, batendo como um galho contra uma janela, como as asas de uma mariposa contra uma porta de tela.

NA PRIMEIRA SEXTA-FEIRA de julho de 1942, como em todas as primeiras sextas-feiras de cada mês, Joey Colicchio veste o seu terno mais simples e mais caro. Faz a barba, embora já seja de tarde e ele já tenha se barbeado pela manhã. Inala o cheiro de hortelã-pimenta da loção pós-barba e verifica os dentes em busca de sementes de papoula. Checa o bolso do terno em busca do envelope de Fianzo e limpa as mãos na calça antes de sair de casa.

Saul espera pacientemente na calçada, lá fora. Seu rosto está calmo, e essa é uma das coisas que Joey mais gosta nele. Seu rosto estava calmo no coração da movimentada delicatéssen onde Joey o encontrou e está calmo agora, enquanto ele veste mangas compridas e calças numa tarde de julho.

— Obrigado por vir — diz Joey, beijando Saul nas bochechas. Eles entram num carro parado na rua em frente ao prédio de Joey, à espera. Saul não pergunta o porquê. É outra coisa que Joey gosta nele. Saul confia que vai saber o que precisa saber, quando precisar saber.

Joey fica quieto na viagem de carro de dez minutos à beira-mar. O motorista é um antigo associado: alguém de quem ele se lembra de seus primeiros dias com os Fianzo. Recorda-se de estar com esse homem do lado de fora de uma porta sem número, no final irregular da Bowery, com lábios franzidos e nenhum contato visual enquanto esperavam Tommy Fianzo voltar de uma reunião. Joey se lembra que ele demorara mais do que esperavam, mas não o suficiente para que ele e o outro associado tivessem que ir atrás dele. Tommy irrompera pela porta com um sorriso largo e uma meia-lua de sangue escorrendo de um corte na bochecha. Ele limpava o vermelho escorregadio das mãos. Havia entregado a Joey um lenço ensanguentado e dissera alegremente: *Andiamo.* Os três viraram à esquerda e caminharam para o sul, em busca de ostras, de fondue de chocolate servidos por mulheres com estrelas nos olhos e nuvens na pele, para um consumo leviano e extasiado de todas as variedades. Criação e destruição: viviam no limite, brincavam com faíscas em salas cheias de pólvora. Tommy Fianzo, um sorriso maníaco enquanto a bochecha sangrava, enquanto a adrenalina devastava todos os três, enquanto o sol se punha, dissipando-se, sanguinolento, no Hudson.

Joey saboreia a memória de selvageria na língua quando o carro chega ao fim das docas. Ele acena para o motorista pelo retrovisor, abre a porta e exala a rajada úmida do ar do verão. Saul o segue.

Eles se afastam do rio, onde podem ver homens carregando tubos compridos, folhas de madeira e sacos de concreto. Alguns sendo carregados numa barcaça, e outros sendo removidos. Os ingredientes para uma cidade: por um segundo ofuscante, Joey pode sentir o próprio corpo, as mãos empoeiradas e aderentes sob cargas de ferro, pedra, madeira.

Joey e Saul entram num prédio em ruínas com vista para as docas. É abençoadamente fresco, cinza e parece uma ruína romana, como se pudesse desmoronar ou estivesse inacabado. Fica isolado na erma região de indústrias e barracos aleatórios da extremidade oeste do Brooklyn.

Saul e Joey sobem escadas de metal até o terceiro andar, e Joey bate duas vezes em uma porta sem número.

— Entre — diz um homem lá dentro. Eles entram.

Tommy Fianzo está sentado no meio do cômodo, somando valores no papel de rascunho sobre uma mesa. Ele não olha para cima quando Saul e Joey entram.

— Pode colocar na mesa. — E gesticula com a ponta do lápis.

Joey inclina o chapéu para o topo da cabeça de Tommy. Saul nunca o viu agir de forma tão deferente. Joey puxa um envelope grosso do bolso de dentro do terno e gentilmente o coloca na mesa, perto de Tommy, como se estivesse tentando não perturbar o ar na sala.

— Está cheio? — Tommy ainda não olhou para eles.

— Claro. — Joey fica parado por mais um instante e depois se vira para sair. Saul se vira para segui-lo.

— Este é o seu amigo judeu? — pergunta Tommy Fianzo, enquanto Saul e Joey mantêm a porta aberta.

— Este é Saul Colicchio. Marido de Sofia.

Tommy se levanta e olha Saul nos olhos. Estende a mão, e Saul, parado, com o rosto ilegível, inclina-se para frente, para apertá-la.

— Prazer em conhecê-lo, senhor.

— É signore — diz Tommy. Ele volta a atenção para Joey, e um sorriso lento começa a se abrir em seu rosto. — Eli Leibovich vai se cagar todo quando souber disso.

O chefe judeu com quem os Fianzo tiveram uma rivalidade eventual por anos não era conhecido por aceitar facilmente o que via como deserção cultural.

Joey dá um sorriso irônico e distorcido para Tommy.

— Eu sei.

De volta ao carro, Joey se vira para Saul.

— Você foi ótimo.

Saul disse uma única frase desde que se encontrou com Joey. Ele já aprendeu que, se ficar quieto, mais coisas lhe dizem. E, se lhe disserem mais, ele tem mais poder.

— Sempre que precisar.

— Aquele será seu trabalho um dia.

— Aquele envelope?

— Aquele relacionamento.

Antonia passa as primeiras semanas de gravidez desenvolvendo um padrão para medir o tempo. Passa as quartas-feiras com a mãe e, se tiver sorte, consegue convencer Lina a caminhar com ela ao sol por meia hora. Lina começou a colocar pequenos grãos secos e pacotes de ervas nos bolsos de Antonia, *para dar sorte. Para dar força.*

Passa as sextas-feiras no açougueiro, na boa loja de legumes e na padaria da rua Columbia, que tem o pão mais macio.

Antonia cozinha refeições grandes e luxuosas, que deformam sua velha mesa de jantar. Quatro pratos só para os dois. Paolo lhe traz flores. Ele rabisca em guardanapos de restaurantes e lhe traz fotos com notas de amor escritas em sua caligrafia inconfundível. Ambos estão constantemente presenteando um ao outro: *olhe, aqui está essa refeição; este grampo para o seu cabelo.* A vida familiar deles é uma valsa coreografada. Paolo é tão quieto quanto Antonia, exceto quando está frustrado ou impaciente, então fica explosivo, fervendo de raiva. Antonia reconhece essa energia de Sofia e sabe como suavizar a crise, como apaziguar a situação.

Nas tardes de domingo, Antonia vai visitar a mãe antes do jantar no apartamento dos Colicchio. Lina se esconde sob blusas largas, alimentando as lendas comunitárias, e está quase irreconhecível. Antonia observa Lina de longe. Há momentos em que é solidária com a mãe, que fez o que precisava enquanto sobrevivia a uma perda cataclísmica. Mas, na maioria das vezes, Antonia se sente desligada de Lina, julgando-a. *Se eu estivesse no seu lugar, teria sobrevivido melhor. Teria sido uma mãe melhor. Não precisaria me tornar a bruxa do bairro para seguir em frente.* Até mesmo o perdão de Antonia é tingido de uma leve superioridade: *observe o que posso fazer apesar de tudo.*

Ela não admite que sente inveja da liberdade de Lina e não reconhece, nem para si, o quanto ainda anseia pela atenção dela, o quanto a voz silenciosa da mãe pode fazê-la se sentir fraca. Mas, quando Lina toca a barriga de Antonia, procurando os pés que chutam e as mãos que empurram, ela se sente como quando tinha 5 anos, como se pudesse expandir e flutuar se Lina não estiver lá para segurá-la.

Antonia só está longe de casa há poucos meses, mas o ar parado dentro do antigo apartamento já tingira o ambiente com uma atmosfera antiga. Na maioria das vezes, Antonia agarra um batente de porta para se estabilizar, engolindo um nó na garganta e dizendo aos fantasmas de suas antigas versões que eles ficarão bem.

EM AGOSTO, Sofia se deixa convencer e vai à missa com Antonia e Paolo. Sabe que Antonia está surpresa por ter aceitado. É raro ela ir desde que se casou com Saul e, antes disso, fora apenas esporadicamente, quando não tinha energia para discutir com os pais ou quando Frankie a convencia.

Dentro da igreja, o ar é fresco e seco. Sofia encosta os tornozelos inchados na madeira do banco à frente, inclina o pescoço para trás e sente-se desprender e amolecer contra o banco duro. Um nó sobe pela garganta. Ela respira fundo. Tem o cheiro de sua infância. Tem o cheiro de estar sentada entre os pais no banco. Tem o cheiro da inquietação, de jogar purpurina nos braços e nas pernas, de querer crescer, de querer voar. Tem o cheiro de saber pelo que está lutando: mais dez minutos e ela pode pular do assento, abrigar-se em Antonia, em Marte, na grande extensão do deserto do Saara, nos cavalos que ela e Antonia vão cavalgar enquanto o dia envelhece no chão do seu quarto.

Antonia coloca o dedo indicador de Sofia entre as palmas de suas mãos e se sente agitada. Sofia está calada há dias, e Antonia não sabe como preencher as lacunas em suas conversas.

— Obrigada por vir — sussurra.

Sofia oferece um sorriso fraco, depois, precisando de uma distração, pega a Bíblia da prateleira à frente. As páginas são incrivelmente finas e maleáveis, lustradas com o óleo de milhares de mãos. Ela as deixa deslizarem pelos dedos, pegando frases que se juntam e depois desaparecem assim que as lê. Ela tem 7 anos, aninhada no espaço entre Rosa e Joey. O mundo inteiro irradia do centro de sua família.

De repente, Sofia, uma mulher adulta de 19 anos e tão grávida que mal cabe no banco, não pode estar ali. Ela não pode se sentar ao lado de Antonia. Não pode encarar a memória de seu antigo eu. Sofia fecha a Bíblia com um estalo, levanta-se e começa a se abanar, saindo do banco, sem conseguir respirar.

— Sofia? Sofia! — sussurra Antonia, e a voz ecoa ao redor, mas Sofia teme vomitar, então não responde e pressiona os lábios. — *Sofia!*

Ela empurra a multidão de católicos engomados e perfumados. Irrompe na rua e puxa até os pulmões o ar nocivo do verão da cidade. Sofia se encosta na parede. A cidade gira. *Você é estúpida*, ela percebe e fica surpresa por ter demorado tanto. Sabia que isso podia acontecer e fez mesmo assim. Não era novidade, foi uma das primeiras coisas que aprendeu. *Tudo pode acontecer, Sofia*, disse Rosa em sua cabeça. *Tenha cuidado.*

Tudo pode acontecer, mamma, percebe Sofia. Ela não é invencível. Não pode voltar no tempo e ser menos impulsiva, menos despreocupada. Não pode se virar e gritar para a Sofia mais jovem: *O mundo vai te alcançar!*

— Sofia!

Antonia está ao seu lado, segurando sua mão, pressionando o ombro no de Sofia, para evitar a multidão, e Sofia pode sentir o cheiro de café, do calor do ferro e do mofo no corredor do prédio de sua amiga. Antonia é sólida, constante e serena, e, uma vez, apenas uma vez, Sofia gostaria de ser a equilibrada. Por isso, resolve não dizer nada e ficar bem por pura força de vontade, conter suas dúvidas monstruosas, traiçoeiras, desagradáveis e heréticas, seguir em frente e ser *feliz* e *normal*, como a amiga, como a mãe, como todas as mães antes dela. Ela pressiona a boca com força, como uma costura, e não faz contato visual com Antonia. Sua determinação parece frágil.

Antonia leva Sofia para casa. Senta a amiga no sofá e segura o rosto pálido dela nas mãos. Diz em silêncio a ela: *Se você está bem, eu estou bem.*

Na cozinha, Antonia ferve água para o chá, mas, quando a chaleira assobia, ela desliga a boca do fogão e procura uma garrafa de uísque que sabe que está escondida no armário em cima da pia. Serve dois copos, coloca a garrafa debaixo do braço e leva tudo para a sala de estar.

— Aqui — diz à Sofia, que pega o copo, calada. Antonia senta-se ao lado e se sente inchada e enorme. O campo gravitacional de Sofia, que costumava ser cativante, encolheu até quase desaparecer. Antonia, acostumada a determinar seu próprio tamanho e formato em comparação a Sofia, sente que pode inchar até estourar.

— Acho que não consigo — diz Sofia, a voz baixa e hesitante. Pronto, aí está: sente-se melhor, sente-se pior. Ela não conseguiu manter escondida essa pequena parte obscura de si mesma.

— Consegue o quê?

Sofia gesticula para a barriga redonda.

— Acho que não consigo fazer isso.

Antonia está em silêncio, mas quer rir. As duas estão inchadas, arredondadas, fazendo xixi a cada três minutos e acordando à noite com os bebês se esticando e virando sem parar. Outra realidade é inconcebível.

— Entendo — responde em vez de rir, porque o absurdo ameaça dominá-la.

— Sem sermão?

— Como assim?

Sofia engole a bebida.

— Nenhum discurso sobre como eu *consigo* fazer isso, como as mulheres conseguiram desde sempre, como eu sou forte, capaz e amorosa e tenho o apoio de gerações de gentis senhoras italianas que vão, você sabe, aparecer, lavar fraldas e me iniciar na coligação eterna da maternidade?

Antonia levanta as sobrancelhas.

— É você que está dizendo.

Sofia revira os olhos.

— Olhe para mim. Estou ridícula. — E ela está, está exausta. Está cansada de lutar. Está cansada de se preocupar.

— Não estou em posição de te julgar — diz Antonia e mexe os dedos dos pés dentro das meias. — Estamos parecendo pipocas, não é?

Sofia bufa.

— Somos balões de desfiles de Ação de Graças.

— Somos o *Hindenburg*!

Elas começam a rir e não conseguem recuperar o fôlego. Refletem sobre a improbabilidade de crescerem outros seres humanos dentro de seus corpos: não há mais espaço para rir ou respirar fundo. Há quatro pessoas no cômodo.

— Você consegue, sabe — diz Antonia. Uma pequena chama de medo queima dentro de seu peito. Se Sofia está com medo, Antonia está com medo.

— Tonia, não sei se... não sei se quero. — *Que espantoso*, pensa Sofia. Ouvir isso ecoar no cômodo, como um tiro.

Antonia não diz à Sofia: *Bem, é um pouco tarde para isso.* Em vez disso, pega a mão de Sofia na sua.

— Quero que nossos bebês sejam como nós. Quero que cresçam juntos. Quero que tenham um ao outro.

Ela não sabe o que é temer a maternidade, mas Antonia está familiarizada com o medo. Reconhece no temor de Sofia o silêncio que vem antes da revolução ou da renúncia. Ouviu histórias de mulheres que deixaram seus bebês pela Broadway ou em ônibus de viagem, mulheres que fazem coisas indizíveis para evitar envergonhar a família. Antonia se imagina quinze anos mais velha: sobrecarregada pelas crianças e pelas roupas de Paolo para passar e oprimida pelo amor da família e ela estremece com a possibilidade de Sofia não estar lá. *Queira isso*, quer gritar para Sofia. *Por favor, queira isso junto comigo.*

Sofia vê a parca luz de sua vida chamando do fim de um longo corredor. Ela olha para Antonia. *Se você consegue me ver, eu devo estar aqui.*

Você pode fazer qualquer coisa, se decidir que quer é o que Antonia não diz.

PARTE QUATRO

1942 — 1947

À MEDIDA QUE AS TEMPERATURAS do verão se tornam mortalmente mais altas, o asfalto amolece, e os edifícios absorvem o sol, de maneira que, mesmo durante a noite, eles irradiam um calor denso. Os bebês de Sofia e Antonia crescem, e ambas suam rios pela espinha e entre os seios. Antonia caminha com a mão na lombar, mas Sofia se recusa, ficando em linha reta, com tanta dignidade quanto consegue. Passam cada momento juntas, como quando eram crianças, só que agora ficam apoiadas em móveis num de seus apartamentos durante os dias, rindo enquanto seus maridos tentam montar berços. Quando Paolo e Saul tiram as mãos da frágil armação do móvel no quarto de Antonia, a coisa toda se desmonta no chão. Paolo fica de pé em um pulo, xingando. Saul se derrete em uma poça de frustração, e Sofia e Antonia choram de rir. Elas sentem os bebês chutarem e contam segredos uma à outra.

A furiosa guerra as lembra de que são impermanentes, frágeis e estão se equilibrando na tensão superficial de um imenso oceano de catástrofes. O céu se dobra e se contrai com a loucura. Elas se sentem desesperadamente fora de controle e se agarram uma à outra, para ter equilíbrio, para ter tranquilidade. Todos eles sentem o peso de terem sido confiados a algo sagrado e a necessidade de ficarem juntos. Dão as mãos enquanto ouvem o rádio. Preocupam-se se não tiverem notícias uns dos outros por mais de um dia. Entregam pão e vinho nos dois apartamentos, traçando caminhos desgastados ao longo dos blocos entre suas casas. O bairro se torna um mapa de suas famílias. Enquanto caminham, podem se imaginar numa relação recíproca a cada momento.

Trocam receitas desgastadas e dobradas, pastas, escovas de cabelo, pratos de caçarola, livros com páginas marcadas e topos dobrados, tecidos de linho do casamento, moedas, almofadas. Quanto mais de si conseguem deixar entre eles, mais reais todos se sentem.

Quando o sol de verão está no seu auge, Antonia, Sofia, Saul e Paolo parecem viver em dois apartamentos: seus pertences espalhados uniformemente, seu sono interrompido muitas vezes pelo som da campainha ou do telefone.

À NOITE, Antonia promete, com a mão sobre a barriga, que fará um trabalho melhor do que sua mãe fez. *Eu vou cuidar de você, eu vou cuidar de você*, repete enquanto adormece. Antonia organiza tudo: garrafas de vidro, fraldas empilhadas, toucas de tricô novas e enfileiradas. Uma memória cheia de sensações, sem palavras, de Lina embalando-a no sofá quando ela era um bebê. *Eu vou cuidar de todos nós.*

Com as mãos pressionadas no tijolo frio na cabeceira da cama que divide com Saul, Sofia sente o mesmo de quando tinha 6 ou 11 anos. Ela deixa o medo fazer um lar na garganta, no peito. Ele rouba o ar dela e a sufoca. *Não posso nem cuidar de mim mesma*, reza Sofia. Em resposta, o animal na sua barriga faz pressão em seus pulmões.

SOFIA ACORDA NO MEIO DA NOITE. Há uma dor no final das costas que pulsa ao ritmo da sua respiração. Sobe e desce, espalhando-se pelos ossos do quadril e depois recuando para um ponto intenso na base da coluna.

Ela observa o longo sol de verão nascer e brilhar contra as nuvens da manhã. O quarto está pintado de sombras. A dor cresce, estica os braços em volta da barriga e a segura de tal maneira que Sofia torce o lençol entre as mãos. Ela inspira. A dor rasteja até a coluna, ao redor dos quadris, e trava a base de sua caixa torácica nas mãos ferozes. Sofia expira. A dor desaparece. O sangue bombeia pelos dedos e pelo rosto. Sofia, apreciadora de fortes sentimentos, não se surpreende com a ferocidade do trabalho de parto. Sente-se inchar em direção ao amanhecer e, em seguida, partir. Sofia é feita de um calor abrasador. Ela respira o sol sobre o horizonte. Então acorda Saul.

— Está na hora.

EM UM QUARTO PRIVADO NO HOSPITAL, Sofia deseja ter trazido Antonia consigo. Deseja sentir o cheiro do cabelo da mãe. Deseja se ajoelhar no telhado de seu prédio e uivar. A sala é uma coleção de figuras giratórias em branco, toda de aço inoxidável e um alvoroço bem-intencionado. Sofia se sente pequena.

Antes que perceba, você vai ter um bebê, disse uma enfermeira.

Há uma agulha no braço dela. Há uma máscara de plástico descendo sobre seu rosto. Tudo se estreita a um único ponto. A escuridão é imponderável.

QUANDO SOFIA recobra a consciência de seu corpo, ela está usando uma roupa fina de algodão que não é dela. As luzes são tão brilhantes que machucam seus olhos. Ela pisca e tenta ajustá-los, apenas para sentir uma fisgada colossal dentro de si mesma. Movimentar-se vai virá-la do avesso. Sofia afunda de volta nos travesseiros do hospital.

Logo uma enfermeira traz um pequeno embrulho para ela. Sofia tenta se sentar outra vez, mas agora há uma dor imensa e uma fraqueza que rouba sua respiração, que a faz desabar. Ela não gosta de se deitar cercada de estranhos. Quer um espelho. Em vez disso, a enfermeira enfia um travesseiro atrás dos ombros de Sofia e lhe dá a menor pessoa que ela já viu.

A bebê é um humano real, do tamanho de uma moranga. Ela tem dois olhos, duas orelhas e uma boca com lábios franzidos. Tem uma pele de nuvens e unhas finas e macias. *Ela pesa 3 kg*, dizem a Sofia. *Vamos chamar seu marido*. Ela é deixada na sala branca e vazia, olhando para um pequeno animal em forma de útero, cercada pelo cheiro de pele molhada.

Julia é o nome que vem à mente de Sofia. É familiar, mas puro, como folhas frescas ou uma janela aberta.

— É só seu. — Com a voz rouca, essa é a primeira coisa que Sofia diz à filha.

Quando bebês recém-nascidos fazem contato visual, eles usam seus corpos inteiros para abrir os olhos e olhar para você, e é isso que Julia faz agora: ela flexiona os dedos e os pés e franze os lábios, para poder abrir os olhos e olhar para Sofia. Sofia retribui o olhar e quer ser corajosa.

— O que vamos fazer? — pergunta à Julia. Sua voz está dissonante até para seus próprios ouvidos.

Aqui, na frente de Sofia, há provas incontestáveis de seu próprio poder. Ninguém nunca lhe dissera que a maternidade seria assim.

Olha, olha. Olha o que você fez.

TODA A FAMÍLIA APARECE. Não é só Saul. Sofia se enche de alívio. Não quer ficar sozinha.

— Posso permitir só dez minutos — diz a enfermeira. — Esta não é a política do hospital.

Rosa e Frankie passam pela enfermeira, sentam na cama, e então Sofia está em seus braços, e elas estão nos dela. Julia é levantada e passada pela cacofonia de sua família. Então Saul, Antonia e Paolo estão lá, e Antonia pergunta:

— Como foi?

E Sofia tem que dizer:

— Eu não sei.

Porque tudo o que ela se lembra é de ondas batendo, sua própria maré, da escuridão, e ela não tem palavras para isso, mas sabe que não é o que realmente aconteceu. Sabe que houve uma parte da chegada de Julia em que ela não estava presente. Saul pergunta:

— Você está bem?

— Sim.

E Sofia fala sério, acredita que está falando sério. Joey enfia uma mecha do cabelo de Sofia atrás da orelha. Ele pressiona a parte de trás da mão na testa dela, como fazia quando Sofia era criança e estava com febre. Ele dirá a Sofia mais tarde que Julia tem o nariz de sua mãe. Sofia olha para os rostos de sua família e acredita que consegue fazer isso.

É um sentimento fugaz, mas vai sustentá-la. Nas próximas semanas, Sofia terá a presença de espírito de se cercar das pessoas que a fazem se sentir mais como ela mesma. Ela aprenderá a colocar fraldas em Julia, trocá-la, embalá-la. Sentirá o cheiro da cabeça da filha, contará os dedos dos pés e olhará para ela com pura reverência. Sofia se deixará levar pela correnteza e se sentirá plena. *A maternidade pode ser a aventura*, dirá a si mesma. *Pode ser algo que você ame.*

EM ALGUMAS MANHÃS, Antonia ainda acorda com os punhos cerrados, lembrando-se de Robbie saindo de seu corpo como um trem.

Após o nascimento do filho, ela passa três semanas na cama, sob ordens médicas, tentando não pensar nas maneiras em que havia sido virada do avesso. Ela mantém a boca fechada e abraça as pernas. O médico aparece, um homem de óculos pequenos que a costura onde fora rasgada e lhe diz que ela vai ficar boa, boa. Antonia acena quando ele diz isso, mas tem certeza de que, assim que se levantar, vai se partir ao meio, seus órgãos descerão e pousarão no chão, seu cabelo cairá.

Os dias são longos. Antonia nunca está sozinha.

Sofia chega, radiante, beija a testa de Antonia e segura Julia, que tem 3 meses. Ela chuta, soca e agarra descontroladamente, bem acima da pequena cesta de vime onde Robbie dorme com suas feições recém-nascidas, ainda comprimidas pela pressão do corpo de Antonia. Julia franze a testa, estende o punho roliço e bate no peito de Robbie. Ele acorda com uma expressão traída, e sua boca fica aberta, em silêncio, por três segundos inteiros antes que um grito surja. A luz do sol brilha pela janela, e Sofia incandesce igualmente. Ela pega Robbie e o beija, depois passa-o para

Antonia amamentá-lo. Antonia tenta não chorar. *Por que não é tão difícil para você?* é o que gostaria de perguntar.

A mãe de Paolo vem e enrola o bebê mais apertado no cobertor. Quando está saindo, chama Paolo de lado e diz: *A única cura para essa melancolia é tratá-la normalmente. Pare de tratá-la como uma coisa quebrada. Ela vai conseguir assim que se recuperar.* Mas Paolo — em reverência à frágil, terrível e poderosa força que sua esposa se tornou — continua trazendo chás, caldos e compressas quentes e frias para Antonia, insistindo que ela mantenha os pés para cima, os olhos fechados.

À noite, embora esteja exausta, Antonia não consegue dormir. Seu corpo a puxa para baixo, através do colchão, através do piso. Seus olhos ardem, mas não se fecham. Prensada entre a respiração de Paolo e Robbie, ela chora, trincando as bochechas.

Depois que Robbie nasceu, ejetado de algum lugar em seu próprio corpo que Antonia nunca soube existir, ela o agarrou junto ao peito, cheia de medo. Olhou para o rosto dele e não o reconheceu. Ela o agarrou com as mãos, mas pareceram mãos de um estranho. Robbie deixou uma impressão de sangue e uma mancha branca no seu peito, e Antonia não sentiu. Ele abriu a boca e chorou, e ela ouviu, mas fracamente, como se Robbie estivesse chamando de certa distância.

Quando olha para o berço, Antonia ainda não o reconhece. Ela é surpreendida pelo medo, por algo similar à decepção. *Você queria isso.* Mas não é nada parecido com o que ela imaginou.

O médico a verifica após duas semanas. Ele puxa seus pontos um por um e diz que ela está quase curada. Antonia se sente como um bife: retalhada com uma faca onde o sal será esfregado.

Ela não considerara que seria tão físico. Tão desgastante. Essa total extinção de tudo o que tinha sido antes. Seu corpo é o casco de um navio naufragado, e ela — o que quer que "ela" havia sido — estava perdida em um mar vasto e escuro.

Durante o dia, Paolo, Lina e Sofia dobram fraldas de algodão, esfregam o chão de madeira manchado e cantam para Robbie quando ele chora. O apartamento de Antonia está cheio de cheiros: roupa suja e caldo de galinha, ervas secando e antissépticos, cocô de bebê e o metal de sua própria cicatrização. Ela tenta não respirá-los. Quando levam Robbie até sua presença, Antonia o segura no peito ferido e vira o rosto para a parede.

Lina traz ramos de lavanda e ferve cravos para fazer uma pasta e limpar o ar. Ela ajuda Antonia a tomar banho. Antonia se senta na banheira com a água quente batendo nas costas, a coluna curvada, a barriga distendida e inchada descansando entre as pernas. Ela se encosta em Lina como uma criança.

Sofia vem todos os dias. Segura Julia e Robbie nos braços e canta canções de que se lembrou de repente, de sua própria infância. Ela conversa com Antonia, balançando na luz do sol de inverno que passa pela janela do quarto de Antonia. Parece totalmente despreocupada. Para Antonia, sua voz sempre soa como se ecoasse de muito longe.

Paolo fica ao lado de Antonia enquanto ela dorme, enquanto não consegue dormir e enquanto alimenta Robbie. Ele enrola seu corpo de forma protetora em volta dela, mas fica do seu próprio lado, porque Antonia não suporta ser tocada. Durante a primeira semana, Paolo não conseguira evitar se aproximar dela, segurar suas mãos, beijar as orelhas e o rosto. Mas ela derramara lágrimas e murmurara *pare, pare com isso, não*, e Paolo recuara, rodeando seu antigo casamento como um animal faminto que deixa uma carcaça para trás.

Certa noite, Antonia acorda de um sono repentino e breve, mais próximo da inconsciência do que do descanso. Abre os olhos e vê as sombras ameaçadoras dos móveis. Do outro lado do cômodo, Robbie está dormindo no berço, o que significa que Antonia dormiu o suficiente para Paolo, que está dormindo ao lado dela, tirar Robbie de seu peito. Ela sente uma onda de ternura em relação a Paolo. *Desculpa*, pensa, sentindo a respiração do marido subir e descer enquanto ele dorme. Não há outro som além do distante ruído do tráfego noturno. *Eu não sou boa o suficiente para você. Eu não sou boa nisso.* Seus três filhos, o futuro lar espaçoso, o diploma universitário de Antonia aninhado contra o peito, com seus filhos na foto que ela imagina tirar algum dia. Parece impossível. Parece mais longe do que a Lua. *Você falhou*, diz a si mesma. Ela acha que não adormeceu de novo naquela noite.

O INVERNO PASSA DESSE JEITO.

Quando neva, Paolo enrola Robbie em cobertores e empilha dois gorros de tricô, um em cima do outro, na cabeça dele e o carrega para fora. Robbie espirra e pisca furiosamente enquanto a neve pousa em seu rosto, e Paolo passeia com ele pelo quarteirão por uma hora.

No Natal, Antonia é embalada em um vestido, e seu cabelo é escovado. Ela se senta durante a missa com Robbie no colo de

Paolo de um lado, e Sofia com Julia do outro. No jantar, ela está apática enquanto separa sua comida.

Antonia passa esses meses sombrios germinando: uma vida adormecida, indetectável, numa casca dura. Ao redor dela, os dias ficam curtos e depois começam a se esticar novamente. Basta um segundo, e o velho se torna o novo. Antonia evita espelhos, tão desapontada consigo mesma que não consegue enfrentar o próprio reflexo.

Não é como ela pensou que seria.

Não é como ela pensou que seria.

A LEMBRANÇA DE SOFIA deste período é uma névoa de insônia e medo. Antonia estava sombria e pequena em sua cama, dia após dia, e Sofia segurara Robbie, balançara-o enquanto ele chorava, aprendera seu cheiro tão bem quanto passara a conhecer o de Julia. Sofia se lembra de Paolo, desolado, passando a mão pelo cabelo escuro e dizendo: *Eu tenho que ir ao banheiro, eu tenho que dar uma volta, eu tenho que sair daqui*, pegando seu casaco, saindo para fumar e andando em frente ao prédio. Sofia, agachada ao lado da cama, dizendo: *Tonia, acho que ele está com fome de novo.* E Antonia, os olhos como túneis se abrindo e dizendo *ok*, automática, vazia. Sofia quer se beliscar para acordar. Esta não pode ser a vida dela, a vida de Antonia.

— Ela ficará perfeitamente bem — diz o médico, lavando as mãos após depositar o pequeno emaranhado das antigas suturas de Antonia na lata de lixo da cozinha.

Sofia se surpreende ao gritar:

— O que é bem? O que é bem? Existem pontos para a mente dela, para o coração? — Ela grita tão alto que Robbie acorda com um berro zangado. — Desculpe — diz ao médico estupefato, que deixou a água correndo enquanto olha para Sofia. — Desculpe. — Ela se vira, para ir buscar Robbie. O coração dela dói. Suas mãos formigam.

Mas, principalmente, quando vai à casa de Antonia, Sofia tenta ser alegre, o mais alegre que consegue. Ela conta à Antonia sobre as novas expressões faciais de Julia, sobre quem é a nova contratação de Joey: *Tonia, você nunca vai adivinhar, lembra do Marco DeLuca?* Outro garoto da vizinhança sugado para o vácuo inescapável da Família. Sofia não sabe, mas Marco foi contratado para ajudar Paolo, cujo negócio de falsificação evoluiu — agora inclui uma gráfica em Gowanus, uma costureira na Thirty-Eighth e um armazém de materiais escolares em Greenpoint — e que precisa de ajuda para resolver algumas coisas e gerenciar sua carga de trabalho. Tudo o que Sofia sabe é que Marco apareceu no jantar de domingo vestindo sua melhor camisa e com uma garrafa de vinho, que ele tirou o chapéu para seu pai da maneira que deveria e que ele tem um corpo maior e mais forte do que Sofia teria imaginado — dado que a memória mais nítida que tem dele é de si mesma de pé sobre Marco, deitado no chão da sala de aula do jardim de infância.

Antonia se lembra de Marco DeLuca. Ela se lembra da totalidade de seu próprio corpo quando o conheceu. Ela se lembra do dia em que Sofia o fez tropeçar. O rosto de Marco horrorizado, enquanto tentava reconciliar o mundo que pensava conhecer com a realidade desconhecida e perigosa em que uma garota poderia machucá-lo, fazê-lo cair sobre os próprios pés, virá-lo de cabeça para baixo e quebrar seu dente na raiz. E Antonia entende. Ela também está vivendo um pesadelo num mundo que pensou ter escolhido.

À NOITE, SOFIA REZA. Ela não se lembra de rezar antes, mas sai dela como uma enxurrada. Cada pedaço de energia inquieta e inflamável que Sofia já teve agora está focada. *Por favor, devolva-a para mim.* Ela reza enquanto higieniza as garrafas de Julia, enquanto acena para Saul quando ele sai para o trabalho.

A oração é um reconhecimento do medo, daquilo que não pode ser controlado, contido ou até mesmo compreendido. É se render e atacar, tudo de uma vez. *Por favor*, pede Sofia, pensando em Antonia, na escuridão em seu rosto, na falta de vida em sua respiração. *Não consigo sem você.*

Mas, durante o dia, Sofia entende que deve preencher a casa de Antonia com luz, com espaço, com sol, e assim ela abre as cortinas e não cai à cabeceira da cama de Antonia para implorar. Ela leva livros e liga o rádio, tão suavemente que Antonia não percebe que está ouvindo algo além dos choros desconsolados de Robbie. Sofia limpa os balcões da cozinha, cantarolando como Rosa.

Paolo e Saul chegam juntos todos os dias depois do trabalho, não importa a hora que terminem, para que Saul possa levar Sofia e Julia para casa. Paolo sempre pergunta a Sofia: *Ela está melhor?* Como se a esposa estivesse quebrada, quando não há nada de errado com Antonia. Ela não está quebrada, está perdida. Sofia esgota as alternativas para explicar isso a Paolo, e é uma das razões pelas quais ela é grata por Saul: ele não pede que o progresso seja retalhado em pedaços mensuráveis. *Há momentos em que ela está lá*, conta Sofia a Saul. *Ela ri, ou vai até Robbie antes de mim quando ele chora. Mas, então, no próximo instante...* Sofia para, porque também está descrevendo Saul: a maneira como sua tristeza pode envolvê-lo como um casaco por alguns dias e depois passar.

Saul entende. A mãe dele não escreve há mais de um ano. Ele tem fé que a luz de Sofia será um bálsamo para Antonia tanto quanto é para ele. Saul passa o braço em volta de Sofia e se inclina enquanto caminham, para beijar o topo da cabeça de Julia. E então fica quieto, perguntando-se sobre a linguagem do trauma de Antonia. Perguntando-se se é a mesma que ele sabe falar tão bem. E imaginando, embora seja grato todos os dias pelo calor implacável de Sofia, como seria se sentar com alguém que entendesse.

Numa manhã de fevereiro, Antonia acorda cedo de um sonho em que brincava de se vestir debaixo d'água com Sofia. Seus cabelos e roupas flutuavam ao redor delas, e, quando Antonia olhou para os dedos, percebeu que era uma criança. Ela estendeu as mãos para Sofia, e as duas se afastaram uma da outra, o círculo de seus braços segurando-as enquanto começavam a girar em direção ao sol.

Paolo e Robbie estão dormindo. Está escuro, e somente a mais fraca luz púrpura em seu quarto diz à Antonia que está quase no alvorecer. Ela entra na sala de estar e ouve, como se pela primeira vez naquele inverno, o sussurro do aquecedor combatendo o frio lá fora. Antonia se senta no sofá. Pensa em Sofia, que veio todos os dias durante o inverno para dizer a Antonia: *Você existe, você está aqui, você está no seu corpo, você está no mundo.* Sofia, que tem seu próprio bebê para cuidar, seu próprio casamento, mas que passou meses com Antonia, regando-a como uma planta, esperando por ela.

Antonia sufoca o choro. Sufoca milhares de choros por dia. Mas este aqui se transforma num soluço. Numa tosse estranha. Um som quer sair do centro de Antonia. Ela enterra a cara numa almofada.

Demora até perceber que está rindo. A risada formiga ao longo dos seus braços e pernas. Alcança, retumbando, sua garganta. Instala-se em sua barriga e desce suavemente para o vazio onde Robbie viveu uma vez, nas partes de Antonia em que ela não olha ou toca mais, as partes que a traíram por sua fragilidade, pela facilidade com que foram destruídas.

E Antonia não quebra. Ela ri, e seu corpo inteiro se move silenciosamente, como uma peça completa, na direção do alvorecer.

Aí está. Zumbindo no poço mais profundo de si mesma, resiliente além da conta, a menor parte de Antonia insistindo em voltar à vida.

ELA COMEÇA A FAZER caminhadas: curtas, promete a Paolo, ao redor do quarteirão. Quando sai, caminha até onde quer e diz a Paolo que perdeu a noção do tempo. Antonia, que estava tão sedenta da companhia e da consistência da maternidade, descobre que só é forte o suficiente para ser mãe se passar uma hora por dia completamente sozinha.

A jovem Antonia teria ficado desapontada: tolamente, é claro, porque a jovem Antonia, fugindo para a missa de domingo, sabia bem o poder de parte de sua vida ser mantida em segredo. Mas a mamãe Antonia é apenas grata pela sobrevivência, pela luz do sol, pela emoção de pular quando um carro espirra água de uma poça preta e lamacenta.

Quando ela come, a comida volta a ter gosto. Quando escuta, fala e olha, sons e imagens não parecem estar presos atrás de um vidro sujo e grosso. Lentamente, o mundo começa a se tornar conhecido para ela, e Antonia começa a se refazer como parte dele.

Em março, Antonia caminha até o apartamento de Sofia, que abre a porta, dá-lhe um abraço e depois vai ao banheiro, ofegando, estremecendo e buscando o ar. Ela pressiona as palmas das mãos e a testa contra a porta fechada do banheiro e, pela primeira vez em meses, confia que Antonia está do outro lado.

Quando Robbie faz cinco meses, Antonia tem coragem de olhar para o rosto no espelho, de traçar os contornos do novo corpo com as mãos.

E, numa tarde simples de abril, quando a geada desliza das árvores e a terra começa a descongelar, Antonia pega Robbie quando ele acorda de seu cochilo e sente o peso quente dele nos braços. Robbie sorri e a encara, sua boca se esticando em gengivas desdentadas. Algo em Antonia se rompe. *Desculpe*, sussurra ela para o doce topo da cabeça dele. E, como Lina, tantos anos atrás: *Estou pronta para ser sua mãe.*

Agora, Antonia se estabeleceu um pouco na maternidade. Seus dias são marcados pelos pequenos gritos de Robbie, pelo riso alto e incontrolável, pelas necessidades simples e solucionáveis.

Com Robbie pendurado debaixo de um braço ou apoiado no ombro, Antonia nota a primavera encher a cidade de rosa e verde com uma atenção que ela nunca sentiu antes. *Está vendo?*, diz a Robbie, enquanto ele balbucia encostado na clavícula dela, ou abre e fecha os dedos. *Está vendo tudo o que há aqui?*

NA PRIMAVERA DE 1943, Joey assina a compra de uma casa de tijolos com quatro andares e um amplo jardim em Carroll Gardens. A guerra fez dele, se não um homem rico, um com uma situação muito confortável. Sofia, Saul e Julia se mudam para o primeiro andar em um dia frígido, quando o céu despeja neve em pedaços molhados e pegajosos que se agarram a colarinhos de casacos e se solidificam em cadarços e barras de calças.

Rosa não perde tempo em sua nova cozinha. Há anos o jantar de domingo era grande demais para o apartamento em Red Hook. Ela investe em uma mesa longa e resistente que parece um cânion, indo de uma extremidade de sua sala de jantar à outra. Mesmo assim, o jantar cresceu tanto que cadeiras dobráveis ainda têm que ser espremidas em alguns lugares. A preparação é regularmente levada para a cozinha de Sofia, onde sempre há panelas de ravioli sobre a mesa esperando para serem fervidas; onde a geladeira é recheada com caixas de padaria amarradas e as garrafas de vinho ficam enfileiradas no rodapé. Uma névoa de tomate e carne flutua pelas janelas dos apartamentos de Rosa e

Sofia, preenchendo os corredores do prédio. A névoa segue, como gavinhas perfumadas descendo a rua.

MESMO QUE ANTONIA pareça ter se recuperado, Sofia vai à casa da amiga todos os dias, durante o verão. Ela fica imensamente aliviada, como quando um parente de alguém que quase morreu fica aliviado. *O que eu teria sido sem você?*, uma pergunta egoísta e insistente que não diminuiu conforme Sofia se observa no espelho e nas vitrines. Ela está presa dentro de um recipiente que está se desintegrando. Seu rosto está inchado e cansado, o cabelo desliza em pequenas mechas quando passa as mãos. Ela se enfiou de volta em suas cintas e meias-calças anteriores ao bebê, mas agora seu corpo se ressente de receber ordens sobre como respirar. O medo que a estrangulou quando estava grávida mudou. Sofia desenvolveu uma certa confiança em sua própria habilidade de cuidar de Julia. Ela dorme pensando em Julia e acorda com o menor soluço da respiração da filha. Sofia sabe onde Julia está, do mesmo jeito que sabe ter braços: é fácil. Sofia a ama com a barriga, com as mãos, um amor quente como uma chama. Mas se sente desaparecendo na invisibilidade. Quer desesperadamente encontrar um caminho alternativo. Ela não é a mesma que era, não é como as outras mães — e lamenta por isso — e acorda esperando ver o rosto de Antonia todas as manhãs. Antonia é o leme, as raízes, a máquina do tempo.

Assim, quando o silencioso tapete de flores de cerejeira em decomposição abaixo de seus pés é substituído por jangadas ondulantes de folhas de limoeiro; quando os nova-iorquinos abrem as janelas, deixam a vida sair de seus velhos apartamentos de inverno e começam a drapejar seus pátios com varais em linhas cruzadas, o cheiro de comida e o timbre de conversas explodindo no ar em ondas; quando a cidade começa a se sentir cheia novamente, Sofia Colicchio veste sua filha, cujos braços e coxas fortes e gordinhas acenam descontroladamente, ameaçando romper as costuras de qualquer roupa, e juntas caminham os três quarteirões até o apartamento de Antonia.

Um bairro pode mudar de forma drástica em apenas três quarteirões. Em poucos minutos, Sofia e Julia caminham dos jardins frontais cuidadosamente cultivados e dos sorrisos nas casas de tijolos da histórica Carroll Gardens até os cortiços da periferia. Antonia, Paolo e Robbie moram num prédio de tijolos vermelhos de oito apartamentos na rua Nelson. Eles têm um quarto na frente, a cozinha com vista para os fundos, e há um segundo quarto estreito e uma sala de estar ao longo do interior do edifício, como ovas dentro de um peixe.

Sofia está sem fôlego quando bate à porta e transpira ao carregar Julia.

— Tonia, eu te trouxe uma criança faminta para alimentar.

Antonia pega Julia, brinca com ela e se afasta, para deixar Sofia entrar.

— Que conveniente — diz Antonia, equilibrando Julia no quadril. — Eu estava aqui sentada, na esperança de alimentar um bebê. — Ela beija a palma da mão de Julia. — Um bebê imundo! A sua mãe não te limpa? O que há nessas mãos?

Sofia está retirando a meia-calça, os prendedores batendo nas coxas. Ela está pulando num pé só.

— São apenas cenouras amassadas. Você devia ter ouvido o grito que ela deu quando fui limpar suas mãos com um pano. Ela precisa comer a cada duas horas ultimamente. — Sofia deixa cair a meia-calça no chão, que se enrola como pele de cobra ao redor dos sapatos descartados, e suspira. — Já está quente de novo. Parece que foi ontem que eu estava grávida e suando. Agora estou suando e sou um monstro.

— Você não é um monstro — diz Antonia automaticamente, enquanto leva Julia para a pia da cozinha, para limpar as mãos. Do quarto da frente da casa vem um choro, uma sirene.

— Eu vou buscá-lo — diz Sofia.

Enquanto Antonia deixa água morna correr na pia e Julia se inclina para espalhá-la, Sofia caminha pelo longo corredor até o quarto, onde Robbie acordou da soneca.

As mãos de Robbie estão entrelaçadas em torno das ripas de madeira do berço, e ele está pressionando o rosto entre elas, à espera de ser recolhido. Ele funga e para de chorar ao ver Sofia esgueirando-se, descalça, sorrindo.

— Bibi. Alguma vez alguém não te buscou quando você precisou?

Robbie não responde, mas estende os braços para Sofia, jogando a cabeça para trás em calorosa libertação.

Como parece fácil, pensa Sofia. Como parece simples entrar no papel feito para você. Ela e Antonia têm a tarde pela frente. Paolo e Saul estão fazendo sabe-se lá o quê. E Antonia está saudável agora, e Sofia está feliz. Não está?

Robbie, cansado de ver Sofia parada, estende a mão, agarra um bom punhado do cabelo dela e puxa. Sofia olha para ele e se lembra de onde está. Ouve Antonia conversando com Julia na cozinha e sente o calor insistente pela janela aberta.

— Vamos encontrar sua mamãe — diz a Robbie. É o que ele esperava o tempo todo.

Naquela tarde, Robbie e Julia foram alimentados, banhados e convencidos a tirar outra soneca, enrolados juntos no berço de Robbie. As mulheres se recolheram na cama de Antonia com uma garrafa de vinho branco e abriram a janela, para respirar o cheiro verde e espesso de folhas novas e grama, da roupa suja de alguém, da carne do ano passado queimando carbonizada na grelha antes do jantar de alguém. O sol do final da tarde é rico e escorre como xarope de bordo para o quarto, e há algo preguiçoso e delicioso inflando em Sofia e Antonia, que dependem dessas tardes, cada uma à sua maneira, para se tranquilizar. Sofia gosta porque, com Antonia, sempre com Antonia, sente-se ela mesma. E Antonia gosta disto: que Sofia ache que há uma maneira de serem as mesmas pessoas que já foram. Antonia, que passou o inverno no fundo do mar, mergulhando nas partes mais escuras e formidáveis de sua própria consciência. Antonia aprecia a insistência otimista de Sofia de que elas podem relaxar em versões de si que já não existem.

Só resta uma colher de sopa de vinho no fundo da garrafa, e o quarto escureceu em torno de Sofia e Antonia antes de ouvirem a chave de Paolo na fechadura. Então ali está ele, com Saul, acendendo a luz da cozinha, de pé no apartamento tranquilo com dois bebês que, agora que cochilaram tão tarde, nunca irão para a cama cedo, e duas mulheres que estão rindo, rindo de algo que não vão explicar.

Saul sai sem dizer nada, para pegar uma pizza no Stefano's, na esquina, onde o serviço é péssimo, e a higiene, uma grave questão, mas a massa é fina e crocante e cheia de queijo. Sofia e Antonia se separam da cama, uma da outra, do sonho de cada fim de tarde. Paolo está na cozinha agora, abrindo outra garrafa de vinho. É um tinto que um associado de Joey lhe dera, de um vinhedo da família no velho país, e que deveria ser guardado para uma ocasião especial, mas Antonia não o lembra disso. Ela e Sofia observam Paolo e Saul tirarem os casacos e chapéus, cumprimentarem os bebês. Elas aceitam beijos ásperos na bochecha.

Por vezes, Sofia e Antonia irão perceber o olhar uma da outra e piscar, ou sorrir. Pois, embora sejam casadas — casadas! —, também parece que, a qualquer momento, Rosa pode entrar e dizer-lhes para não fazerem barulho, para irem para a cama. Embora sejam mães, quando estão juntas, é fácil para Sofia e Antonia sentirem a elasticidade infantil que as uniu uma à outra e ao vasto mundo. E, na maioria das vezes, quando Sofia e Antonia fazem contato visual, contornando os maridos ou por cima dos filhos, ambas se veem sufocando o riso.

QUANDO SAUL machuca alguém pela primeira vez, sua filha tem dois anos. Saul e Joey passam a noite na sala dos fundos de um bar, perto das habitações de Red Hook. Joey não disse a Saul por que estão indo, mas deu a ele um tubo de ferro para apoiar na coxa. *Não quero machucar ninguém*, diz Saul. *Eu nunca quero machucar ninguém*, retruca Joey. A sala está cheia de fumaça de charuto e cheiro de brilhantina, e uma mulher com lábios cor de cereja traz a Saul copo atrás de copo de uísque. Ele tenta não beber ou beber aos poucos, mas, na maioria das vezes, vê a si mesmo levando o copo aos lábios, para satisfazer sua necessidade inquieta de se mexer, preocupado que todos na sala possam ouvir o bater do seu coração, o tilintar do tubo que ele escondeu contra os ossos.

Saul não sabe quem começou a briga, apenas que Joey chegou ao auge de uma raiva inconfundível de repente e que um dos outros homens na sala puxou uma faca, que pisca e brilha à luz da lâmpada. *Você não tem que fazer isso*, diz Joey. É um aviso. *Então você tem que ser razoável*, diz o outro homem. E Joey chama: *Saul*. A situação assume uma clareza inequívoca para Saul, que entende que deve tirar o cano de ferro da perna da calça e batê-lo de leve no chão. Quase casualmente. *Não podemos pagar isso tudo*, diz o homem. O uísque gira no cérebro de Saul, e ele é consumido pelo eco do tubo no chão, pelo balanço do oceano dos próprios olhos e corpo enquanto luta para ficar de pé. *Está difícil lá fora*, concorda Joey. *É por isso que não podemos aceitar nenhuma merda quando não somos pagos a tempo*. Joey olha para Saul. O outro homem aproveita a oportunidade para avançar, a faca estendida, os olhos revirando de medo.

E, fácil assim, como se sempre soubesse como seria a noite, Saul levanta o tubo de ferro acima da cabeça e acerta o crânio do outro homem.

O homem cai contra a parede, com sangue escorrendo do nariz e um corte na bochecha.

Você provocou isto, diz Joey. *Vamos*.

Saul segue Joey noite afora, entra no carro e observa os velhos lampiões a gás da rua piscarem, enquanto eles voltam para a casa de Joey e depois para a de Paolo e Antonia, onde Julia e Robbie estão dormindo com rostos relaxados e membros longos e pesados e onde Sofia foi passar o fim de tarde. Ele diz boa noite à Antonia, pega Julia e beija a cabeça dela. Ela se aconchega de volta no sono, apoiada no peito de Saul. Ele a carrega para casa, três quarteirões que parecem mais longos no ar gelado do outono. Sofia fecha a porta do quarto de Julia depois que Saul a coloca sob os cobertores, e eles se retiram para o próprio quarto.

Quando Saul se sente afastado dos eventos da noite, Sofia pergunta:

— O que você estava fazendo esta noite?

Saul se vira para ela. Sofia se apoiou em um cotovelo, e o cabelo ficou pendurado no peito, em direção ao travesseiro. O rosto dela brilha sob a luz. — Trabalhando. — Ele está confuso. Sofia geralmente não faz perguntas sobre seu trabalho, e ele não sabe como responder. Ele não quer responder.

Sofia está impaciente.

— Eu sei. Mas trabalhando onde? Com quem? O que estava fazendo?

— Apenas algumas... algumas coisas de rotina — responde Saul. — Com Joey. — E agora seu coração está acelerado, porque é como se Sofia soubesse que esta noite foi diferente, que esta noite Saul cruzou uma linha que não tem volta. Isso é mais uma percepção intelectual do que qualquer outra coisa, porque há um espaço em branco em seu corpo onde deveria haver arrependimento, medo, empatia. Saul quer ir dormir. Quer mergulhar no lugar onde o cabelo de Sofia cai sobre as clavículas, encher as mãos dele com os seios dela e seu peito com a respiração dela, até não sobrar nada de si.

— Tudo bem — diz Sofia. Mas ela apaga a luz e se afasta dele, e Saul fica olhando para o teto.

Seria fácil dizer a si mesmo que ele estava arrasado por causa do que fizera: que o homem que ele atacou, amontoado no chão, segurando o rosto com os dedos trêmulos, assombrava os sonhos de Saul. Ou que, para fazer seu trabalho, Saul desenvolveu um sistema emocional preciso, que separa sua vida doméstica da vida profissional. Ou que ele foi prejudicado de algum modo crucial, e sua violência foi um reflexo do trauma da Alemanha, do desamparo de perder sua religião e sua cultura.

É mais difícil reconhecer o que Saul está aprendendo: que talvez a violência não seja tão difícil quanto parece ser. Talvez haja algo de humano nisso. Talvez seja fácil.

Sofia ouve a respiração de Saul relaxar enquanto ele adormece. Mas ela está acordada, seus olhos secam, e os lençóis aquecem sob si enquanto se vira. Ela não sabe por que perguntou a Saul sobre o trabalho dele, ela sabe que o trabalho da Família nunca é discutido, sempre soube disso. Sabe que seu trabalho como esposa de um homem da Família é fornecer um espaço seguro, uma alternativa ao perigo vago, mas grande, de deixar um homem com seus próprios pensamentos. *Este não é o caminho para obter o que você quer.*

E, então, com uma voz interna que soa como Frankie: *O que você quer?*

Logo chega 1945. Sofia passa o inverno sem dormir. Ela tem quase 22 anos. Começa a acordar ofegante, como se houvesse uma bigorna esmagando seu peito. Sempre que acontece, ela vai tropeçando até a cozinha, abre a água fria e encara o fluxo da torneira jorrando, até que seu batimento cardíaco volte ao normal. Olha pela janela da cozinha, agarra a borda da pia e tenta, com todas as suas forças, lembrar o que a assustou, o que a impediu de dormir. Mas, invariavelmente, ela fica acordada pelo resto da noite, o coração voltado para o teto do quarto.

Durante o dia, Sofia cozinha com Rosa. Ela passeia com Antonia, e elas observam Julia e Robbie brincarem usando suas roupas de neve. Ela limpa os balcões e dobra a roupa. Saul trabalha — Deus sabe onde — mais horas por dia e volta para casa falante e faminto. Ele envolve Julia nos braços, faz cócegas e se inclina para beijar Sofia, que se esforça ao máximo para morder a língua: para não fazer as perguntas que surgem como soluços involuntários, um após o outro.

Mas, à noite, Sofia fica acordada, a insatisfação enchendo seus pulmões como água. Ela procura por ar e não encontra nenhum.

Numa noite fria de janeiro, Sofia acorda tremendo e suada e vai até a cozinha por reflexo: quanto mais longe de Saul e Julia, melhor será para encontrar seu caminho de volta ao seu corpo. A lua cheia brilha lá fora, sua luz como leite se acumulando no cruzamento dos varais e nas árvores secas do quintal. Sofia abre a janela da cozinha e coloca o rosto na meia-noite iluminada.

Duas semanas depois, acontece de novo. Desta vez, ela desce na ponta dos pés, de camisola, e fica na varanda do prédio, os cabelos nadando no ar noturno, os pés enrijecendo nos degraus frios.

Sofia descobriu que quase não vive com responsabilidades concretas, mas com inúmeras expectativas implícitas. A estranha liberdade confinada de sua nova vida adulta a sufoca e a faz se sentir desesperada, histérica. Ela é grosseira com Saul e Julia, evita os olhos de Rosa. Sofia fica cada vez mais amarga, provando vinagre na parte de trás da língua enquanto esfrega as manchas da pia. Parece que a vida de Saul está progredindo, e a dela está estagnada numa rotina. Rosa não entende: ela não consegue imaginar não estar satisfeita com uma pilha de fraldas e uma criança, cuja necessidade esmagadora pela atenção de Sofia, por seu tempo e por seu corpo ameaça derrubar a casa inteira, tijolo por tijolo. Sofia segura as lágrimas enquanto dá banho em Julia, enquanto passa um bloco de madeira para lá e para cá e

Julia gargalha, enquanto ouve o silêncio do meio-dia na casa, enquanto Julia dorme, enquanto se encontra, frequentemente, sozinha. Ela não pode reclamar com Antonia. Antonia, que ela quase perdeu. Antonia, que havia ressurgido para a maternidade como uma fênix, libertando-se de sua depressão quase fatal. Antonia, com sua capacidade de encontrar algo maior na maternidade do que Sofia pode imaginar. Sofia sempre soube que a amiga seria uma mãe melhor do que ela. Sempre soube disso.

Em fevereiro de 1945, Sofia acorda ofegante e, em vez de ficar furtivamente nos degraus de pedra congelados de seu prédio, dobra-se em silêncio na cadeira da mesa de Saul e começa a revirar uns papéis.

Em março de 1945, Sofia começa a sair da cama com regularidade, para ler as anotações de Saul. Não há muitas — horários escritos em um pequeno caderno sem graça e uma lista de lugares que Sofia presume corresponder aos horários. *É claro que a maior parte disso não estaria anotado*, percebe. Ela fica acordada pelo resto da noite. Sabe, embora nunca tenha sido explicitamente falado em sua casa ou na de seus pais, que Saul é útil por suas habilidades linguísticas e sua discrição. Sabe que eles estão resgatando refugiados europeus, ou ajudando-os a conseguir empregos e casas, ou pelo menos ajudando-os a sair dos barcos e chegar em terra firme. E, uma vez que Sofia começa a pensar seriamente sobre o trabalho de Saul, não consegue parar.

NO INÍCIO DE MAIO — seu terceiro aniversário de casamento com Saul —, Sofia decide que quer um emprego.

— Por que você gostaria de fazer parte disso? — pergunta Saul. Estão comendo bifes caros à luz de velas cintilantes. Sofia gosta da carne sangrando no prato, macia e vermelha no meio. Ela mastiga. Engole.

— Eu sei. Também não é o que eu esperava. — Sofia leva outro pedaço de carne até a boca. — Estou entediada, Saul — diz com a boca cheia. — Preciso fazer alguma coisa. Preciso ser... alguém. E, mesmo que eu não faça esse trabalho, ele não irá sumir. — Ela toma um gole de vinho. — Não é como se você fosse parar. Não é como se você pudesse parar. Quer dizer, você está ajudando as pessoas. Você está ajudando as pessoas.

Saul, que mal tocou na própria comida, olha para o lago de manteiga em sua batata assada.

— Estamos ajudando algumas pessoas. E isso vai parar quando a guerra acabar. — *Quando a guerra acabar*, repete para si mesmo. A frase ecoa na cabeça dele. A guerra nunca vai acabar, ao que parece. E, quando acontecer, o que ele vai querer? Quem Saul vai se tornar? O que restará de Saul quando ele chegar ao outro lado da guerra que o definiu? Saul não se arrepende de ter aceitado o trabalho que Joey Colicchio lhe ofereceu. Ele ama Sofia. Ele ama Julia. (*E arrependimento*, diz uma voz dentro dele, uma voz que soa como a de sua mãe soava, *não é coisa de alemão*. Uma pausa. Ela tocaria no queixo dele ou bagunçaria seu cabelo. *Arrependimento não é coisa de judeu)*. Saul não é estúpido, mas tira o melhor das coisas. Ele se adapta.

— Quer dizer que gostaria de poder fazer outra coisa? — pergunta Sofia.

— Isto não é o que eu imaginava para mim — diz Saul. Ele tem fantasiado em ir para o oeste ou navegar para o leste?

Desaparecer na tapeçaria em constante mudança do mundo e recomeçar? Descartar as regras e expectativas da vida na Família e se tornar um pintor, um historiador ou um pediatra?

— O que você imaginou?

— Me imaginei sentado no banco do motorista da minha própria vida.

— Eu também. É por esse motivo que eu quero esse trabalho.

— Você não consegue ver tudo o que já tem. Não consegue ver que o mundo está bem na sua frente. Não consegue ver que tem tudo. Julia… a sua família. — *Sua vida tem sido tão fácil*, Saul quase diz.

— Você também não consegue ver tudo que tem. — Sofia anseia sair pela porta da frente sem que ninguém saiba para onde está indo. Anseia ser observada, mas não encurralada, limitada, contida. Anseia por se pendurar no leme que orienta o mundo e mudar sua direção. Mas ela não sabe como dizer isso a Saul sem culpá-lo.

— Eu perdi tudo. Como pode dizer isso? Eu perdi tudo.

— Você tem a nós. Você tem este trabalho. — E, então, antes que Sofia possa se conter: — Isso sempre será uma desculpa para tudo que não é do jeito que você quer?

Ela e Saul se entreolham por cima do sangue e da manteiga que sobraram do jantar. Há surpresa e reprovação nos olhos de Saul.

— Eu daria qualquer coisa — diz ele, com cuidado — para não ter essa… *desculpa*.

— Eu quero isso — diz Sofia, do seu âmago. — Eu quero isso.

A noite termina em silêncio. Na cama, Sofia e Saul se afastam um do outro.

O DESEJO CRESCE dentro de Sofia como mofo. Primeiro, um pequeno ponto, discreto, mas, antes que ela perceba, está em toda parte.

JULIA E ROBBIE não se encaixam mais em um carrinho de bebê, mas Antonia os ajeita como cannelloni, um contra o outro, e coloca um cobertor em volta dos dois. Ambos estão cansados, seus corpos, inertes, e suas pálpebras entreabertas balançam suavemente enquanto Antonia caminha.

O calendário marca 9 de maio de 1945. O rádio e os jornais anunciaram que a guerra está ganha. Mas, em três meses, os Estados Unidos lançarão bombas atômicas em Hiroshima e Nagasaki. Milhões de pessoas já morreram: uma abstração distante na maioria dos dias, ou, quando Antonia se permite expandir para outros mundos ao seu redor, uma corrente de dor inacreditável. Uma tempestade de zumbidos, rangidos, pedras e lâminas de barbear; uma doença correndo e gemendo por todo o mundo. Antonia se sente doente, sem sono, com medo, então ela evita o rádio, mesmo que não consiga evitar as primeiras páginas exibidas nas bancas de jornal. Ela devolve o foco para as crianças à sua frente.

Julia e Robbie estão com o rosto relaxado e dormem profundamente sob uma fina chuva de flores de cerejeira. Hoje, mais urgente do que a guerra, há o fato de que Sofia deveria ter ido buscar Julia há uma hora. Ela entrara na sala de Antonia mais cedo, sorrindo e cheia de suprimentos para Julia, com as fraldas e uma muda de roupa, e prometendo, prometendo, estar de volta para o almoço. *Apenas por algumas horas, Tonia, eu só tenho que tomar um ar, sabe?* E Antonia pegara Julia em seus braços, cheirando sua pequena cabeça irrequieta, e dissera: *É claro, Sof. Ficaremos bem aqui.*

E eles estão bem, ela sabe. Seu dia não é muito diferente com duas crianças do que era com uma, e ambas estão dormindo agora, e Antonia teve tempo de limpar a geleia do chão, jogar no lixo o arroz derramado no almoço e escovar o cabelo. Ela deixou uma mensagem para Sofia com Rosa, avisando que todos vão para a casa de Lina à tarde.

Antonia e Paolo moram na extremidade de Carroll Gardens, onde as escolas estão melhorando, mas podem ouvir o barulho e o alarido da construção da estrada todos os dias da semana.

Lugares que eram espaços abandonados ou terras agrícolas quando Antonia era criança agora são edifícios. Canais foram escavados e preenchidos, e novas rodovias atravessam o velho Brooklyn, dividindo Red Hook de Carroll Gardens com uma espécie de finalidade descarada: *este será o bairro ruim, e este será o bairro bom.* No canteiro de obras da Via Expressa Brooklyn-Queens, Antonia se esquiva como se fosse bater com a cabeça. A nova autoestrada dividirá profundamente seu antigo bairro. A Igreja dos Sagrados Corações de Jesus e Maria já foi demolida, como parte do que Robert Moses chamou de *limpeza dos cortiços.*

Julia e Robbie não se mexem, mesmo enquanto Antonia conduz o carrinho de bebê sobre o típico pavimento rachado e negligenciado de Red Hook e mesmo enquanto ela dá meia-volta e os sacode, degrau por degrau, até o apartamento de Lina.

— Mamãe — diz ela, quando Lina abre a porta —, a guerra acabou.

— A guerra nunca acaba — declara Lina, e, enquanto ela e Antonia se encaram, ambas pensam em Carlo.

Antonia passa a tarde na casa de Lina, onde Julia e Robbie têm de ser vigiados a cada segundo, para não tirarem frascos de vidro das prateleiras, ou mergulharem os seus pequenos dedos na cera de vela quente. Lina está fazendo geleia, fervendo laranjas sicilianas no açúcar, e toda a cozinha tem um ar perfumado. Antonia encontra um conjunto de blocos de madeira para Julia e Robbie, em seguida arregaça as mangas e trabalha com Lina, alternando entre mergulhar frascos de vidro em uma panela de água fervente, colocá-los para secar em cima de uma toalha no balcão e olhar por cima do ombro, para garantir que Julia e Robbie não trocaram os blocos por tomadas elétricas, prateleiras de livros aleatórias ou pequenas miçangas.

— O mundo parece muito mais perigoso agora — diz Antonia.

— Sim, porque você está olhando através dos olhos dele e dos seus ao mesmo tempo.

— Você ficou com medo? — pergunta Antonia. Ela ainda treme, histérica, com calor e frio, quando pensa em Lina depois que seu pai morreu: a maneira como olhava para Antonia e via através dela, a volatilidade de Lina, o rosto frágil.

— O tempo todo. E eu costumava ter vergonha disso.

— Não tem mais?

Lina se abaixa e move uma vela acesa para longe do alcance de Robbie.

— O medo é uma ferramenta — diz simplesmente. — Eu aprendi a usá-lo.

Dentro do corpo de Antonia, ela pode sentir, nesta mesma cozinha, aos 16 anos, a guerra apenas começando, a vida um esboço a ser preenchido. *Tudo poderia ter acontecido*, pensa. A impossibilidade de terminar *aqui*. A estranheza disso. A sorte e a tragédia.

Outras pessoas que tinham 16 anos quando a guerra começou tiveram suas mãos arrancadas, seus rostos queimados e distorcidos. Suas mães foram mortas por soldados, suas aldeias foram saqueadas. Essas pessoas escaparam, como Saul, nos porões de barcos molhados e mofados. Flutuaram através do oceano, para longe de tudo o que conheciam. Morreram de fome, seus estômagos se contorcendo em oração, apertando-se com o vazio. Elas morreram. De novo e de novo, morreram: as vidas perdidas (vidas! Tão intensas e reais quanto a dela) chacoalharam as mãos de Antonia, de modo que ela derruba um frasco no chão, que se estilhaça com um estrondo alto. Ela busca uma vassoura.

O que você conquistou que te dá orgulho?, ela se pergunta enquanto varre cacos de vidro do chão de seu apartamento de infância. As mãos dela não foram arrancadas. Ela sobreviveu. A dívida que tem com o destino parece muito pesada para suportar.

Algo tem que mudar.

A CIDADE DE NOVA YORK gira com o resto do mundo, mas também é um redemoinho no rio do universo: girando e girando em sua própria corrente.

A cidade celebra. A guerra acabou, dizem entre si. A guerra acabou, dizem a si mesmos, repetidas vezes. Eles se olham no espelho e dizem "a guerra acabou" em voz alta. Entreolham-se na rua e quase sorriem, não voltam a trabalhar a tempo depois do almoço, esquecem-se de onde vivem e por onde andam, balançando maletas, batendo umas nas outras e dizendo *com licença, com licença*, atordoados. É como se toda a cidade de Nova York tivesse bebido demais: os zumbidos de surpresa e os gestos sinceros de uma festa em seu apogeu. Por toda a cidade, estranhos percebem que seus corações batem no mesmo ritmo. Olham para outros passageiros no ônibus, para outros clientes em restaurantes, para outras pessoas em elevadores e pensam: *Eu conheço você.*

O IRMÃO DE PAOLO morreu na França, quando o estilhaço de uma bala ricocheteou de um prédio ao lado dele e se alojou em seu peito. Esta é uma ferida aberta na família de Paolo. A guerra ter acabado, a guerra ter sido ganha, não faz nada além de evidenciar o lugar que o irmão de Paolo deveria ter à mesa. O gancho onde ele deveria pendurar o casaco. Então Paolo está com a mãe, assim como os outros dois irmãos dele. Nada pode consolá-la, nem nada jamais a consolará novamente. A ausência do filho será uma vertigem dolorosa e nauseante. O mundo inteiro está distorcido agora. Não haverá corpo, ela não visitará nenhum túmulo. *Eles eram meninos, eram apenas meninos*, e Paolo coloca a mão entre as omoplatas dela, com leveza. Quando faz isso, consegue se sentir abraçando a mãe aos 5, aos 9, aos 12 anos, e ele sabe que ela está certa: ele é um menino, seu irmão era apenas um menino.

JOEY MANTEVE UMA garrafa muito cara de uísque à mão, exatamente para este momento. Ele abre, serve uma quantidade generosa e engole a seco, deixando-a aquecê-lo e suavizá-lo. Sente um pouco de medo. Suas finanças têm dependido da guerra desde que ela começou. Sua família está numa situação confortável. Vivem num bairro melhor, e há crianças em quem pensar. Joey Colicchio nunca encontrou um problema que não pudesse resolver. Isso, ele sabe, enquanto bebe novamente da garrafa, não será diferente.

SAUL LIGA PARA CASA antes de almoçar, mas não há resposta. Sofia deve ter saído. Saul sai para o *dim sum* do meio-dia com três outros caras, que passam a refeição batendo nas costas um do outro, gesticulando com os pauzinhos, rindo ruidosamente e se cutucando entre eles nas costelas, mais alto do que todo mundo no restaurante. As vozes o cercam, e Saul se sente tonto. Ele vai ao banheiro, para jogar água no rosto, agarra as bordas da pia e olha para o espelho. *A guerra acabou*. Não sabe quais partes dele desaparecerão agora, mas tem certeza de que a maioria delas desaparecerá. Sem a guerra, o que resta de Saul? O que ele terá conquistado quando a guerra que o fez ser quem é se transformar em uma história sem graça? Já pode sentir isso acontecer: sua mãe é uma memória, o gosto de metal e calcário da fome e da sede desaparecendo agora que há água corrente e limpa em todos os lugares aonde vai. Quando Saul sente olhos em sua nuca enquanto caminha pelas ruas, é seu trabalho manter a calma e a autoridade. Dentro dele, uma criança judia corre para casa quando o sol se põe, porque as ruas de Berlim não são seguras após escurecer.

SOFIA BEBE CAFÉ turco de uma xícara do tamanho de um polegar e observa a porta do restaurante do outro lado da rua em busca de sinais de Saul. Ela sabe que está atrasada para buscar Julia e está surpresa por ainda se encontrar aqui, seguindo descaradamente o marido em plena luz do dia.

O café é doce e forte, e Sofia sente como se tivesse sido eletrocutada. Um de seus pés balança, e dois de seus dedos tamborilam contra a mesa.

— Gostaria de algo mais, senhora? — pergunta o garçom.

— Não, obrigada. — *Senhora*, ele diz, repetidas vezes na cabeça dela. *Algo mais, senhora. Senhora. Senhora.*

O garçom deixa a conta numa bandeja de metal. Sofia coloca as moedas ali, mas os olhos estão colados no restaurante, de onde ela sabe que Saul ainda não saiu.

Sofia não sabe o que espera que aconteça. Ela está seguindo Saul no trabalho dele, para quê? Saber o que ele faz não vai mudar o fato de que não há qualquer chance de o marido ou o pai a deixarem trabalhar. Vê-lo saudar homens com batidas nas costas não fará nada além de reforçar sua compreensão de que os séculos de regras da Família não ditas, não escritas e universalmente compreendidas não serão quebradas só porque ela está um pouco entediada em casa.

Mas, até aí, saber que algo é impossível nunca impediu Sofia Colicchio de tentar.

JOEY ESTÁ SENTADO na sua poltrona favorita com os pés para cima quando alguém liga. Ele atende ao primeiro toque.

— Freddie.

— Ela está seguindo ele de novo, chefe.

Joey suspira. Imagina ter uma filha simples, uma que não queira quebrar todas as regras estabelecidas diante dela.

— Onde eles estão?

— Almoço, chefe. Chinatown. — Há uma pausa. — Quer que eu… faça alguma coisa?

— Claro que não. Deixa de ser idiota! Fique longe dela, porra! — Alguns dos seus homens são estratégicos, outros, não.

— Desculpe, chefe.

— Eu vou resolver isso. Basta observá-la até que ela entre num táxi — diz Joey. — Certifique-se de que ela chegue em casa em segurança. E não deixe que ela te veja.

QUANDO JOEY ERA CRIANÇA, às vezes imaginava ter uma família. A mulher com quem ele se casava parecia com sua mãe, fazia o mesmo frango à parmigiana e o abraçava, cheirando à farinha e rosas, quando ele precisava. Seus filhos eram pequenos e barulhentos, oito ou dez deles, parecendo carrinhos bate-bate ao seu redor. Era um caos feliz.

Joey nunca imaginou ter uma filha adulta. Nunca imaginou ter nenhuma filha. Para o Joey de 10 anos, não havia nada mais assustador do que uma menina. Em sua imaginação, Giuseppe Colicchio certamente nunca teve uma revolucionária em tamanho real fora de controle, ameaçando destruir seus negócios e sua família. E, embora seja verdade que Sofia é a maior satisfação da vida de Joey e que, para ser honesto, ele fique maravilhado com a sua determinação, perseverança e insistência absoluta em ser ela mesma, não importa quais sejam as circunstâncias, também é verdade que Joey se arrepia quando essa determinação se volta contra ele.

Joey tamborila os dedos na mesa enquanto pensa. Sofia não sabe o que está fazendo. Se um capanga com dois neurônios como Freddie pode segui-la, qualquer um poderia: um policial recém-formado que não aprendeu a lição ainda; ou, pior, os homens de Eli Leibovich, que não são nem estúpidos nem novatos; ou, pior do que isso, algum garoto Fianzo, um cara novo querendo se aproveitar, na esperança de embolsar Sofia como moeda de troca. Como vanglória. Sofia insiste em arriscar a própria vida, bem como a segurança de toda a Família dele.

Algo precisa ser feito.

Quando Sofia chega em casa naquela noite, com uma Julia adormecida a reboque, há um buquê de rosas esperando por ela na mesa da cozinha, e Saul está ouvindo o rádio na sala de estar: *Em Paris, as celebrações da vitória estão a pleno vapor.* Sofia aponta para o buquê e levanta os olhos para Saul, para ver se ele sabe de quem é.

— Tem um cartão... E a guerra acabou.

Os jovens estão subindo e descendo as avenidas, cantando, dançando e agitando bandeiras.

Sofia olha para Saul.

— A guerra acabou — diz ela. Caminha até a mesa e pega o envelope. — Está aberto.

— Seu pai já me contou — responde ele. Seu rosto está estranhamente vazio. Sofia abaixa os olhos para o cartãozinho. Está escrito:

Sof:

Parece que você precisa de um emprego. Peça e receberá.

Com amor, papai.

P.S.: pare de seguir Saul.

Sofia olha para Saul.

— Ele vai me deixar trabalhar. — Ela sorri. Sofia Colicchio está acesa e se sente triunfante.

— É o que parece.

Joey havia ligado naquela tarde. Ele dissera: *Você sabe que a nossa Sofia não é exatamente comum.* Ele suspirou e depois disse, com tristeza: *Sinceramente, ela será melhor nisso do que qualquer um de nós, se decidir ser.* E então houve um silêncio na conversa, e Saul pôde sentir o vento fechar a porta com outras possibilidades, outros empregos, outros estilos de vida. Nada de Califórnia, nada de Upper West Side. Nem pintor nem pediatra. Agora, Saul está olhando para o fundo do barril do resto de sua vida. Está de luto por algo que nunca teria acontecido.

Na Europa, soldados russos e norte-americanos disparam suas armas no ar, em comemoração. Oficiais nazistas colocam comprimidos de cianeto nas mãos de suas esposas e entes queridos. Sua mãe é um esqueleto vivo em algum lugar, ou uma pilha de cinzas, e Saul se tornou irreconhecível para ela. Como eles vão se encontrar?

— Você está chateado — diz Sofia. Ela não quer que Saul estrague isso. Está quase zangada. Mas há também uma inquietação insistente, uma preocupação genuína com Saul, cujos ombros estão caídos em derrota.

Saul se senta, desliga o rádio e apoia o rosto nas mãos.

— Saul, o que foi? — pergunta Sofia. Ela atravessa a sala e cobre as mãos dele com as suas. No peito de Sofia, há um passarinho se debatendo que teria sido exaltação, mas, em vez disso, é uma intrincada decepção.

— Não estou zangado.

— Certo, então?

— É difícil de explicar.

— Tente — diz Sofia, e é uma ordem.

— Bem, eu vim para cá e estava tão sozinho. Nunca estive tão sozinho. Mas então este trabalho... ele me encontrou. E você... você me *encontrou*. E a guerra era um monstro em segundo plano, uma coisa da qual eu estava escapando. E, de repente, em vez de ficar sozinho, eu estava tomando conta de você e de Julia, estava trabalhando e lutando contra a guerra graças a todos que eu resgatei. E não tive tempo para pensar em tudo do que tinha desistido, em tudo que tinha mudado. O que eu havia perdido parecia importar um pouco menos. — Saul tira os óculos e belisca a ponte do nariz entre o polegar e o indicador. Sofia está quieta. O silêncio é opressivo. — Mas de repente, hoje, a guerra acabou. Não estou lutando contra nada. Não preciso escapar de nada. E você está... está como sempre esteve, explodindo na vida como dinamite através do concreto. E eu estou aqui, e não há razão para isso. Eu poderia estar em qualquer lugar agora. — Saul se recosta no sofá e sente-se afundar. *Bendito és Tu*. — Estou completamente isolado, Sofia.

Desde que estão juntos, Saul suaviza Sofia. É uma das maiores mudanças nela. Ela se torna a senhora de suas próprias emoções. Aprende a fazer uma pausa, a absorver todos os detalhes. Ela ainda pode reagir com fogo, com tornado. Mas agora é capaz de controlar; de aguçar; de mirar.

É essa suavidade e esse objetivo que obrigam Sofia a cair no colo de Saul e preencher seus braços com ele, com os ombros e o vazio desesperado no peito dele, com os cachos marrons que brotam de sua cabeça. Ela respira o cheiro dele, com a especiaria da loção pós-barba e o fedor amarelo de cigarro e suor que se acumula na camisa que ele usou o dia todo. E então Sofia preenche a boca com Saul, com a boca e a respiração dele, até que o único som no apartamento seja uma expiração, um colapso, e Sofia não sussurra *preciso de você aqui*, mas sente a necessidade apertá-la como um músculo e acredita que Saul também sente.

NA SEMANA SEGUINTE, Sofia se encontra sozinha com Joey várias vezes. Ele lhe serve um copo de vinho e fecha as portas da sala. Senta-se em frente a ela, os joelhos separados, e diz: *É hora de você aprender algumas coisas sobre esse trabalho.*

A PRIMEIRA MISSÃO de Sofia é o detetive Leo Montague, que, Joey explica, esteve disposto a deixar certas coisas passarem durante muitos anos. Ele recebe uma parte dos lucros desde a Lei Seca, e ambos alcançaram um respeito mútuo e tênue nas décadas em que trabalharam juntos. Ele foi inestimável durante a guerra.

— Mas não vamos mais ganhar o mesmo dinheiro, e isso é uma coisa complicada de se dizer a um homem.

Joey mencionou por telefone que Leo talvez precisasse aceitar uma redução de salário, e Leo disse: *Opa, Colicchio, não tenho certeza de que estou disposto a fazer isso.* Ele ficou quieto por um minuto e então disse: *Não se esqueça, você precisa de mim.*

Exigiu toda a força de Joey não quebrar o telefone ao desligá-lo. Ele poderia assustar Leo até a submissão, mas seria possível que o detetive também machucasse muito Joey. Ambos iriam perder. Essas coisas se agravam com muita rapidez.

— Acho que você vai ser boa nisso — diz Joey a Sofia. — Talvez você não se lembre, mas passava todos os jantares de domingo se escondendo pela mesa, tentando ouvir fofocas, tentando compreender todo mundo.

Ela se lembra da emoção de entrar num círculo fechado de mulheres, num grupo fumacento de homens.

Sofia deve almoçar com o detetive e evitar os detalhes dos negócios com ele, cujas descrições limitadas Joey compartilhou com ela. Deve ouvir mais do que falar. Quando ela contou animadamente a Saul, ele ficou muito quieto.

— É perfeito, Saul. É um trabalho, é empolgante e não é perigoso.

— Está tudo interligado. Tudo é perigoso.

Mas Sofia não será dissuadida.

SOFIA ENCONTRA O DETETIVE LEO numa trattoria à luz de velas para um almoço tardio. Joey lhe dissera o que pedir.

— Berinjela à parmigiana para mim e para o meu amigo aqui. Grazie. — O coração dela está acelerado de empolgação. Ela avalia Leo. — É o melhor prato daqui — acrescenta, embora, na verdade, Joey tenha lhe dito que esta é a refeição favorita do detetive Leo, e eles querem que ele fique confortável. *Mas, papà*, ela havia perguntado a Joey, *o que eu digo para ele?* Joey segurara o rosto dela com as duas mãos e disse: *Apenas seja você mesma.*

O detetive Leo está na casa dos 50, com fios brancos e castanhos competindo no cabelo mal domado, e usa óculos quadrados e grossos. Ao observá-lo, Sofia pensa no que pode acontecer se acrescentar a Saul 25 anos, 18 quilos e um pouco da bravata dos norte-americanos.

— Então você é a filha? — pergunta. — Acho que te vi uma vez.

— Provavelmente — diz Sofia. Ela está se perguntando como direcionar a conversa para a Família sem parecer que está fazendo isso. Mas Leo vai direto ao assunto assim que os pratos chegam.

— Eu respeito sua família, de verdade. Mas me expus a muitos riscos por vocês.

— Papai aprecia muito o seu trabalho.

— Eu sei disso — diz Leo. Ele levanta os olhos do prato até Sofia, e ela percebe, assustada, que há um lampejo de medo ali. Medo dela? — Por favor, certifique-se de que ele saiba que eu não duvido disso.

— É claro.

— É só que, um homem da minha idade... Estou a cinco anos da minha aposentadoria. Se vou arranjar problemas... se vou quebrar as regras... droga! Com licença, madame, mas, droga, este é um bom parmesão com berinjela.

Sofia acha que está gosmento. O queijo está endurecendo por cima do recheio sem sabor, como âmbar em cima de um inseto.

— Está delicioso, não é? — pergunta Sofia.

— Sempre confiei no seu pai.

— Ele confia no senhor também. Só me disse as melhores coisas a seu respeito.

— Ele disse? — pergunta o detetive, e Sofia sabe que foi a coisa certa a dizer, porque ele parece ruborizado, um pouco corado. — Bem, isso é muito... isso é muito gentil da parte dele... Um bom homem, Joey Colicchio. — Ele vai diminuindo e dá outra garfada na comida. — Eu tenho filhos, sabe. Eles dependem de mim. Tenho conseguido proporcionar algo melhor... Os tempos têm sido difíceis.

— Eu entendo. Também tenho uma filha. Eu faria qualquer coisa por ela.

— Você tem uma filha?

E, aqui, Sofia pode ver, os olhos de Leo avaliam sua cintura. As pessoas costumam fazer isso. Precisam imaginar Sofia grávida, a fim de determinar se a criança a arruinou. Ela mantém o rosto cuidadosamente neutro.

— Seu pai — continua o detetive Leo — fez uma coisa bem especial durante a guerra para as pessoas que precisavam. Pessoas que tentavam escapar de algo horrível, sabe, de toda aquela escória nazista. Bem, nós mostramos a eles, não foi? E acho que você pode não entender isso, mas só quero algum crédito onde me é devido. Eu tenho que me defender. — Leo terminou de engolir a comida e se recostou na cadeira, para olhar Sofia através dos óculos escuros e grossos. Há uma mancha de tomate no canto de sua boca. — Seu velho pai é um homem honrado, então acho que ele entenderá aonde quero chegar.

E Sofia pode ver agora, claramente, do que Leo precisa.

— Sabe, acho que ele não teria conseguido administrar o negócio sem o senhor.

— É mesmo? — pergunta Leo. — Bem, acho que é preciso alguém que conheça os esquemas.

Leo toma um gole de água, para disfarçar um sorriso lento, mas Sofia vê.

— Sim, sem dúvida. Eu sei o quanto ele te valoriza.

— Mas não se pode simplesmente valorizar alguém. Tem que recompensar da maneira adequada. Tem que demonstrar.

— Sei que meu pai sabe disso. Acho que ele apenas está fazendo o que pode para cuidar da família dele e das famílias de todos que trabalham para ele. Meu pai faz tudo parecer fácil, mas é muita responsabilidade.

— Eu entendo. Quando meu departamento se reorganizou… bem. Eu entendo a sobrecarga da responsabilidade pelas outras pessoas.

— Dá para perceber.

— Joey Colicchio é realmente um homem honrado — diz Leo.

E, pela primeira vez em sua vida adulta, Sofia pode ver uma estrada diante dela, um caminho que quer seguir. *Esta é a coisa certa para mim*, pensa e fica tão grata que quase chora na mesa. *Isto é o que devo fazer.*

QUANDO SOFIA retorna para casa, e Saul pergunta *como foi?*, ela se vira para ele com um brilho nos olhos e diz: *foi fácil.*

Ela espera dormir profundamente esta noite, mas é meia-noite, está encarando o teto e não entende o que está impedindo seu sono. Foi o rosto de Leo ao se despedirem, como ele se virou e coçou a cabeça, parecendo Saul quando lida com algo inexprimível e tortuoso? Foi o próprio Saul, que mal a olha há dias e está dominado por uma melancolia que Sofia não reconhece e não esperava, dado que a guerra acabou?

Algum tempo antes de adormecer, Sofia se lembra de um pátio na escola e de segurar a mão de Antonia; de um grupo de meninas do outro lado do balanço empurrado pelo vento, e Sofia percebia que estavam falando sobre ela. *Seu pai é um assassino*, dissera Maria Panzini, sem rodeios, enquanto esperavam na fila para entrar. Gelo, duro como concreto, instala-se na barriga de Sofia. Mesmo no primário, ela abrigara um desejo indescritível de ser *melhor* que as pessoas ao seu redor. Será que ela conseguiu agora? Será que entende o preço que vai pagar? *Foi fácil*, sua própria voz ecoa. Foi como se tivesse nascido para isso.

Ao lado de Sofia, Saul finge dormir. Durante horas, ele olha com olhos entreabertos para o ponteiro do relógio.

NO JANTAR DE DOMINGO, Joey faz um brinde à Sofia, e todos aplaudem. Antonia, Paolo, Frankie e Nonno — que está repetindo histórias ultimamente e que talvez não entenda por que está brindando. Até mesmo Nonna, com seus olhos de falcão, até Rosa, que dá um sorriso apertado. O irmão de Rosa acena com a cabeça, e Marco DeLuca e dois outros caras novos e descartáveis levantam os copos, mas olham para Joey o tempo todo, em vez de olhar para Sofia.

— Bem-vinda — diz Joey, calorosamente, e Sofia está muito ocupada evitando os olhos de Antonia para perceber que Joey está evitando os de Rosa.

Mas Rosa encontra Sofia lavando os pratos depois do jantar, e começa a repreendê-la com a ferocidade de mil mães: *Toda produzida como se estivesse à venda, que vergonha! Você tem um marido e uma filha, Sofia, o que Julia vai pensar, como ela vai crescer?* E Sofia, pela primeira vez na vida, quer algo mais do que discutir com Rosa. Por isso, dá um beijo na mãe, diz *vou ter cuidado, Julia vai ficar bem* e deixa Rosa gaguejando na cozinha, dividida, como Rosa sempre costuma estar, entre o orgulho e o horror.

O trabalho se torna parte dela, e logo Sofia não se lembra de que não o queria. Ela aponta todo o seu ser para esse horizonte, para a glória de sair de casa e ser vista.

ENQUANTO SAUL trabalha até tarde, Julia fica quase sempre na casa de Antonia. Começou como uma forma de Sofia evitar falar com Rosa sobre seu trabalho, mas se tornou um hábito, um salva-vidas. Às vezes, Sofia vem com ela para ficar com Antonia até depois da hora de dormir. A conversa é como uma sonata baixa no sofá. Às vezes Sofia está em outro lugar. Quando fecha a porta da casa de Antonia e vai embora, Sofia sente alívio, alegria e uma expectativa que arrepia como estática sob sua pele. Ela não pensa em Antonia, cujos lábios ligeiramente pressionados são um barômetro moral desde que Sofia aprendeu a falar. Não costuma pensar em Julia. *Sua filha*, dizem as pessoas constantemente, como se Sofia tivesse renunciado a todo direito ao livre-arbítrio só por ter uma Filha. Como se Sofia precisasse lembrar que o topo da cabeça de Julia cheira a pão quente, como se Sofia agora não fosse uma mãe melhor, uma maldita leoa. *Minha filha nunca se sentirá culpada por viver da maneira que quiser.* E assim ela educa: quando Julia quer comer sobras de massa no café da manhã, pão de ló com ganache de chocolate ou um denso creme de conhaque, Sofia abre a caixa e também come, com as mãos. Quando Julia não quer tomar banho e fica debaixo dos lençóis com os pés sujos e o cabelo emaranhado, Sofia a ajeita para dormir. *E daí?*, diz para Rosa. *Ela está bem*, diz para Antonia, que encontra uma desculpa para fazer a hora do banho sempre ser a parte do dia em que Julia fica com ela.

Sofia é, principalmente, uma mediadora, uma calma dose prescrita para homens que trabalham para a Família quando começam a ficar nervosos. Isso é algo novo, que Joey está experimentando. Ele pensa em Carlo e em como as coisas poderiam ter sido diferentes se o amigo tivesse falado com uma mulher, alguém jovem, profissional e bonita, que lhe mostrasse como seu trabalho estava conectado à família, à terra, sem nunca mencionar diretamente essas coisas. Às vezes, ter uma mulher no recinto pode exacerbar a tensão. Mas, em muitos momentos, Sofia consegue deixar um homem nervoso à vontade, sem dizer uma só palavra.

Sofia não se importa. É boa nisso — tão boa que quaisquer objeções que tivera, quaisquer objeções a serem usadas como um enfeite, como o efeito equivalente a uma bebida forte, caem no esquecimento. Ela pula da cama todas as manhãs. Quando chega em casa de jantares, drinques ou cappuccinos que se transformaram em vinho, está apaixonada por si mesma, os olhos brilhando enquanto balbucia para Saul em tons altos o suficiente para acordar Julia. *Eu fiz meu pai mudar*, pensa ela, diz a Saul, sussurra para si mesma no espelho do banheiro. *Eu o tornei diferente.* Sofia não pensa se está mudando os homens para melhor ou a serviço de uma missão em que acredita. É o suficiente que a intenção de cada homem pareça dobrar e mudar enquanto ela fala e se move. No início de 1946, Joey lhe serve um copo de vinho do Porto e diz a Sofia que vai deixá-la fazer várias reuniões. E, assim, quando Sofia não está encantando homens voláteis da Família ou detetives nervosos, ela supervisiona as remessas de vinho, vinagre e queijos envelhecidos e esfarelados. Ela aprende a contrair a boca, para que ninguém faça perguntas ou alguma cena, e se sente, a cada dia, mais e mais poderosa, mais e mais conectada às batidas internas, não apenas de seu próprio coração, mas de todo o mundo em constante mudança.

Sofia é cautelosa com Antonia. Sabe que Antonia não aprova o que ela faz. Mas não pode parar de trabalhar e não pode perder Antonia. Elas estão ligadas por tanta coisa agora: sua história, suas famílias e seus filhos, que dormem melhor se estiverem no mesmo quarto. Então o trabalho de Sofia é algo do qual ela e Antonia fogem, analisam silenciosamente e tentam evitar.

E Antonia, que amoleceu com a maternidade, com seu papel de esposa, de melhor amiga, de babá e amada tia de Julia, não diz nada à Sofia. Ela pega Julia quando Sofia aparece, toda produzida. Não diz à Sofia que a independência de que ela tanto se orgulha não cheira bem, assim como o trabalho de Lina na lavanderia. Antonia não tem certeza, é claro, de que Sofia esteja fazendo algo pior do que ela está — onde está a independência de Antonia, afinal? Seu diploma universitário, a varanda aconchegante, os três filhos que nunca ouviram falar da Família, que serão médicos, exploradores e agricultores? Tivera um breve período de rebeldia no ano passado, quando a guerra terminou: passou dias e dias procurando horários na universidade. Ela conseguiria um diploma se fizesse duas aulas à noite por semana, durante seis anos. Quando mostrou para Paolo, ele ficou zangado. Disse que houve mudanças suficientes na família desde o fim da guerra. Não sabia como seria o trabalho agora, ou se ainda teria um, nem sabia como seriam as finanças. Sua própria família estava em crise, já que sua mãe se recusava a sair da cama. *Tudo está instável. Sinto que o chão sob meus pés já está se dissolvendo. A última vez que me senti assim... foi depois que Robbie nasceu, quando você...* Ele não terminou a frase, mas deixou Antonia com a própria culpa pela última vez que abandonara sua família. *Você sabe que eu quero que você estude*, disse Paolo enquanto iam para a cama. *Só não é uma boa hora.*

Então Antonia se jogou na maternidade e em seus esforços para ser diferente de Lina, diferente de Sofia. Antonia está com Robbie do instante em que ele acorda até a hora de acalmá-lo para dormir, com uma mão nas costas do filho todas as noites. Ela tenta poupá-lo de qualquer dor, qualquer medo, qualquer perda, de modo que está sempre dizendo a Robbie que o ama, dizendo para ter cuidado, para olhar para os dois lados. Mas, contrariando qualquer senso comum, Robbie desenvolve uma necessidade poderosa de ter Antonia por perto o tempo todo, então eles raramente são vistos separados, exceto quando Julia aparece. Julia, em cuja presença Robbie brilha, cresce uns 15 centímetros. Julia, que desperta em Robbie algo corajoso e travesso que o afasta da mãe, que permite que Antonia descanse, que chegue a um acordo com o preço que ser uma mãe obsessiva está cobrando de seu corpo e de sua mente. Essa não é a independência que Antonia havia sonhado, mas, na adolescência, não fora capaz de imaginar o que amar duas crianças faria com ela, como desejaria dar tudo de si para eles, como seria difícil encontrar equilíbrio. Ela tem medo da própria necessidade. Não trocaria isso por nada no mundo, mas um pequeno senso de autopreservação se ergue em Antonia e a faz lembrar dos meses após o nascimento de Robbie, quando precisou andar sozinha para clarear a cabeça, para voltar para si mesma.

Antonia ouve quando Paolo reclama que seu trabalho pós-guerra se tornou esquisito e tedioso, que o ofício de falsificar documentos e o tédio da contabilidade são incomparáveis, incompatíveis. Ela não conta como está aliviada pelo marido estar fora da linha de frente ou tão longe quanto pode estar. Antonia faz um balanço cuidadoso de sua vida e decide que cada um de seus desafios vale a pena, que cada uma de suas alegrias é indispensável. Dessa forma, justifica a nova rabugice de Paolo, o novo capricho de Sofia e a sensação incômoda de que está se colocando em último lugar, deixando-se inacabada. Na maioria das vezes, ela consegue se sentir cheia, cheia, cheia de amor.

Logo 1946 acaba. Sofia dá uma festa na véspera de Ano-Novo. Ela se veste com paetês, e Antonia se sente jovem, saindo escondida para um baile. Depois da meia-noite, Rosa e Joey imploram e levam Julia e Robbie para dormir em seu apartamento. Mas Sofia, Antonia, Saul, Paolo e alguns caras com quem Saul e Paolo trabalham sobem no telhado e observam a própria respiração soprar em nuvens congeladas até o céu da cidade sem estrelas, até o novo ano.

EM MARÇO, Antonia está observando Robbie e Julia. Eles estão cochilando: rostos totalmente relaxados, cabelos colados na testa. Robbie é tão apaixonado por Julia quanto Antonia era por Sofia, mas ele é mais bagunceiro do que Antonia, mais sensível e se machuca com muita facilidade. E Julia também parece mais bagunceira do que sua mãe, menos focada, mas tão forte, tão barulhenta e tão bonita quanto. Ela enfia as mãos em cada pedaço de terra que encontra. Antonia agradece por estarem dormindo.

Mais cedo, naquele dia, Antonia encontrara uma luta livre no chão de seu quarto. *O que exatamente está acontecendo aqui?*, sibilou. *Eu sou um Fianzo!*, dissera Robbie. Seu rosto estava iluminado e atrevido, ele adorava dizer coisas para incluí-la em seu mundo. Estava sempre com os braços estendidos para ela. *Um o quê?*, perguntou Antonia. Sentia pavor. Robbie se levantou até sua altura máxima e ergueu os braços. *Wooooouuurrrghhh!*, rosnou ele. *Vou pegá-lo, Fianzo*, gritou Julia, indo para o ataque. Pernas foram para todos os lados. Um copo de água caiu de uma mesa de cabeceira e se partiu. *Chega, chega!*, gritou Antonia. Ela afastou Robbie e Julia do vidro, um de cada vez. *Saiam!* E Robbie saíra — desanimado, preocupado. Ele nunca quer chatear a mãe.

Antonia expirou e fechou a porta, tremendo. Ela vive com o medo constante de se tornar a própria mãe — *eles mataram seu avô!* é o que gostaria de dizer em um momento de pânico —, mas então não seria mais uma mãe; ela estaria tomando decisões para sua própria satisfação. Antonia fez as pazes com a mãe que Lina é capaz de ser. Mas não quer ser como ela.

Também pensa nos Fianzo: os charutos pútridos, a elegância dos sapatos e dos cabelos. Ela é grata por seu filho pensar neles como monstros e está profundamente desapontada: desde que Robbie nasceu, Antonia faz o máximo para protegê-lo da tragédia e do terror de sua própria infância. *Você falhou*.

Antonia quase não se surpreende mais com a profundidade e a ferocidade de seu amor por Julia. Não é verdade o que dizem sobre o sangue falar mais alto. Está grata por ter Julia dormindo tranquila no quarto de seu filho e tenta não se preocupar com Sofia, que apareceu mais cedo e implorou à Antonia para ficar com Julia *apenas por algumas horas*. Antonia sempre abre a porta. Sempre beija as bochechas de Sofia e diz que ela pode ir, então coloca a mão no cabelo de Julia e tenta se concentrar no oceano absoluto de seu amor por ambos, em vez de no rosto da menina, que esmorece um pouco quando Sofia sai, como o topo de um bolo murchando enquanto esfria.

Enquanto observa Julia e Robbie dormir, Antonia sente um lamento profundo: um puxão físico e primitivo no ventre, que se transforma em lágrimas antes que esteja consciente do sentimento. Ela gostaria de proteger os corpos das crianças com o seu. Gostaria de cortar os braços e as pernas um por um e doar-se para alimentar as crianças que dormem em seu apartamento. Ela acabou de completar 24 anos.

Antonia sente saudades de Carlo. O luto vem em ondas. Robbie tem o nariz e os olhos do avô. À medida que o vê cada vez mais no filho, Antonia finalmente entende que algo lhe foi roubado. Algo insubstituível. Ela não sabe o que fazer com esse sentimento, então limpa a casa, lembrando-se de Lina esfregando os pisos de madeira, manchados muito antes de sua família morar naquele apartamento. *Não há nada que possa ser feito.* Então Antonia fica acordada e sonha — ou dorme sem sonhar, inquieta —, perguntando-se sobre as diferentes versões da própria vida. O que ela controla, quais oportunidades perdeu e o que acontecerá independente do que ela decidir.

Adoraria se derreter em raiva fundida como Sofia. Que reconfortante seria dirigir uma corrente de fogo em todas as direções. Que definitivo seria condensar o que é desespero, amor e nostalgia em raiva. Antonia imagina que a raiva causaria alguma ação. Daria a sensação de movimento.

Ela se sente tão imóvel.

Se ficassem lado a lado dos outros homens da Família, Paolo e Saul seriam indistinguíveis dos veteranos ao redor. Há quatro anos, eram tão verdes que vazavam seiva, eram brilhantes e desajeitados, estavam um passo atrás. Mas a paternidade adicionou gravidade a ambas as silhuetas, a experiência escreveu linhas em seus rostos, e, à medida que 1947 passa, Paolo e Saul se veem mergulhados na rotina.

Quando a guerra terminou, o trabalho mudou. De alguma forma, e contra todas as suas intenções, Paolo acabou em um escritório na rua Nevins, onde passa seus dias batendo a caneta contra o papel e pensando em ideias de novos negócios — que vão desde banho e tosa de cães para *socialites* do Upper East Side até interceptar transatlânticos e tirar alguns dólares dos passageiros em troca de um passeio pela cidade. Uma hora por dia, ele altera os registros que permitem que a Família pague impostos sem dizer de onde vem o dinheiro; a Luigio Travel faz um grande negócio. No fim de semana, ele entrega seus cadernos para Joey e diz: *Acho que tenho uns bons aqui, chefe.* E Joey, por piedade ou generosidade, continua a pagar a Paolo o mesmo que pagava durante a guerra, quando Paolo era um falsificador indispensável. E, assim, Paolo luta uma batalha interminável e viciosa entre partes de si mesmo: a que está aliviada em fazer as mesmas tarefas semana após semana e a que sonhou com algo maior; a que pensou que, fosse o que fosse, sentiria algo mais quando ele chegasse lá.

AGORA, DURANTE O DIA, Saul aguarda do lado de fora de lanchonetes enquanto Joey faz reuniões, ou acompanha um Tio mais velho, ou lembra alguém de suas dívidas conforme solicitado — o que geralmente significa socar a mandíbula do homem endividado algumas vezes, perguntar sobre seus filhos e torcer um pulso ou brandir um canivete e ameaçar os dedos do homem de vez em quando.

Saul sente saudades do passeio de balsa para Ellis Island, do alemão tenro que falava para tranquilizar as famílias que encontrava, a facilidade com que poderia ajudá-las. *Fale inglês, não alemão*, pedia. *Eles vão falar seu sobrenome errado. Deixe que falem. Não tussa. Endireite-se.* Agora que acabou, Saul se pergunta por que sua interação com essas famílias terminou ali: do outro lado da balsa de Ellis Island, enquanto ele entregava pacotes de papel pardo cheios de diplomas, currículos falsificados e cartas de recomendação com as quais poderiam recomeçar como norte-americanos. Ele se pergunta quem eram aquelas pessoas: famílias tão desesperadas que pagaram seu peso em ouro por alguns documentos falsos e uma promessa. Uma vez, uma adolescente solitária lhe disse que a família havia vendido as joias para pagar sua passagem. *Quando eles poderão vir?*, perguntara ela, e Saul apenas dissera: *Não tussa nem toque no rosto quando chegar na frente da fila. Use apenas a primeira sílaba do seu sobrenome*. Semanas se passaram quando ele disse isso para quatro, nove famílias. *Por que você não correu atrás delas, implorou que perguntassem aos parentes sobre sua mãe, beijou as mãos que haviam tocado solo europeu?* O amor por um lugar que quer você morto é um monstro que vai crescendo.

Com o fim da guerra, porém, esse trabalho terminou. E logo Saul se viu imerso no que qualquer um chamaria de um trabalho sucateado de capangas pagos. Seu olhar equilibrado, sua ética de trabalho impecável e a habilidade de fechar a porta atrás de si e caber em qualquer lugar enquanto não responde a perguntas são todas as qualidades que fazem dele um contrabandista intimidante e eficiente.

Há pequenos momentos, meros fragmentos de segundos, em que Saul se pergunta como foi parar ali. Quando se imagina com 8 anos, está deitado no chão de uma casa que sua mãe estava limpando, lendo um gibi ou olhando pela janela, para a luz solar europeia filtrada à moda antiga, ou caminhando ao longo do Rio Spree, lançando crostas de pão para os patos. É impossível para ele reconciliar o mundo que viu enquanto era um menino com o mundo onde vive agora. Impossível pensar que sua mãe se foi, que ele vive nos Estados Unidos e que pertence a uma família que é um lar e uma prisão ao mesmo tempo. Nesses momentos de impossibilidade, Saul considera as atitudes que teria que tomar para voltar a ter uma vida reconhecível: deixar a esposa, deixar a filha, pegar uma carona através do oceano tempestuoso para uma casa que, ao que tudo indica, não existe mais. Deixar as ruas do Brooklyn, tão familiares a Saul que poderiam ser as próprias linhas esculpidas na palma de sua mão. *Ainda assim, a alternativa é ficar.* Ficar em um mundo onde alimentar sua família significa ameaçar a dos outros. Um mundo onde ele chega em casa e, antes do jantar, lava dos dedos o sangue de outros homens. Saul entende a sorte que teve. Entende que, com a menor reviravolta do destino, poderia ter vivido mil vidas diferentes — algumas mais sortudas, outras, menos.

SOFIA SE ESTABELECEU no papel de Filha do Chefe, um termo que alguns homens murmuravam pejorativamente para descrevê-la quando ela começou. Mas, agora, para todos os efeitos, é um termo carinhoso, conquistado ao longo de um ano e meio, onde os homens de seu pai a viram se posicionar contra homens muito maiores do que ela, homens com a imprevisibilidade engendrada pelo desespero e pelo medo. *Meu pai não vai gostar de ouvir isso* é o que ela diz a lojistas endividados, importadores, proprietários de restaurantes ou um policial que espera sair da folha de pagamento da Família. Mais recentemente, passou a dizer: *Meu marido é um homem gentil, mas imagino que isso vai testar os limites dele.* Sofia dominou o rosto inexpressível e o tom imperturbável de seu pai, de Saul. Ela adicionou um batom vermelho. Adicionou seu próprio talento. É chamada de armamento psicológico. *Você é apenas uma mulher*, alguém poderia dizer, um político que pagou por discrição, por proteção. *Sim*, responderia Sofia. *Eu sou uma mensageira.*

Sofia mal se lembra de sua resistência a este trabalho. Este trabalho que, agora sabe, do jeito que Saul e Paolo sabem, é uma salvação. Em vez disso, ela prospera alimentada por adrenalina e desempenho. Sente como se houvesse ficado no escuro, observando do lado de fora de uma sala brilhante a vida toda, e agora está lá dentro, banhada em luz. Há sempre um ou dois homens armados do lado de fora de suas reuniões. Seu pai não lhe ofereceu o perigo que oferece a seus homens. Mas Sofia nunca precisa do apoio. Ela descobriu que o espectro da Família é suficiente. Percebeu que Joey, Saul e Paolo, embora formidáveis no trabalho, baseiam-se no poço do mistério e do folclore em torno de sua profissão. A própria ideia é suficiente para abrir caminho pela calçada ou no bar. Sofia bebe do poço. Ela descobre que, até este momento, tivera sede.

Eu, diria Sofia, *sou a melhor das hipóteses para você.*

NO VERÃO, perto de completarem 5 anos, Julia e Robbie pegam catapora ao mesmo tempo. Saul, Sofia e Julia vão para o apartamento dos Luigio, onde, por cinco dias e cinco noites, Julia e Robbie precisarão ser vigiados, para não se coçarem. Antonia, Paolo, Sofia e Saul revivem uma espécie de utopia da época que não tinham filhos. Suas vidas, seus pertences e suas horas de sono intercambiáveis e mágicos.

De manhã, Sofia distrai os animais febris e agitados que substituíram Julia e Robbie, enquanto Saul prepara o desjejum: misturas elaboradas de ovos e sobras, bacon caramelizado, bolinhos frescos e recheados de frutas e pedaços de chocolate. Às vezes, Saul pensa *peru com pão suíço*, enquanto distribui ovos mexidos. *Língua com mostarda.*

Na manhã do terceiro dia, Saul está refogando cebolas quando Antonia entra na cozinha.

— Sofia teve que sair. De novo.

Saul assente. Então percebe que Antonia, sentada à mesa da cozinha, mastigando um pedaço de pão, está claramente melancólica.

— Tem algo te incomodando?

— É... Bem, é Julia — diz Antonia. Ela para de falar. Saul pode ouvi-la mastigando. — Ela me lembra eu mesma ultimamente. Apenas uma criança, procurando um lar, sentindo-se sozinha, com saudades... bem, você está aqui, mas eu ficava com saudades do meu pai. Tentava não sentir saudades dele. E... deixa para lá.

— E o quê? — Saul se concentra.

— Eu não tinha bem a mãe de que eu precisava, quando era pequena. — Antonia fica quieta. Observa as costas de Saul, as omoplatas se movendo através do suéter quando ele se mexe.

Anos atrás, Saul perguntou à Sofia o que aconteceu com o pai de Antonia. Era o início do namoro, e ele estava distraído com as mãos dela nas suas, com o jeito que a calçada movimentada parecia se abrir para eles caminharem e com o cheiro dela: de terra ou de lilases, algo que ele queria comer, engasgar-se, afogar-se. Então, quando ela dissera *uma tragédia*, ele não procurou saber os detalhes. Mas, quando Saul olha para Antonia agora, percebe que há um buraco em seu conhecimento a respeito das mágoas que a moldaram. Um espectro, de pé, na cozinha, observa-o cozinhar. Ele não descobriu o que precisava saber, quando precisava saber.

— Antonia — pergunta ele, com cuidado —, o que realmente aconteceu com o seu pai?

O rosto de Antonia fica pálido, depois, esverdeado.

— Você não sabe.

O ar na cozinha fica mais estreito, denso, rançoso, com o segredo. Saul percebe que está prendendo a respiração.

— Eu sei um pouco.

Antonia espia pelo corredor, para se certificar de que Julia e Robbie ainda estão fora de vista.

— Você sabe que Joey se encontra com um homem chamado Tommy Fianzo todo mês?

— Sim.

Ele sempre é levado para essa reunião. Algum dia irá por conta própria. Nunca perguntou por que a reunião acontece. Saul percebe que tem sido muito crédulo. Isso é algo em que pensou muito no último ano. Saul deixou sua casa, sua família, e transplantou-se para o solo fértil da vida de outra pessoa. Sua vida é uma transformação. Mas, por outro lado, Saul está começando a entender que deixou a vida acontecer. Quantas coisas deixou de lado? Quantas coisas está ignorando?

— Joey costumava trabalhar para Tommy. Ele e meu pai, Carlo, eram melhores amigos. Todos eles eram amigos. — Antonia sente o rosto esquentar, mas as mãos e os pés estão congelando. É como se seu próprio corpo não soubesse falar esse segredo em voz alta.

— Eu sei disso. Sofia me disse... anos atrás. Disse que eles eram amigos. Disse que seu pai desapareceu.

— Não. Meu pai decidiu que não queria mais trabalhar para a Família. Mas não funciona assim. Então Tommy Fianzo mandou matá-lo. De certa forma, acho que podemos dizer que ele desapareceu. Nunca descobrimos o que houve. Joey não podia mais trabalhar para Tommy depois disso. Fizeram algum tipo de acordo. Joey paga a ele, e os dois trabalham separados.

Sofia tinha mentido para ele? Saul consegue visualizar o rosto dela quando lhe contou. *Uma tragédia,* disse e deu de ombros. *Um mistério*. Ela mentiu para ele.

— Isso destruiu minha mãe. Durante anos, ela foi... uma concha vazia. Não estou dizendo que Sofia é assim, claro. Mas, do meu ponto de vista quando criança, eu nunca tive a mãe que eu imaginava. Nunca soube quando poderia contar com ela. E isso me mudou.

Quando Antonia termina de falar, sua boca se retrai em uma linha fina, e o rosto parece exposto, parece desafiá-lo.

As consequências ecoam.

Antes que perceba o que está fazendo, Saul está no meio da cozinha, para segurar as mãos de Antonia nas suas, para enterrar o rosto nos cabelos dela. Ele para. Há um limite tácito ali.

Na mente de Antonia, ela atravessa a cozinha, para encontrar Saul no meio do caminho. Eles se abraçam: o rosto dela contra o suéter dele, os braços dele, uma concavidade para ela se esconder.

SAUL NÃO CONSEGUE DORMIR naquela noite. Ele se vira no colchão que Antonia e Paolo estenderam para ele e Sofia no chão da sala. Antonia e Paolo dormem no próprio quarto, a porta entreaberta. Julia e Robbie estão adormecidos no quarto de Robbie. Acima de Saul, há uma rachadura saindo da luminária no centro do teto. Tudo está quieto.

Ele não consegue parar de pensar no pai de Antonia. Saul entende a violência inerente ao trabalho que faz. Ele perpetra essa mesma violência. Mas como puderam matar um deles? Como puderam privar Antonia de ter um pai? Como Joey Colicchio pôde continuar depois disso? Saul entende que era a coisa pragmática a fazer. Era o caminho com menos conflitos, menos derramamento de sangue, menos turbulência. Mas como, Saul se pergunta, Joey pôde levantar da cama todos os dias, sabendo que o melhor amigo fora assassinado — *não, desaparecera, eles não dizem assassinado* —, e como Joey pôde se vestir, sair de casa e manter-se sempre firme sob o peso esmagador de saber o que aconteceu com Carlo, o que havia sido feito a Carlo? Ele percebe que é por isso que Sofia mentiu. Ela sabia que Saul teria que fazer o serviço mesmo assim. Não queria que ele mudasse de opinião sobre Joey.

— Sofia — sussurra Saul enfim, incapaz de suportar o emaranhado dos próprios pensamentos. — *Sofia?*

Sofia se vira. Ela dormia profundamente.

— Quê? — murmura.

Saul se enche de ternura pelo rosto dela vincado pelo sono, pela forma como um dos braços de Sofia o alcança, desdobrando-se sob os lençóis. A mão dela se movendo no ombro dele provoca arrepios instantâneos. Saul suspira. Ele não quer arruinar a noite e o descanso da esposa. Mas está repleto de perguntas sem respostas.

— Sofia, Antonia me contou hoje como o pai dela morreu. — Saul está sussurrando o mais baixo que pode. Ele não tem o menor interesse que mais alguém ouça.

Sofia se apoia em um cotovelo.

— Eu te contei isso, não contei?

Saul balança a cabeça. Sofia tem esta capacidade: fazer com que ele não lembre se ela mentiu ou não, mesmo estando meio adormecida.

— Você só me disse que ele desapareceu. Não me disse o porquê.

— Desculpe. Acho que estava protegendo Antonia.

— Você estava protegendo *Joey* — diz Saul, com mais amargura na voz do que pretendia.

— Ele é meu pai.

— Como podemos continuar fazendo isso?

— Fazendo o quê? — E, enquanto Sofia aperta os olhos secos à meia-noite, na direção de Saul, um senso familiar de propósito se apodera dela como seda. Sofia Colicchio, dissuadindo um homem nervoso da Família.

— Ele queria sair, então eles o *mataram*? Deixaram a filha e a esposa sozinhas? Como Antonia pôde se casar com Paolo, sabendo o que aconteceu com o pai? Como você consegue trabalhar para Joey? Como eu consigo? — O sussurro de Saul fica mais alto enquanto ele fala. É inconcebível estar em um mundo tão confuso.

— Shh. Julia e Robbie vão te ouvir. — Sofia faz uma pausa. Quando está falando com um estranho, ela é boa nisso, mas não acha que Saul ficará impressionado com um bater de cílios e uma voz doce. Não há escolha a não ser dizer o que realmente pensa. — Eu não tenho as respostas para todas as suas perguntas. Quando você fala assim, não faz sentido, *né*? E você sabe quantas perguntas eu mesma tenho. Sabe que nunca consigo manter a boca fechada. Essa coisa de "não fale sobre isso" que meus pais fazem... que minha mãe sempre fez... não funciona para mim.

— Então, como você pode... — começa Saul, mas Sofia balança a cabeça.

— A Família não é tão simples — diz Sofia, e Saul pode ouvir a voz da mãe dizendo-lhe que Deus não é tão simples e consegue sentir o ar escuro e mofado do navio a caminho dos Estados Unidos. — Eu costumava achar que meu pai era um deus. E, com o tempo, comecei a entender melhor o que estava acontecendo e fiquei com muita raiva. O pai de Antonia, Carlo era o nome dele, Tio Carlo, *desaparecera*, e todos nós fingíamos que estava tudo bem, como se nada tivesse acontecido. Fiquei com raiva dos meus pais o tempo todo. Fiquei com raiva até de Antonia, como ela conseguia ficar bem quando algo tão errado tinha acontecido. E então você chegou, e eu aprendi que violência e guerra podem resultar em algo bom, até em amor. Acho que tenho aprendido isso a vida toda.

— Então a culpa é minha? — Saul fica com raiva. Seu sussurro se torna um assobio. — Mal consegui escapar vivo de uma guerra, e você está me dizendo que é por isso que entende o valor da violência? Você teria saído se não fosse por mim?

— Não, claro que não. Mas você me ajudou a entender que nem tudo é bom ou ruim. Por causa da guerra, temos Julia. Por causa da violência, Antonia e Paolo têm Robbie. Consigo ver os dois lados quando estou trabalhando. As pessoas que ajudamos. Posso ver o bem e o mal.

— Você sai para jantar — diz Saul, antes que possa se impedir. — Não vê a violência.

A boca de Sofia se torna uma linha fina.

— Eu fui criada nisso — diz ela, friamente. — E não há como mudar o que já aconteceu. Certo, você decidiu que tem uma objeção moral ao modo como as coisas funcionam. O que você propõe? Que a gente vá embora? Como vamos explicar para Julia que ela nunca mais poderá ver o Nonno, a Nonna, a tia Tonia, o tio Paoli ou o Bibi de novo? Nós fugimos e recomeçamos em algum lugar, você consegue um emprego empacotando compras, e eu cuido de Julia sozinha, e aí nos preocupamos pelo resto de nossas vidas que algum dia nos encontrem e você também desapareça? Porque, algum dia, isso aconteceria. Eles não poupariam você por minha causa. — Sofia também está sussurrando, mas suas palavras enchem os ouvidos de Saul. Abafam todo o resto. — Acha que isso causaria menos dor do que ficar?

Saul encara a rachadura no teto até ouvir a respiração de Sofia nivelar de novo. Então se arrasta para fora do colchão em direção à cozinha, onde começa um elaborado café da manhã, movendo-se em silêncio, para não acordar mais ninguém antes do amanhecer.

Julia é a primeira a acordar. Ela estica os membros e arrasta o cobertor para a sala, onde Sofia dorme sozinha. Rasteja até o buraco onde o corpo de Saul se revirara durante a maior parte da noite e se encaixa nas costas da mãe. Quando Saul espia a sala de estar novamente, vê as cabeças da filha e da esposa alinhadas no mesmo travesseiro. Julia abre os olhos e diz *papai*. É uma ordem, uma oração e um grito de amor puro e irrestrito, e Saul abre os braços para ela, imaginando se partir ao meio e envolvendo Julia com todo o poder de proteção que tem.

ANTONIA NÃO ESTÁ INFELIZ no casamento.

Há muitos dias em que ela tem tudo o que poderia imaginar.

Quando Paolo chega em casa cedo o suficiente, e ela ainda não está exaurida, e ele não está tão rabugento a ponto de passar a noite enfurecido, reclamando monotonamente sobre o quanto poderia ser útil em uma posição diferente no trabalho. Ela não pensa no pai e não se pergunta se fez a escolha certa, e a voz de sua mãe dizendo *não fale com ninguém com cabelo penteado para trás* não ecoa na cabeça de Antonia.

Quando seu instinto maternal aflora e ela se sente conectada a Robbie — que ainda precisa dela com um desespero que vem de um lugar sem palavras em seu pequeno corpo. Ele arranha, pendura-se e se arrasta contra ela, até que ela o deixe entrar. Em alguns dias, ela se sente aberta e forte o suficiente para fazê-lo, mas, em outros, tem certeza de que isso a destruirá. Há momentos em que Robbie pratica a caligrafia, em que eles caminham até o parque e brincam um com o outro, e Antonia pode ver no rosto impecável do filho o homem que surgirá, forte e doce como o pai, como o avô.

Quando lê na área iluminada que se derrama como ouro líquido na cozinha, das 10 às 11 da manhã, enquanto o sol se eleva. Só volta a si mesma quando a sombra do prédio ao lado atravessa a página, e, nesses momentos, ela sente o despertar de sua natureza primitiva, dotada de uma força sobrenatural.

Quando liga para Sofia e ela está em casa, e Antonia pode passar lá com Robbie, tomar café ou vinho com a amiga e ver as barras de dinamite que substituíram seus filhos girando e girando pelo apartamento. Ela e Sofia têm uma hora em que podem acessar a si mesmas como crianças e se imaginar como mulheres maduras, apenas por estarem juntas. *Paolo acha que, quando Robbie começar a estudar em tempo integral, eu talvez possa considerar as aulas na faculdade,* diz Antonia. E, então, quando Sofia diz *espero poder arranjar mais trabalho,* Antonia está tendo um dia tão bom que não responde: *Você deixa Julia comigo tantas vezes que é como se ela já estivesse na escola.* Quando eles saem, Antonia consegue pegar Julia, abraçá-la, cheirá-la, olhar em seus olhos e ver Sofia naqueles cantos enrugados quando a menina grita e tenta fugir.

Quando ela começa o jantar na hora, e a cozinha está cheia de vapor e tempero, e Paolo entra enquanto ela está picando legumes, desliza as mãos em volta dela e afunda o rosto entre seu cabelo e pescoço, e Antonia se apoia no peso dele e sente a eletricidade cálida pulsar da boca de Paolo ao centro de seu corpo.

Antonia não imagina uma vida diferente.

Mas é claro que o véu entre diferentes vidas é tênue. O caminho alternativo está lá. Está se aproximando de Antonia, está sentindo seu cheiro. Em breve, ela não será capaz de escapar.

A CATAPORA DESAPARECEU quase por completo das pernas de Julia e Robbie. Saul está estranhamente inquieto no quinto dia de reclusão no apartamento de Antonia e Paolo, então decide fazer um passeio à tarde. Paolo foi para o escritório, Antonia e Sofia estão enroscadas no sofá como folhas bem enroladas, e Julia e Robbie estão provocando um caos silencioso no quarto de Robbie.

Saul vira à esquerda ao sair do apartamento e caminha em direção ao rio. É um de seus privilégios: andar por onde quiser sem medo. Quase todo mundo sabe para quem ele trabalha.

Saul sente o carro antes de vê-lo, seguindo-o enquanto ele caminha. Os pelos de sua nuca e de seus antebraços se eriçam. Ele não se vira: a dança sutil do poder neste bairro o proíbe de admitir a presença do carro. Ele desafia o motorista a interrompê-lo, a pedir pelo seu tempo, a decidir se começa com *dá licença*, ou *Sr. Colicchio*, ou *por favor, perdoe a intromissão, mas* — e nesse exato momento, alguém do carro diz:

— Saul, certo?

Não é o que Saul esperava, mas ele pode usar a seu favor, supondo, como sempre, que há uma vantagem a ser obtida ou perdida em cada conversa.

— Depende de quem pergunta. — Saul não se vira. Não vai se curvar para olhar pela janela entreaberta do carro.

— Meu nome é Eli Leibovich. Acho que é hora de você e eu conversarmos.

Saul para. Ele está surpreso. Perdeu qualquer vantagem que possa ter tido nessa situação. Ele olha para o carro que para ao seu lado. A porta se abre. Eli Leibovich é um pouco mais novo do que Joey, tem uma sobrancelha escura e forte e uma boca ligeiramente inclinada para baixo quando olha para Saul. Há linhas profundas esculpidas em suas bochechas, graças a carrancas e sorrisos. Ele parece ter muito a dizer.

— Entre — diz Eli Leibovich. — Minha esposa está fazendo o almoço.

Saul descobriu sobre Eli Leibovich da mesma maneira que descobriu todas as outras informações relevantes de seu trabalho: mantendo a boca fechada e ouvindo, passando as horas insones conectando um fragmento de informação a outro, repassando conversas.

Dessa forma, ele sabe que Eli Leibovich é filho de imigrantes lituanos que fugiram das políticas cada vez mais antissemitas do Império Russo, pouco antes do novo século. O próprio Eli nasceu em um prédio pobre na rua Orchard. A mãe teve dez filhos — mas apenas seis sobreviveram até a idade adulta — e fazia adivinhações para pagar as contas. O pai era médico na Lituânia. Em Nova York, tornou-se capataz numa fábrica de roupas. Eli foi criado no cerne sangrento do Lower East Side, em um apartamento de três quartos voltado para os fundos, com um banheiro compartilhado. Eli decidiu, como muitos antes dele, que poderia usar as habilidades necessárias para sobreviver no bairro de maneiras mais eficazes.

Em 1940, Eli Leibovich era o coordenador de um cartel de jogos de azar em toda a cidade. Seus jogos tinham cacifes altos e lucros elevados. Os convites eram muito disputados. Como em qualquer negócio de jogo que valha suas fichas, a casa sempre ganhava. Às vezes, quando os participantes comiam aperitivos tão salgados que não podiam evitar beber demais, a casa ganhava um valor muito alto. E as consequências de não pagar uma dívida num jogo de Leibovich podiam ser fatais.

Saul ouviu uma história sobre um homem que apareceu sem a pele em um dos braços depois que os capangas de Leibovich o pegaram.

Em sua terra natal, antes dos pais de Eli Leibovich fugirem para os Estados Unidos chacoalhando por uma estrada de terra, num compartimento escondido de uma carroça puxada por cavalos, as autoridades ortodoxas russas ficaram paradas e observaram enquanto bebês judeus de um vilarejo próximo eram desmembrados. Eles descobriram que era possível dilacerar um bebê.

A VIOLÊNCIA FOI GERADA junto com os seres humanos no caldo primordial. E, ainda assim, ela nos torna mais desumanos.

ELI LEIBOVICH MORA com a esposa e duas filhas em um amplo apartamento, com vista para o sul do Prospect Park. O chão é forrado com pisos de madeira e delimitado por formidáveis janelas antigas com vidro espesso nas molduras. Uma das filhas de Eli pega o casaco de Saul, e a outra lhe oferece uma bebida. Saul rejeita, mas

Eli entra na sala e bate nas costas de Saul como se fossem bons amigos.

— Vamos lá, estamos comemorando!

De repente, Saul se encontra sentado ao lado de um carrinho, cheio de conhaque, na sala de estar. As janelas oferecem uma vista panorâmica do parque, ao norte e a oeste, na direção de Manhattan. Ele está hiperconsciente de sua postura, de sua pele. Tenta colocar uma expressão neutra no rosto, mas teme que seus nervos o traiam.

Saul nunca esteve numa reunião como essa: não planejada, não anunciada, desaprovada por Joey ou qualquer outro chefe do alto escalão. É tão proibida que nunca foi expressamente proibida, tão inconcebível que ninguém sequer advertiu Saul. É deslealdade, é traição. Saul sabe disso. Mas a curiosidade o atiça enquanto se senta e bebe. Ele pede licença para ligar para a casa de Antonia e dizer à família que ficou preso no trabalho. *Mas acho que volto antes do jantar.*

Saul elogia a vista, a bebida e a refeição: beterraba em conserva e peito bovino, as memoráveis batatas frescas com caramelo *schmaltz* — ele se sente tonto, mas o cômodo ao redor está em foco. Em um lampejo de memória, ele é uma criança. Cada mordida o transporta e possibilita que sinta o cheiro de fumaça de madeira, o ar amargo de Berlim, o mofo dentro de sua mochila escolar. A saia da mãe ao seu redor. Saul sente a transição da hostilidade Fianzo para a hospitalidade Leibovich como um chicote. Sua cabeça gira.

Depois do almoço, Eli brande dois charutos grossos e perfumados, e ele e Saul se retiram para um escritório no fim do corredor. As paredes estão repletas de livros, e a mesa, abarrotada de papéis.

— Obrigado por vir — diz Eli. Seu rosto é inescrutável. Saul assente. — Estou interessado em você há algum tempo.

— Ah é?

— Claro. Um homem com a sua... história. Um homem com a mesma... bagagem cultural que eu. Temos trabalhado em lados opostos, não temos? Não faz sentido para mim.

— Com todo o respeito — diz Saul, andando nas pontas dos pés em um campo minado —, mas estamos mesmo em lados opostos?

Se ele permanecer neutro, haverá uma saída dessa armadilha: ele sempre pode dizer a Joey que estava coletando informações. *Não foi planejado, chefe, mas pensei em descobrir algo útil*. Suas mãos estão suando.

— Se não estamos unidos, estamos o quê? — Saul abre a boca para responder, e Eli o detém com um aceno. — Por mais que eu goste de discutir semântica, Saul, não foi por isso que te chamei aqui hoje. Queria te oferecer um emprego.

— Eu tenho um emprego — diz Saul. No fundo de seu peito, alguma pequena esperança, ou um desejo, começa a se agitar. Alguma coisa desagradável e inconfessável desperta.

— Estou te oferecendo sua cultura de volta. Você tem um emprego e um coração pleno? Um emprego e um senso de conexão com sua origem? Nós tiramos férias aqui. Temos uma casa de verão em Hudson Valley. Nos reunimos em refeições, em nascimentos, em funerais. — Eli dá uma baforada no charuto e sopra dois anéis de fumaça perfeitos no ar do escritório. — Estou te oferecendo um recomeço. Estou te oferecendo uma família.

— Eu agradeço. Sei que minha situação não é... comum. Mas eu tenho um emprego e tenho uma família.

Eli se levanta. Do lado de fora, o sol inunda Manhattan. Prospect Park está vestido com uma luz aveludada.

— Eu entendo que você seja leal à família da sua mulher, da sua filha. Respeito essa lealdade. Não quero interferir nisso. Eu só quero você. — Eli olha para Saul calorosa e gentilmente. — Não te pedirei nada que interfira nos negócios de Joey. Eu não faria isso. É da Família Fianzo que estou atrás. Não deveria dizer isso, mas confio em você. Percebo que confio em você. Percebo que você é exatamente o que eu preciso.

Saul não diz nada, mas quer muito confiar em Eli Leibovich também.

— Está ficando tarde — diz Eli, de repente. — Você deveria voltar. Sua esposa não gosta muito de cozinhar, não é? Sua filha não vai ficar com fome? E o trabalho está te consumindo ultimamente. Você não é tratado como família por lá. Você não tem certeza de como se encaixa em tudo isso.

Saul permanece em silêncio. Ele se lembra de quando era criança. A juventude hitlerista muitas vezes socava seus olhos, derrubava seu chapéu novo na sarjeta. Certa vez, eles o agarraram, espalharam bacon em seus lábios e chamaram Saul de *porco, porco, Unnütze Esser*. Boca imprestável. Ele estava com fome. Depois que os garotos saíram, ele lambera o bacon do rosto. Tinha gosto de sal e do sangue de onde seus lábios pressionaram violentamente os dentes. Depois desses encontros, a mãe o segurava, limpava seu rosto, apertava-o como se quisesse colocá-lo de volta dentro do corpo.

Saul imagina Tommy Fianzo Jr. olhando para ele como se fosse lixo. Imagina Sofia, escapando antes de ele acordar. Imagina Julia, espalhando a sujeira dos sapatos no chão da sala de estar, alheia como só uma criança pode ser, de maneira irritante e deliberada. Ele sabe que seu *trabalho* é construído em cima de uma base manchada de sangue, em cima do desaparecimento do pai de Antonia, em cima do sofrimento das pessoas que o próprio trabalho sustenta. E, por um momento parecido com um buraco negro, um momento de estremecer a terra, Saul se pergunta o que ele quer dizer quando diz que tem uma família.

— Saul, quando decidir que quer voltar para casa, me ligue.

Antes que possa piscar, Saul está na brisa do fim da tarde. Os carros passam perto dele, esperando vencer a hora do rush. Diversos estranhos indo para diversas casas diferentes. *Vocês têm empregos?*, pergunta-se Saul, a incompreensível diversidade de vidas zumbindo ao seu redor. *Vocês têm família?*

SAUL LIGA PARA ELI no dia seguinte e diz que aceitará o emprego. Quando desliga, sente o júbilo borbulhar dentro de si. Ele sai da cabine telefônica, olha para a rua e grita “RÁ!”, surpreendendo a si mesmo e a uma família de pombos sujos.

Saul está fazendo suas próprias escolhas. Está criando seu próprio lar. Sente que, enfim, está se movendo.

Claro, Saul não pode abrir essa porta e ao mesmo tempo controlar o que entra. Então ele se expõe ao vasto mundo das possibilidades. O perigo sente seu cheiro e, faminto, começa a persegui-lo.

PARTE CINCO

1947 — 1948

SAUL PASSA O OUTONO de 1947 vivendo uma intensa vida dupla.

Ele é pai de Julia, funcionário e genro de Joey e marido de Sofia. Mas, a cada quinze dias, às 9 da noite, às quintas-feiras, quando fica em uma esquina comum no sul do Brooklyn e liga para Eli, é um traidor.

Eli é caloroso com Saul, gentil, e fala em uma cadência suave que Saul nunca teria associado ao seu lar, até aquilo ser tirado dele. Ele fala como os homens na sinagoga, balançando a cabeça e perguntando sobre as famílias das pessoas, mas, no instante seguinte, discutindo em voz alta. Fala como o açougueiro que tem os melhores preços, o padeiro que tem o melhor *rugelach*, o zelador que trocava as lâmpadas altas demais para a mãe de Saul alcançar. Quando Eli ri, Saul sente um pouco de si mesmo voltar, um pequeno fragmento de alma que ele não sabia que estava faltando e não sabe como conseguia viver sem.

Aceitar a oferta de Eli foi terapêutico para Saul, que passou a ter uma consciência visceral de tudo do que desistira ou perdera ao longo da vida e que não conseguia, não importa o quanto procurasse, encontrar o caminho para um mundo ao qual pertenceu por completo. Supôs que todos ao seu redor pertenciam completamente a seus mundos, que não sentiam tristeza, não sentiam uma segunda vida que poderiam ter se movendo em paralelo, não se sentiam desabrigados dentro de seus próprios lares, dentro de seus próprios confins. Em comparação, seu próprio mundo parecia escasso.

E tudo o que Eli queria era informação.

A Família Fianzo controlava as docas de Red Hook há muito tempo, onde eram beneficiários de uma parte de qualquer coisa que fosse descarregada lá. Saul ficou surpreso ao saber que isso incluía as importações Colicchio — azeite e vinho, os melhores queijos, coisas que foram proibidas durante a guerra e permaneceram na clandestinidade por serem caras demais para importar por canais legítimos após o fim da guerra. As docas também deram à Família Fianzo acesso fácil aos canais de embarque, permitindo acesso a qualquer pessoa ou coisa que desejassem dentro ou fora de Nova York. Após a Primeira Guerra Mundial, os Fianzo foram reconhecidos com discrição por sua operação de contrabando de armas. As docas permitiram que eles escondessem caixas de artilharia que sobravam do exército a caminho de outro lugar. Permitiram que mandassem Lorenzo Fianzo, irmão do patriarca Tommy, de volta à Sicília quando o FBI o localizou. As docas deram aos Fianzo uma renda estável, já que os sindicatos que deveriam proteger os estivadores se tornaram incubadoras de corrupção e extorsão.

Eli Leibovich queria o controle dessas docas.

Saul começou a prestar mais atenção às reuniões mensais com Joey e Tommy Fianzo. Dirigindo-se para o prédio, contava casualmente quantos homens via de sentinela — dois fumando do lado de fora, na frente, um parado na porta do escritório de Tommy. Quando chegava em casa, rabiscava todos os detalhes que pudesse lembrar. *Homens diferentes na entrada esta semana, mas mesmo guarda na entrada da porta de T. F. A janela do escritório tem uma visão clara para o oeste, mas obstruída a sudoeste por uma pilha de caixas de madeira para transporte.* Se por vezes surgia um lampejo de culpa — o rosto de Joey, transmitindo sabedoria a Saul, oferecendo um emprego, oferecendo a mão da filha em casamento; ou Sofia, de olhos arregalados e radiante no dia em que Julia nascera; ou a própria Julia, seu coração caloroso e selvagem, correndo pela sala de estar para abraçar Saul quando ele chega em casa —, Saul o comprimia, lembrando-se de que os Fianzo também eram vilões para a Família Colicchio. *Estou ajudando-os também.* Saul quase consegue se convencer.

Claro, o novo trabalho paralelo de Saul não coloca apenas ele em risco. Coloca também a paz que Joey Colicchio mantém desde 1930. Poderia iniciar uma guerra letal entre Eli Leibovich e as Famílias sicilianas. Coloca em risco a vida de todos que Saul ama.

Todos os meses, Eli Leibovich recebe calorosamente as informações de Saul e convida-o para jantar. No início, Saul recusou. Parecia arriscado, desleal. Mas a curiosidade e o charme genuíno de Eli venceram. A mãe de Eli, que mora em sua própria ala daquele amplo apartamento, abraçou Saul quando o conhecera. Ela o chamou de *belo rapaz*, e Saul empalideceu, sentindo o coração e o estômago mudarem de lugar, tal era o poder de ser abraçado por uma mãe que tinha o mesmo ânimo inarticulado da sua própria.

Como uma família parece simples, quando enxergada de fora. Como Saul se desespera com a dele.

Em casa, Saul passou a provocar pequenas brigas por causa do horário de trabalho de Sofia. Os quebra-cabeças e o baralho de Julia, com crostas de açúcar ou meleca, estão abandonados no tapete da sala de estar. *Por que não podemos comer juntos como uma família normal?*, pergunta Saul uma noite, ríspido e consternado. Julia, lendo à mesa enquanto equilibra no garfo fatias de cenoura cozidas no vapor, e Sofia, que acabou de entrar, tarde, de novo, olham surpresas para Saul. *Desculpe*, dizem eles, o que é incomum, porque ambos gostam de brigar, e Saul se pergunta o que há de tão instável nele que as surpreendeu com as desculpas. *Eu fiz frango*, explica. *Está esfriando.*

À noite, quando Saul está chegando ao orelhão, conscientemente se apruma, caminha até a cabine e fecha a porta deslizante ao passar. A cabine cheira a lixo estragado e concreto. Saul tira o lenço e limpa o receptor do telefone antes de colocar as moedas e discar.

— Eli Leibovich.

— Sou eu — diz Saul.

— Saul! Na hora certa. Alguma notícia?

— Nada de especial este mês. Desculpe. Sabe, nem tenho certeza se existem planos de expansão agora. — Saul sente sua utilidade diminuir. Há pouco que possa dizer para Eli além dos pormenores que cataloga ao subir e descer as escadas que levam ao escritório de Fianzo.

— Todo mundo tem planos de expansão, Saul. É a natureza humana... É o seguinte: vamos nos encontrar para uma bebida hoje à noite.

Saul deveria ir para casa. Sofia vai notar se ele não estiver e pode mencionar a Rosa ou Joey. Pode mencionar a Antonia, que pode mencionar a Paolo, cuja amizade com Saul se deteriorou no último ano, assim como sua saúde mental e seu próprio casamento. Paolo quer muito mais do que seu trabalho no escritório.

— Saul?

— Desculpe, não posso esta noite. Minha família.

— Sua família. E como está a sua família?

Saul não gosta de falar sobre a família com Eli. Ele sabe separar as coisas.

— Está tudo bem.

Eli sente sua reticência.

— Ligue quando quiser. — O acolhimento de Eli é uma arma. Quanto mais gentil é a sua voz, mais graves são as consequências.

Saul desliga, suando.

Todo mundo tem planos de expansão, diz Eli, repetidas vezes na cabeça de Saul enquanto ele caminha para casa. *É a natureza humana*.

Será? Tudo o que Saul quer é se encolher nos lugares onde se sente em casa. Tudo o que Saul quer é que esses lugares coexistam.

QUANDO ROBBIE começa a frequentar a escola, Antonia decide que, se vai voltar a estudar, terá que fazer acontecer. Então traça um plano: toda segunda e quarta-feira de manhã, após deixar Robbie na escola e Paolo sair para o trabalho, Antonia coloca numa mochila um lanche, um caderno e um suéter — pois está sempre frio na biblioteca —, foge furtivamente do apartamento e desce a rua, como se alguém pudesse impedi-la.

Ela ainda não tem dinheiro para matérias extracurriculares, mas a lembrança de ler *Antígona* no ensino médio ressurge como uma velha amiga há muito perdida, levando-a a ler a seção de clássicos de forma sistemática. Antonia se senta em uma das vastas salas de leitura de pedra no terceiro andar, encolhida como um caracol na concha, e se perde no drama e no sofrimento de outra época das 9 da manhã ao meio-dia. Ésquilo e Eurípides. Aristóteles e Ovídio.

Logo Antonia encontra *Metamorfoses*, um volume gorduroso com dobras nas páginas que a deixa viciada quase no mesmo instante. A Antonia adolescente se agarrava a histórias de princípios, de grandes injustiças perpetradas por aqueles no poder. Já a Antonia-mãe roga por histórias de evolução, histórias que juram que ninguém nasce em sua forma final. Ela lê as palavras, saboreando-as enquanto ricocheteiam na língua. Antonia se pergunta se é capaz de mudar.

Quando volta para casa no início da tarde, Antonia está flutuante, a alegria de exercitar o cérebro combinada com a adrenalina de ter um novo segredo impulsionando-a. Claro que ela sabe que, de certa forma, é um paliativo, algo que inventou para passar o tempo, para se distrair. Ela percebe as maneiras concretas com que as pessoas ao seu redor mudaram. Sofia tem o trabalho. Lina agora construiu uma clientela tão leal que muitas vezes recebe visitas de mulheres o dia inteiro. Até Frankie, que era pequena o suficiente para se balançar com Antonia em uma cadeira como um ursinho de pelúcia, começou a economizar dinheiro, para sair da casa dos pais. Ela corta o cabelo das mulheres da vizinhança, e elas esquecem que Frankie tem apenas 16 anos por causa da sua autoconfiança tão contagiante, seu rosto tão equilibrado.

Somente nós, pensa Antonia. Ela, Paolo e Robbie. *Somente nós estamos parados.*

O TELEFONE TOCA enquanto Saul termina o café da manhã. Sofia já se foi, após beijar a testa de Julia e sussurrar para Saul *minha mãe pode levá-la para a escola* e, então, em vez de beijar Saul também, acenou com os sapatos antes de desaparecer em uma nuvem de perfume *Soir De Paris*. Saul atende o telefone.

É Joey. Ele é breve, mas pede uma reunião.

A SALA ONDE SAUL foi instruído a esperar por Joey é pequena, escura e cheira a carne curada. Há duas cadeiras, ambas de couro marrom e macio, que viram dias melhores, e uma velha mesa de cartas dobrável com uma máquina de café expresso e xícaras mal equilibradas. Uma janela suja emana a luz saturada da tarde, iluminando gerações de poeira que dançam no ar. No térreo, logo abaixo, há uma lanchonete, cujo barulho transpassa o piso.

Saul está sentado, acompanhado apenas pela própria curiosidade sobre o porquê de estar ali. Ele se acostumou a esperar. A confiar. A manter-se imóvel. Ele faz isso quando recebe um trabalho, mas não o motivo pelo qual tem de fazê-lo. Faz isso em casa, quando Sofia é tomada por raiva, curiosidade ou alegria desconhecidas, mas não explica para ele o motivo. Faz isso na noite a cada duas quintas-feiras agora, quando espera que Eli atenda o telefone. Fez isso uma vez, em um barco que rangia ao balançar, da Europa para a América, onde a única coisa que ele sabia era que não conheceria nada.

Joey está atrasado. Quando ele empurra a porta, Saul se levanta para apertar sua mão, beijar suas bochechas.

— Ciao, amigo — diz Joey —, não pude chegar aqui mais cedo. Tomou café? Essa máquina está empoeirada, mas faz um café *expresso* perfeito. — Enquanto fala, Joey enche a máquina, compacta o monte perfumado de café moído e gesticula, para ver se Saul gostaria de um.

— Estou bem, chefe. — Saul está relaxando, apesar de nervoso, aquele charme Colicchio característico o aquece e o acalma.

Joey se vira, segurando duas xícaras pequeníssimas de café expresso entre o polegar e o indicador, como se não tivesse escutado Saul falar que não queria. Ele entrega uma a Saul e se senta na outra cadeira da sala.

— Certo, está bem. Estou pronto. Saul. Como estão as coisas?

Saul tem medo de falar. Esse é o problema de trabalhar para Eli. Seus momentos com Joey são aterrorizantes, principalmente quando estão sozinhos. A qualquer momento, Joey pode revelar que sabe o que Saul tem feito. Não importa que Eli tenha cumprido sua promessa — Saul não precisou dar nenhuma informação sobre Joey. Mas Saul sabe que não faria diferença.

— Estão indo bem, chefe.

— Sofia? Julia?

— Elas estão bem. Estão ótimas.

Joey e Rosa jantaram com eles duas noites atrás. Joey conversara com Sofia na noite anterior, aparecendo na porta de sua casa como um espectro, para perguntar se ela poderia ir a um restaurante em Sackett esta manhã, para facilitar a entrega de alguns azeites de oliva refinados.

— Bom. — Joey ri. — Tem sido bom para Rosa, para nós, ter vocês tão perto. Muitas coisas boas têm acontecido. Sofia... Você pode ter sentimentos contraditórios em relação a isso, Saul, e, acredite, eu entendo, mas Sofia é um verdadeiro trunfo para nós. — Joey faz uma pausa. — Ela parece feliz para você?

Saul pensa em Sofia, chegando tarde, saindo cedo. O rubor das bochechas quando ela contou como deu uma bronca em Mario Bruno, o cara novo que pensou que, por ela ser mulher, não iria notar que ele estava surrupiando garrafas de vinho da entrega deles na semana passada. *Devia ter visto a cara dele. Eu só fui até lá e disse: "Há algo errado com essas?" Ele colocou as garrafas de volta tão rápido que era como se fossem mordê-lo. Pensei que ele nunca tiraria o queixo do chão.*

— Ela está feliz — diz Saul. Está aliviado. Isso não parece levar a uma conversa sobre como Saul traiu todo mundo.

— Que bom. É o melhor para todos nós.

O trabalho de Sofia é um problema que Joey resolveu. Desapegou da situação, satisfeito. Ele teve muitas discussões com

Rosa, que não consegue acreditar que a filha está se deixando degradar — primeiro pelos jantares e depois pelas remessas, *cercada por gângsteres e armas, Joey, onde você está com a cabeça?*

Esses rompantes são seguidos por horas de silêncio, pelo bater dos pratos de jantar na mesa, pelo pétreo *sim, claro* em resposta ao *acho que sei o que estou fazendo.*

— Eu concordo — diz Saul. Ele se recosta cuidadosamente na velha poltrona empoeirada e sibilante. Toma seu café expresso e diz a si mesmo que saberá o que precisa saber, quando precisar saber. Ele tenta acalmar o coração.

— Então ouça. As coisas não estão indo tão bem.

Saul não reage ou espera que não tenha reagido.

— Como assim, chefe?

— Bem, não sou o único. Você já viu como as coisas estão. Desde a guerra andamos um pouco no limbo, Saul. Você já notou. Não é mais como na Lei Seca. Os dias de fontes de champanhe e rios de dinheiro acabaram. Há cada vez mais competição... Eli Leibovich, como tenho certeza de que você sabe, adoraria nos tirar de Red Hook. E ele está ficando mais poderoso, sabe, ele pode conseguir. — Joey faz uma pausa. Saul treme. Eli lhe prometeu que não quer nada disso. — E, como você sabe, temos despesas extras. Os Fianzo não... bem. Eles não reduziram a taxa de comissão. É uma obrigação que temos. — Joey olha para sua xícara de café pela metade, e Saul, na beira do assento, não sabe dizer se está sendo esticado como categute em um violino ou se está testemunhando um momento genuíno de vulnerabilidade. — Não encontramos o nosso ritmo. E eu ainda imponho um certo respeito. Mas isso não é mais o suficiente.

Saul se inclina para a frente e a cadeira range em protesto.

— Como posso ajudar?

Joey sorri, os olhos felinos brilhando, e se inclina em sua própria cadeira.

— Como você se sentiria se ganhasse uma promoção?

Saul está em silêncio. Ironicamente, pergunta-se quantas pessoas recebem tantas ofertas de trabalho quanto ele já recebeu. Quantas dessas ofertas não eram de fato ofertas, mas movimentos incompreensíveis num jogo de xadrez em tamanho real.

— Uma promoção — diz ele, saboreando a palavra, ganhando tempo.

— Precisamos de mudanças. Não estou deixando o cargo, mas procuro alguém para assumir algumas responsabilidades. Para dividir o trabalho, mas também para sacudir alguns dos métodos antigos. Se Sofia fosse meu filho, bem, podia ser diferente.

— E você quer que eu ajude?

— Quero que você seja o segundo no comando. Oficialmente. Quero que assuma algumas das minhas reuniões, resolva alguns conflitos, traga algumas ideias para mim. A reunião dos Fianzo, para começar... Você tem me acompanhado todo mês, pode fazer isso sozinho. Eu vou gerenciar algumas das coisas maiores. E o trabalho de Sofia, imagino que seria desconfortável para você fazer isso, então eu farei. Sei que você notou que passamos muito tempo juntos ultimamente. De certa forma, você já está fazendo o trabalho. Mas as aparências significam muito neste negócio.

Joey fica em silêncio. Ele bebe o café expresso e coloca a xícara e o pires de volta na mesa ao lado. Então entrelaça os dedos e suspira. Saul percebe que Joey parece cansado, que na curvatura de sua coluna e no peso das feições há uma profunda exaustão.

— Você é uma ferramenta mais poderosa do que imagina, Saul. Você perturba o que as pessoas consideram ser a ordem natural das coisas. Eu nem sempre pensei que essa era a estratégia certa, mas muita coisa mudou.

Seria estranho dizer *obrigado*, então Saul não diz nada.

Há um forte silêncio entre eles. Saul não sabe como reagir.

— O que você acha? — pergunta Joey.

Saul pensa. Ele pensa em Julia, correndo para abraçá-lo quando ele chega em casa, a voracidade de seus próprios desejos a única coisa que ela pode compreender ou fazer. Pensa em Sofia, abrindo os olhos pela manhã e sorrindo para ele, a leveza de sua risada, o magma de sua raiva. Pensa na mãe, cujo nome nunca foi incluído em nenhuma das listas dos campos de concentração, cuja casa foi derrubada nos primeiros anos da guerra, de quem ninguém nunca mais ouviu falar e a quem Saul foi incapaz de prantear da maneira como você precisa prantear a morte de alguém. Em vez disso, Saul sente a ausência da mãe como uma chama ardente. Há uma constante dor, um nó em seu estômago, em seu coração, em sua cabeça. Ele pensa na guerra que o destruiu e o jogou em uma costa estrangeira. Estava procurando uma família quando concordou em compactuar com Eli. Mas, para fazê-lo, teve que trair uma família.

— Não posso — diz a Joey.

— Bem, você vai ter que dizer o porquê.

De repente, Saul acha que vai chorar, e a ideia é tão repreensível que ele pressiona a boca, fecha a garganta e crava uma das unhas na pele macia da palma de sua mão até que o impulso passe.

— Aprecio tudo o que você fez por mim. Não tenho palavras para agradecer por me dar isso... essa família. Mas não posso participar de outra guerra. Não posso… A violência, Joey, não sou capaz. — Em seu coração, Saul sabe que a violência não o incomoda tanto quanto deveria. Mas ele se sente culpado. Como pode aceitar uma promoção de um homem cuja confiança traiu?

Joey assente. O ar na sala está silencioso, pesado, esperando.

— Conhece a história dos meus pais, antes deles me trazerem para cá?

— Não. Bem… sei que você era bebê.

— Meu pai era horticultor. Ele plantava laranjas e limões. Adorava aquelas malditas árvores. Durante toda a minha vida, ele reclamou dos cítricos nos Estados Unidos. — Joey pega seu copo, mas percebe que está vazio. Volta a olhar Saul. — Estou tentando resumir. Então, meu pai plantava laranjas e limões. Quando ele era menino, eles mantinham as frutas na ilha ou enviavam para Roma. Trocavam caixas de frutas com os vizinhos que produziam figos, ovos ou chicória. Negociavam em troca de peixe ou levavam as frutas em um carrinho para um pequeno mercado local.

"Mas, após a unificação da Itália, o resto do mundo descobriu as laranjas e os limões. E, de repente, precisavam de caixas de limões em navios em todo o mundo, para evitar o escorbuto. Precisavam marinar a carne, precisavam de limonada, precisavam comer laranjas durante todo o inverno. O preço das laranjas aumentou. A demanda aumentou. E ninguém na Sicília podia mais pagar por elas. Meu avô paterno tinha um prazo para enviar as laranjas, encaixotadas e embaladas. Ele não estava ganhando muito mais, mas havia novos intermediários que aumentavam os preços quando os navios chegavam ao porto, ou durante as férias. Em todo lugar, as pessoas estavam comendo frutas sicilianas. E era uma demanda tão alta que começaram a ser roubadas. Meu avô acordava de manhã, e as árvores, que estavam repletas de frutas na noite anterior, estavam vazias, sem seus frutos e até mesmo sem as folhas. Quebravam os galhos, e a terra ao redor era destruída. Isso estava acontecendo com agricultores de toda a ilha. Consegue adivinhar o que aconteceu a seguir?"

Saul balança a cabeça.

— Sim, você consegue. Mas vou contar mesmo assim. Um novo mercado surgiu. Pessoas se ofereceram para proteger as laranjeiras e limoeiros, em troca de uma parte nos lucros. Redes de guarda-costas cítricos, digamos assim. Em geral era pacífico, mas havia pessoas, principalmente aspirantes a ladrões, que foram feridas e até mortas naquela época.

"Nossa profissão ganhou uma má reputação. E, com certeza, mudou. Não somos mais soldados de laranjas renegados. Fomos corrompidos de várias maneiras. Há pessoas... há pessoas que machuquei, Saul, que eu gostaria de não ter machucado. Mas aplaudo os homens que protegiam aqueles laranjais. Eles salvaram os meios de subsistência de famílias inteiras. Permitiram que crianças viessem ao mundo e idosos fossem protegidos. Defenderam pequenos agricultores do conflito, da violência e do desespero causados por líderes poderosos e distantes. Eles cuidaram dos seus, em vez de confiarem no governo para fazê-lo.

"Você está certo ao dizer que a guerra é um câncer, Saul. É uma mancha feia na terra. É a expressão da profunda covardia e do medo humano. São os caprichos dos homens no poder, homens que raramente mereceram esse poder, enviando crianças para lutarem seus conflitos mesquinhos. É a versão adulta do jogo onde dá para construir fortificações, colocando as pessoas umas contra as outras. Eles unificaram a Itália com povos diferentes, nos disseram para falar uma única língua e esperavam que defendêssemos suas fronteiras por eles. Eles inventaram essas fronteiras. Eles inventam *todas* as fronteiras.

"Sei que você perdeu sua casa. Sei que você perdeu sua mãe. Saul, lamento muito que tenha passado por isso."

Joey faz uma pausa. Saul está sem fôlego e arrebatado. Ele pode ver toda a sua vida, correndo como um rio de uma ponta à outra do cérebro. Sua mãe, curvando-se para segurar seu rosto.

— A escolha é sua, Saul. Mas, por favor, ouça quando eu digo. Nunca lhe pediria para lutar uma guerra. Peço que faça parte de uma família. Para construir algo, não destruir. Para proteger nossas laranjas.

Saul não consegue falar, mas ele transborda gratidão por este homem, que agiu como um pai para ele; que, ele percebe, acolheu Saul e deve ter enfrentado extrema oposição de sua própria comunidade. Saul sempre culpou Joey por tirar sua cultura. Mas nunca entendeu a magnitude do que lhe fora dado em troca.

Joey fica de pé e coloca um pequeno saco de papel marrom na mesa. Acena para Saul e pressiona os lábios.

— Avise-me o que você pode fazer, quando puder. E, por favor, dê isso para Sofia. Eu guardei para ela.

E então ele sai da sala, a porta se fechando como um suspiro.

Saul já sabe que dirá sim. Sua cabeça está zumbindo. A luz da tarde brilha através da janela empoeirada, com contornos sobrenaturais. O ar ecoa indistinto, como se lembrasse da voz crescente de Joey.

Saul se levanta e caminha até a mesa, cambaleando como se estivesse no mar.

Há uma nota presa na parte externa do saco de papel. Está escrito: *Sofia, acho que sempre soube que isso era para você.*

Saul desdobra o topo do saco e espia.

Disposto na parte inferior, nu como um bebê, está um revólver brilhante com cabo de madrepérola.

MAIS TARDE, NAQUELE DIA, Antonia está de joelhos na borda da banheira, tentando esfregar uma mancha escura enquanto Robbie faz bagunça na cozinha, quando ouve uma porta bater e Paolo vociferar:

— Ele está sendo preparado, Tonia. — Seus passos furiosos cruzam a curta extensão da casa. Paolo abre a porta do banheiro, e Antonia olha para ele de esguelha. — Você me ouviu?

— Ouvi.

Naquela manhã, ela tinha acabado de ler sobre a fome, cuja magreza, palidez e vazio absoluto inspiraram nos outros um anseio insaciável apesar de tudo. Há algo que Paolo anseia, incontrolavelmente. Um pouco da atenção de Antonia, que ela não consegue encontrar dentro de si para lhe dar. *Suas entranhas já não estão mais onde deveriam estar.*

— Saul acabou de me ligar no escritório, para dizer que Joey está fazendo dele seu braço direito. Ele está sendo preparado para assumir. — Paolo se senta na beira do vaso e apoia o rosto nas mãos. — Pensei que poderia ser eu. Pensei que minha vida estava indo em uma direção melhor.

— Paolo. — Antonia quer dizer mais do que isso. Ela vê que Paolo espera por algo reconfortante, que ela o torne maior ao lhe dar uma parte pequena de si mesma. Mas ela não pode mais, porque está sentindo uma onda poderosa de decepção. Sua casa, que é pequena e mais caótica do que qualquer um deles gostaria, parece encolher com Paolo e Antonia no banheiro. Fugir parece impossível. Antonia não tem mais palavras para dar a Paolo. Não tem mais partes de si. *Assim como o mar recebe os rios de todos os lugares e nunca se satisfaz... tudo de que Paolo se alimenta só o deixa vazio.*

— Eu queria mais do que isso — diz Paolo, gesticulando para o banheiro com tinta descascada e canos retumbantes. — Queria te dar mais do que isso.

— Estou feliz — diz Antonia. A fala é automática, mas vai acabar com as perguntas que Paolo e Antonia não querem fazer. *Como chegamos aqui?* E a mais importante: *Como vamos sair daqui?* E a mais aterrorizante: *Conseguimos fazer isso juntos?* Há um estrondo na cozinha. — Será que você pode dar uma olhada no Robbie? Podemos fazer isso mais tarde?

Paolo se levanta e sai do banheiro. Antonia torce o pano entre os dedos até esfolá-los.

UMA SEMANA DEPOIS, Antonia acorda com a pele dolorida em contato com a camisola. Sabe que está grávida antes mesmo de ir ao banheiro. Ela se ajoelha no chão de azulejos, com um lado do rosto contra a porcelana da banheira, e conta os dias. Tinha sido cuidadosa — tão cuidadosa quanto poderia — desde que Robbie nasceu. *O que há de tão ruim em ter outro bebê?*, perguntou Paolo enquanto ela se afastava dele, dizendo: *Essa semana não.*

O que há de tão ruim em ter outro bebê?, Antonia se pergunta agora. Do outro lado do apartamento, ela pode ouvir a agitação de Robbie. Paolo já foi para o escritório — ele sai cada vez mais cedo, como se pudesse escapar do trabalho de escritório por excesso de desempenho.

Quando se recompõe, Antonia levanta e entra na cozinha, para fazer o café da manhã de Robbie. Ele atravessa o corredor atrás dela, o cabelo preto pressionado em uma escultura arquitetônica de quem acabou de acordar. Ele envolve um braço possessivo na parte baixa do quadril de Antonia e inclina a cabeça nela.

— Mamma.

— Oi, querido.

Cinco anos atrás, ela estava segurando-o — de alguma forma era a mesma pessoa, mas com apenas 4 kg, chorando e estendendo os braços, um pacotinho de carência infinita e absoluta. Antonia se lembra de colocar Robbie no peito e fechar os olhos, tentando estar em outro lugar. Tentando ser outra pessoa. Tinha certeza de que não podia alimentar Robbie quando ela própria era apenas uma caverna dolorida de necessidades.

Antonia coloca a mão na barriga e sente o medo escorrer como água gelada pela espinha.

A ideia de um ovo cru a deixa enjoada, então ela lambuza uma torrada para Robbie, que se senta em sua cadeira na mesa da cozinha com uma história em quadrinhos.

— A escola começa em breve — diz Antonia a Robbie. Ele acena com a cabeça. Robbie balança os pés no chão, arrastando-os como Sofia costumava fazer. Enquanto ele come, Antonia liga para Sofia.

SOFIA E ANTONIA tiram a tarde de folga para passá-la juntas, apenas as duas.

Não fazem mais isso com tanta frequência, então há um momento tenso: a conversa se arrasta, cada uma delas olhando para o relógio atrás do balcão da delicatéssen. Elas estão comendo sanduíches de pastrami no centro da cidade.

— Como você achou este lugar mesmo? — pergunta Antonia.

— Saul *trabalhava* aqui — responde Sofia. — Ele me trouxe uma vez antes de nos casarmos. Disse que fazem o melhor pastrami da cidade.

A boca de Antonia está cheia. Ela concorda. Há algo vibrando em seu coração. Ela não disse a Sofia o motivo do almoço. Sente-se rebelde, como se bebesse martínis o dia todo, como se chegasse atrasada para buscar Robbie na escola, como se despisse suas responsabilidades, uma a uma, como cascas de milho, até que seu interior brilhante seja exposto ao sol. Ela sugeriu o *centro da cidade*. Está usando calça, que se amarrota desconfortavelmente em seu colo e que pode não ter sido uma escolha prática para esse almoço em particular, já que o pastrami a enche como se ela fosse um balão de água na boca de um hidrante.

— Dá para imaginar? — pergunta Sofia, olhando em volta. — Se papai não tivesse lhe dado um emprego, Saul ainda poderia estar trabalhando aqui.

Antonia engole. Tem se preocupado com essa linha de pensamento ultimamente: e se, o que poderia ter sido. Ela olha para trás e vê sua vida como uma série de caminhos ramificados. Está obcecada em se perguntar o que teria acontecido se tivesse tomado outro caminho. Se tivesse se salvado e ido para a universidade. Se tivesse engravidado antes de se casar. Se nunca tivesse se reconciliado com a mãe. Se o pai nunca tivesse sido assassinado. Se nunca tivesse se casado com Paolo. Se não tivesse confundido seus dias no mês passado. Dentro de sua barriga, ela imagina algo crescendo. Ela imagina se desintegrar. *Burra*, diz a si mesma.

— O que houve? — pergunta Sofia.

— Nada. Como vai o trabalho?

O trabalho é emocionante. Exige todo o foco de Sofia, o que a ajuda a se sentir à flor da pele, a sentir pequenos choques elétricos da cabeça aos pés.

— Está na mesma. — Sofia é cuidadosa. Antonia não deixa claro seu julgamento, mas houve um ano desconfortável entre elas quando Sofia começou a trabalhar, e ela quer muito ter tudo: sua amizade, sua família, a Família. Sofia está sendo diplomática, o que nunca fizera antes.

— E Julia?

Julia está obcecada por insetos. Ela esfola os joelhos. Coleciona mariposas em uma jarra. Folheia exemplares antigos da *National Geographic*, sentada de cabeça para baixo, no sofá, assim seu cabelo encosta no chão, e os pés chutam distraidamente perto dos encostos de cabeça. Rosa fica escandalizada. Seus escassos esforços para não demonstrar servem apenas para acentuar a contração de seus lábios, o pequeno e depreciativo balançar da cabeça.

— Julia é como um animal selvagem — diz Sofia. Algumas noites, Julia ainda se entoca na cama de Sofia e Saul, embora sempre saia antes de eles acordarem. — Ela é incrível.

Sofia está dividida, como sempre, entre o mundo em que Julia precisa de Sofia e o mundo em que Sofia precisa de si mesma. Isso é algo com o qual nunca conseguiu lidar bem, então ela oscila: todas as noites, por uma semana, volta para casa depois que Julia está dormindo e depois a leva para Coney Island durante o dia; briga com Julia por algo pequeno e depois compra para ela um bicho de pelúcia e sorvete para o jantar. Sofia fica maravilhada com Julia, mas sente medo o tempo todo: de se perder no amor que sente ou de que Julia não retribua esse amor, e

Sofia terá jogado tudo no vazio. Em seu coração, sabe que trabalhar não a tornou uma mãe pior. Ainda assim, há um limite de expectativas desconhecidas que alguém pode desafiar, antes de começar a questionar os próprios instintos.

— Como está Robbie?

Robbie é sensível. Ele é criativo e amoroso, mas instável de uma forma que Antonia nunca foi. Ele não herdou o equilíbrio de Antonia. Robbie tem a autopercepção dela, a consciência expansiva e generosa de tudo ao redor dele, mas tem a tristeza de Paolo quando as coisas não correm bem. O menor revés pode tirá-lo dos trilhos. Ela se sente como o coração de sua família, a única coisa que a mantém unida.

— Tonia?

— Ele está bem.

O silêncio reina. Antonia e Sofia mastigam os sanduíches. Antonia pode sentir-se encolhendo sob o olhar de Sofia, mesmo que dentro dela células se dividam, fazendo-a crescer.

— Que horas você tem que voltar para Robbie? — pergunta Sofia.

Se Antonia não estivesse distraída, essa pergunta a levaria à fúria: Julia e Robbie estudam na mesma escola, chegam em casa ao mesmo tempo. Sofia abdicou do reino da maternidade normal, da responsabilidade, de saber o que tem na geladeira, onde está o sapato perdido, qual pente não arranca cabelos enquanto escova.

— Estou grávida. — É a resposta de Antonia.

Sofia abaixa o sanduíche.

— Tonia, parabéns! — Ela é calorosa e expansiva. Sofia quer que Antonia seja feliz.

Antonia começa a chorar. Ela segura o guardanapo no rosto e treme o mais silenciosamente que pode.

— Tonia — diz Sofia, baixinho agora, com urgência —, o que foi?

Antonia para de chorar por pura força de vontade. Ela mantém os olhos cheios de lágrimas o mais imóveis possível e abre o sanduíche, para rasgar um pedaço de pastrami em tiras finas. Ela observa o caldo rosa escorrer.

— Tonia.

— Lembra como foi da última vez?

— Lembro.

— Fico preocupada, porque acho que vou desaparecer desta vez.

— Você não vai.

— Estou preocupada há meses.

— Preocupada? — repete Sofia.

— Eu acho que o que me preocupa é ter feito todas as escolhas erradas.

— Que escolhas?

— Eu deveria ter ido para a universidade.

Antonia mergulha o pastrami na mostarda.

— Você ainda pode ir.

— Estou preocupada... O que me preocupa é ter me casado... tão jovem. Acho que havia outras opções e nem as considerei. E agora não posso considerá-las.

— Claro que pode — diz Sofia. — Que tipo de opções? — Ela está nervosa. Antonia, o metrônomo do mundo de Sofia, parece estar balançando cada vez mais rápido.

— Minha mãe nunca quis que eu me casasse com alguém da Família. E ela é tão… ela apenas faz as coisas na própria velocidade agora, notou isso?

— Sim — diz Sofia. E então, baixinho: — Eu a admiro.

—Eu, não! — diz Antonia, batendo o pé no chão com tanta força que os pratos saltam em suas bandejas. Ela olha em volta e abaixa a voz. — Eu, não. Acho que ficaria solitária. Há coisas para fazer no mundo, e eu quero fazê-las. — Antonia faz uma pausa. Ela pode sentir seu coração acelerado. Pode sentir a boca se movendo, mais rápido do que seus pensamentos. — Mas não sei se eu pensei o suficiente a respeito dessa vida. Sabe que, agora que Saul foi promovido, Paolo vai ter que esperar anos pela vez dele? Mudanças acontecem devagar. E eu estou feliz. Eu tenho sorte. Eu tenho sorte. Mas estamos naquele apartamento há muito tempo. — Antonia mastiga o canudo. — Até Frankie trabalha, sabe?

Sofia assente.

— Eu sei.

Ela não pensara sobre os efeitos da promoção de Saul, a maneira como germinaria além de sua pequena família. Agora, Saul trabalha mais horas, e Julia passa mais noites com Rosa ou Antonia. Sofia guarda uma arma na gaveta da mesa de cabeceira. Saul entregou-a em um saco de papel genérico, e Sofia aceitou como sua herança. Era fácil assumir um poder que, até recentemente, era inconcebível. Quando se sente pequena ou sobrecarregada, ela abre a gaveta para olhar: o músculo do gatilho, a pele do cabo. Saber que está ali faz Sofia se sentir poderosa, um calor percorrendo suas coxas e descendo pela espinha. Sentada em frente à Antonia, ela percebe que talvez o poder que tenha seja o poder tirado de outras pessoas.

Antonia olha para além do ombro de Sofia.

— Não sei o que fazer, Sof. Estou com medo de ter ficado tão surpresa que alguém tenha se apaixonado por mim que… que… que perdi todas as outras chances!

Antonia sente um gosto ácido na parte de trás da boca e fica um pouco tonta. Ela não costuma gritar e não é de sair por aí dizendo coisas estranhas e tristes. Ela é alguém que pensa, que medita, que pondera atenciosamente. Antonia está tremendo de decepção, de medo por achar que o que ela acabou de berrar na delicatéssen seja *verdade*.

Agora, algo diferente sobe em Sofia, algo que ela tenta afastar antes que ganhe um nome, mas que é insistente e se fortalece rápido. Quantas vezes ela se reduziu na frente de Antonia, por ter um sexto sentido de que a amiga desaprova o que ela está fazendo? Com que frequência Sofia finge não amar o trabalho tanto quanto ama, ou tenta, com sutileza, não o mencionar na frente de Antonia? Até que ponto o tato que Sofia tenta empregar para manter pacífico o relacionamento com Antonia se tornou um tipo de caixa em que ela não cabe? Sofia afasta o rosto de sua bebida, a testa franzida, os cotovelos na mesa.

— Tonia — começa. E então espera, para ter certeza de que quer dizer o que está prestes a dizer. — Ninguém está te impedindo de fazer qualquer uma dessas coisas, a não ser você mesma.

A mesa delas fica em silêncio. E então Antonia diz:

— Você pode estar certa. — E isso faz Sofia se sentir cruel e dura: ela esperava olhos frios, esperava um *você não entende*. — Mas não me sinto assim.

— Você ama o Paolo? — pergunta Sofia.

A maneira como ela pergunta faz Antonia sentir que poderia responder sim ou não, e qualquer um seria aceito. Sofia fala como se *você ama o seu marido* fosse uma pergunta como qualquer outra.

— Eu amo — diz Antonia. Ela pressiona as sementes no centro da fatia de picles, fazendo uma impressão digital um pouco piegas. — Mas nossa casa está silenciosa, Sof. Eu o amo, mas ele não está feliz. Nunca pensei que acabaria em uma casa infeliz, mas agora sinto que estive em uma a minha vida toda. — A tristeza de ouvir isso em voz alta curva os ombros de Antonia, seu rosto fica vermelho, os olhos transbordam. — Eu deveria ter me casado fora da Família. Deveria ter escutado minha mãe.

Sofia estende as mãos, para segurar as de Antonia.

— Às vezes, penso em como teria sido se eu nunca tivesse me tornado mãe. — Antonia olha para ela. *Se eu consigo te ver, eu devo estar aqui.* — Mas isso não significa que eu não queira ser mãe, Tonia. Não significa que eu não possa fazer outras coisas. — *Se você pode me ver, eu devo estar aqui.*

— Eu deveria ter ido para o Egito. Deveria ter vivido no topo de uma montanha, em algum lugar. Você se lembra do Sr. Monaghan? Daquele jogo que costumávamos fazer, girando o globo?

Sofia assente.

— Eu jogo na minha cabeça — diz Antonia. — Quando me sinto perdida ou inquieta. Eu giro um globo e penso aonde eu poderia ir.

HÁ MUITO TEMPO NINGUÉM pergunta a Sofia quando ela vai ter outro bebê, e ela é grata por isso. Eles estão com medo dela, ou não acham que ela é uma boa mãe. Ou ambos. Ela ascendeu a um estranho mundo intermediário: ficou bem nos limites da Família, mas saiu do reino das mulheres, então as pessoas não sabem como interagir com ela. As meninas com quem estudou se transformaram em mulheres de nariz empinado. Sofia passa por elas na rua, no mercado. Elas estão no segundo ou quinto filho. As esposas que vêm ao jantar de domingo estão sempre grávidas.

Às vezes, Sofia se lembra de como se sentiu na manhã em que Julia nascera, antes de ir para o hospital. A forma como ela sabia — ela *sabia* — que poderia surfar nas ondas do trabalho de parto até o topo do mundo. O poder e a impotência simultâneos da maternidade, a maneira como ela pode amar Julia e não ter controle sobre a felicidade da filha, a maneira como é reduzida a uma simples decoração sem voz quando as pessoas descobrem que ela é mãe, mesmo que Sofia contenha todas as coisas necessárias para construir um mundo do zero. Há dias em que ela tem certeza de si mesma, certeza de suas escolhas, confiante de que pode ir em qualquer direção. Mas, no carro de volta ao Brooklyn, com Antonia em silêncio ao seu lado no banco de trás, Sofia é invadida por uma súbita onda de desespero.

Sente um pequeno lampejo de medo ao pensar em Antonia tendo outro bebê. Ela quase não se recuperou do último.

TARDE DA NOITE, Antonia se vira para o lado e levanta o pescoço, para olhar pela janela na cabeceira da cama. Ela estica um braço e pressiona a mão contra a parede de tijolos. A parede pressiona de volta, fria, viva. Antonia fecha os olhos e imagina ter 5 anos, sentindo Sofia do outro lado da parede que compartilhavam. Esta noite ela sente que pode ser a única pessoa a quilômetros. Nem mesmo Sofia pode ajudá-la. A caverna de uma surpreendente solidão e uma decepção inesperada suga-a e se espalha ao seu redor, apagando toda a luz. *Se você pode me ver*, reza ela, *eu devo estar aqui*.

MAS, LÁ FORA, NO ESCURO, Antonia sabe que Sofia está fazendo sabe Deus o quê. Com Deus sabe quem. Por Deus sabe quanto tempo.

É OUTUBRO EM RED HOOK, e Saul está saindo de sua reunião Fianzo, dirigindo-se para a escada de metal. Ele sai e deixa a porta se fechar atrás de si. O som ecoa de volta pelo prédio e pela água, como se ele tivesse batido a porta na cara do próprio Red Hook, de Nova York, das regras deste estranho mundo em que ele se encontra.

Saul tem participado sozinho dessas reuniões mensais desde julho. Mas, hoje, como se Tommy Fianzo tivesse coordenado sua transição com a de Joey, Saul se encontrou com Tommy Fianzo Jr. *Serei breve,* começara ele, o sorriso rastejando como uma centopeia no seu rosto, *vou fazer as coisas diferentes do meu pai. Ele estava confortável com você no comando. Eu não estou.* Tommy Fianzo Jr., com o cabelo e o nariz oleosos, com os dedos dos Fianzo, grossos como salsichas, colocando de lado com violência as fatias de capocollo em um prato na mesa e a boca parecendo vermes roxos, parecendo vísceras. O vinho tinto mancha a mesa em círculos. Saul não tocou no próprio vinho. Ele teve certa satisfação em recusar as armadilhas cerimoniais das reuniões agradáveis. Poderia afirmar, pelo menos, que não era tolo.

Tommy Fianzo Jr. olhara para Saul como se ele fosse uma coisa suja. Saul engolira o sal e a bile de não poder dizer o que tanto desejava. Com qualquer outra pessoa, ele teria zombado: *Seu conforto não é minha preocupação*. Mas ele se comporta, devido à seriedade dessa rivalidade. Está paralisado pela descrença de que Joey nunca encontrou uma saída para esse relacionamento degenerado e manchado de sangue.

Estarei de olho em você, meu amigo judeu, dissera Tommy Fianzo Jr., antes de pegar meticulosamente de Saul o envelope cheio e jogá-lo em uma gaveta com incisivo descuido. *Cuidadosamente pra caralho.*

— VOU ANDANDO — diz Saul ao motorista, que inclina o chapéu. A carona se afasta devagar. Saul vira para o Norte, para caminhar sob a nova rodovia. A fronteira entre Red Hook e Carroll Gardens vibra. Cantarola com construção, com a transição. Vibra o próprio núcleo do sul do Brooklyn.

A gestão de dois trabalhos está prejudicando Saul, que se preocupa o tempo todo. Está sempre sobressaltado em público, pensando ouvir seu nome em cada fragmento de conversa, pensando que cada carteira retirada do bolso de um terno é a arma que revelará que ele foi descoberto.

Saul não sabe o que fazer.

Às vezes, quando está falando com Eli, ele menciona os limites de seu relacionamento com cuidado, tentando verificar quanto tempo Eli imagina que a parceria vai durar. *Um dia*, diz ele. *No devido tempo*. Ou então: *Claro, nem sempre será sustentável*. Eli nem sequer encolheu os ombros em resposta, ou ao menos inclinou a cabeça enquanto Saul dança em torno da pergunta *como vou sair dessa situação?* Saul poderia entender que Eli não tem planos de deixá-lo ir, mas ele é esperançoso, teimoso ou desesperado.

Durante o inverno, quando 1947 vai passando para 1948, Saul e Sofia alternam entre discussões curtas e cruéis e um tipo maníaco de atração recíproca. Ambos os cenários os tiram dos eixos, fazem com que se atrasem para o trabalho. Saul se pergunta se é a energia dos segredos que está guardando — se trabalhar para Eli Leibovich e Joey conseguiu torná-lo um condutor, enquanto seu casamento é uma corrente elétrica.

Ele sabe que não pode durar para sempre.

À MEDIDA QUE OS DIAS ficam mais frios, Antonia fica cada vez maior. Ela come com voracidade. Dorme dez horas por noite. Robbie se atrasa para a escola duas vezes. Antonia ganha um segundo despertador, mas não roupas maiores. Por causa disso, no fim do dia, há doloridas linhas vermelhas em sua barriga e nas costas.

Antonia se encaixa em sua vida antiga enquanto pode. Ela comprime a barriga. Seu medo se emaranha entre os botões e zíperes que ela se esforça para fechar. Parou de ir à biblioteca após vomitar em uma lata de lixo, incapaz de chegar ao banheiro feminino. Este é um pequeno fracasso, que ela acrescenta à sua coleção. Onde ela estava com a cabeça: uma dona de casa passando as manhãs em uma biblioteca pública? Que maneira frágil de se convencer de que estava mudando. Não muito diferente de

Lina, lendo para evitar as maneiras como sua vida ainda estava ligada à Família que a destruiu. Em alguns dias, Antonia se sente desesperada, em outros, resignada.

À noite, quando se deita para dormir, seu coração bate furiosamente contra o peito. Ela é transportada para as memórias viscerais dos meses após o nascimento de Robbie. É um momento em sua vida que ela confinou com cuidado: uma aberração, um conto para adverti-la. Mas ela se lembra agora. Toda vez que fecha os olhos, Antonia se lembra da dor, de se conter para poder fazer xixi sem se partir ao meio. Dos meses em que sabia que o mundo estava lá, mas não podia fazer parte dele, como se houvesse um filme impenetrável sufocando-a. O medo que sentia por estar no mesmo cômodo que todos que amava, mas também a 2 mil quilômetros de distância.

Quando Antonia disse a Paolo que estava grávida, ele a pegou em seus braços, chorou e então prometeu ser mais grato, menos genioso, menos insatisfeito com o trabalho, com sua sorte. Ele fica assim durante todo o inverno, dizendo-lhe para colocar os pés para cima, para não pegar peso, *Robbie, pelo amor de Deus, não torture sua mãe*. Então há momentos de perfeita alegria, quando Antonia imagina ter 20 anos, casando-se com um homem bonito, planejando ter três bebês e vivendo em uma casa espaçosa e brilhante, que, em sua imaginação, sempre cheira ao oceano de alguma forma.

Mas, quando Antonia sonha, Carlo fica fora de seu alcance, de costas para ela. Eles estão à beira-mar. A água está parada e opaca. É, ao mesmo tempo, o fim do mundo e a fonte dele. Carlo se afasta de Antonia em direção à água. Ela grita alto: *Papà*. Ele não se vira. *Papà, papà*. Antonia se enfurece. Seus pés estão presos na areia. Ela é muito fraca para puxá-los, para ir atrás do pai. Observa Carlo desaparecer no mar.

Quando acorda desses sonhos, ela fica com raiva. De si mesma, porque Antonia muitas vezes direciona sua frustração para dentro. Mas também de Paolo. Isso é algo que ela não vai explicar a ele. *Estou com raiva porque você me engravidou* é um sentimento vergonhoso, e Antonia não pode expressá-lo. Mas Paolo sabe. Percebe a maneira como Antonia se protege dele, a maneira como se empertiga em qualquer cômodo onde ele entre. Paolo é mais gentil em resposta, mas também trabalha mais horas, permanecendo no escritório, ligando para Joey, para pedir tarefas extras.

Assim a fenda se aprofunda. O vento do inverno se fortalece. Os meses escuros e frios passam. E a tensão da divisão entre Antonia e Paolo assume uma certa gravidade. Eles começam a esquecer o caminho de volta um para o outro.

Robbie sabe de todas essas coisas, sem realmente saber. Ele pode sentir que há um abismo profundo e implacável em qualquer cômodo onde os pais estejam. É povoado por silêncio e por apatia. Quando for mais velho, Robbie saberá que este foi um momento sombrio em sua casa, porque ele não terá quase nenhuma lembrança de quando a mãe estava grávida. Ele tem idade o suficiente para perceber e é sensível. Mas, em sua memória, este ano estará em branco.

Para todos os outros, será inesquecível.

ROBBIE E JULIA sabem exatamente em que consiste o negócio da família, mas não como é feito. Suas famílias, é claro, gostariam de manter as coisas assim enquanto for possível. Mas, conforme chegam ao sexto aniversário, percebem mais portas fechadas do que o normal. Mais sussurros tarde da noite entre as paredes de suas casas, enquanto os pais se arrastam silenciosamente de um lado para outro, planejando. Conspirando.

A curiosidade cresce em Robbie e Julia, brotando em seus estômagos, crescendo e saindo de suas bocas como pés de feijão. *Aonde você vai, papai?*, pergunta Julia a Saul quando ele sai numa noite de quinta-feira. *Ao Empire State Building*, responde Saul. Ele está distraído. Julia adora o Empire State Building. *Não é verdade. O que você está fazendo?* Saul ajusta a gola da camisa no espelho do corredor. *É tarde demais para você estar acordada, Jules. Quer que eu peça à Nonna para ler uma história para você? Te amo.* E então Saul se foi, e, com o clique da porta da frente, Julia descobre que está faminta e assustada. As informações podiam tê-la alimentado.

Julia não consegue dormir naquela noite. Ela se revira, suando e manchando cada centímetro dos lençóis.

Robbie, que é um pouco mais furtivo do que Julia, arrasta-se pelos cômodos principais de seu apartamento. O pai chegou em casa do trabalho e fechou a porta do quarto, e a mãe também está lá agora, o zumbido baixo da voz dela contrastando com o crepitar forte da dele. *Preso aqui,* Robbie escuta. *Legado... meia--boca.* Depois nada, até que: *Minchia!* Se Robbie dissesse essa palavra, sua mãe o perseguiria pelo apartamento com uma barra de sabão para lavar sua boca. Em seguida, ele escuta a brandura da mãe, o tom que ela também usa para acalmá-lo. E depois passos. Robbie corre para a mesa da cozinha e finge ter copiado o alfabeto o tempo todo. Sua mãe entra na cozinha e apoia uma mão nas costas e a outra no balcão. Sussurra: *Shhhh*, um suspiro alto de alívio. Quanto maior ela fica, mais inacessível parece para Robbie.

Robbie prometeu contar a Julia se descobrisse alguma coisa, mas ele vai para a cama em vez disso. Tem um leve pressentimento de que há algo rachando em sua família, alguma peça fundamental que até então segurara a todos, mantivera-os juntos. Naquela noite, ele ouve o pai roncar e se imagina afundando cada vez mais na cama, a cada uma das expirações contínuas de Paolo. Mais fundo e mais fundo até atravessar o colchão. Robbie afunda no piso. Ele se enterra no próprio solo.

A PRIMAVERA PASSA num piscar de olhos. Antonia vai aumentando. Ela passa o primeiro dia quente do verão irritada e sozinha. Pela janela da frente, observa Robbie enquanto ele vai para a escola, depois tenta — sem sucesso — se concentrar em arrumar a casa, fazer o balanço no talão de cheques, ler ou fazer uma lista de compras. Deixa as tarefas de lado, uma após a outra. Ela é uma onda, enrolada em si mesma.

Após almoçar torradas, Antonia não se surpreende quando seu estômago se aperta como um tornilho e ela mal chega ao banheiro a tempo de vomitar. Não fica surpresa ao sentir uma dor baixa atravessá-la. Ela liga para Lina, mas não há resposta. Liga para Sofia, que deve estar trabalhando, e então pega um táxi para o hospital.

NO CREPÚSCULO DO SONHO de Antonia, ela está na beira do oceano. Carlo está alguns passos à sua frente. A água ondula em direção a eles e depois para longe, como se o mundo inteiro estivesse sendo embalado para dormir. Antonia não consegue ver todo o rosto de Carlo; ele não entra em foco. Mas pode ver as linhas nas mãos dele, a barba por fazer escurecendo a mandíbula, a maneira como os músculos das costas ondulam enquanto ele se firma contra o vento.

— Papà, estou com medo.

— Aqui — diz Carlo, sem se mexer. — Tome isto.

Antonia avança. A água fria se fecha sobre seus tornozelos. Quando Antonia olha para suas mãos estendidas, ela está segurando uma arma com cabo de madrepérola.

Paolo e Antonia batizam seu novo bebê de Enzo, em homenagem ao irmão de Paolo, morto na guerra. Antonia chora durante toda a primeira semana após o nascimento do filho: debruçando-se sobre os olhos castanhos escuros dele, os dedos longos e finos, como os de Robbie, como os de Paolo. Ela chora, grata por seu corpo ter permanecido inteiro, pela cicatriz irregular do nascimento de Robbie ainda estar intacta, pelo interior de seu corpo ter permanecido dentro dela e pelo bebê estar do lado de fora, pelo milagre dessa troca. Ela chora quando saem do hospital, quando se acomodam em casa. Antonia chora e sabe que Paolo não entende, sabe que está afastando-o, sabe que ele está com medo, mas ainda não tem energia para chamá-lo de volta. Ela chora e se reencontra. Chora de alívio, porque é exaustivo ficar aterrorizada por nove meses, porque é exaustivo passar a vida com medo — toda a sua vida, desde a manhã em que o pai desaparecera. Mas agora é uma mulher adulta, com dois filhos, dois seres humanos perfeitamente formados e feitos por ela. Antonia sabe, da mesma forma que certos conhecimentos vêm do alto ou de fora, de algum lugar externo e eterno, ela sabe que chegou a hora.

De pegar a arma.

E entrar na água.

Quase duas semanas se passaram. Saul, Sofia e Julia passam todos os momentos no apartamento de Antonia e Paolo. Eles balançam Enzo e ensinam Robbie a segurar o irmão. Julia observa de um canto escuro, fascinada, mas estranhamente cautelosa, quase com medo. Os sete estão mais felizes do que nunca.

Na sexta-feira, no início da tarde, Saul sai para sua reunião com os Fianzo.

Ele escapa de cada uma dessas reuniões o mais rápido possível, mas elas mancham a primeira sexta-feira de cada mês como graxa, como vinho, como sangue. A doçura de seu novo sobrinho o enche de aversão a Tommy Fianzo Jr., que nunca perde a chance de menosprezar Saul, de fazê-lo se sentir pequeno, na esperança de se sentir mais importante. Saul poderia usar sua família como motivação para ser mais paciente com Tommy Jr. Mas não usa. Pelo contrário, ele fica descuidado.

Enquanto Saul abre a porta da frente com a força de um aríete, um pedaço de papel se desaloja do seu bolso. Cai como uma folha de outono em direção ao chão. Saul segue em direção à carona que o espera, e o pedaço de papel pousa no asfalto escaldante. Saul não percebe conforme se afasta. Seu bolso não parece vazio no caminho para casa.

No papel, está escrito: *2 guardas hoje. Verão ocupado para F. Temporada de remessas? O inverno é mais tranquilo.*

O porteiro de Tommy Fianzo Jr. pega a folha de papel. Ele murmura as palavras enquanto decifra a caligrafia de Saul. Quando termina de ler, diz:

— Chame o chefe.

EM SEU APARTAMENTO em Red Hook, Lina acorda sobressaltada, como se alguém a tivesse sacudido. Estava tirando uma soneca, porque passara as últimas noites de olhos arregalados e suando, com algumas inquietações profundas impedindo-a de sonhar. À noite, quando ela adormece, é um sono superficial, e Lina acorda meia hora depois, com a pele grudenta e gelada.

Com os olhos fechados, Lina sente uma crepitação no ar, um presságio de mudança se esgueirando pelos assoalhos. Videiras avançam, serpenteando e descendo pelos corrimões. Algo grande se aproxima.

DOIS DIAS DEPOIS, Sofia está suando em sua cozinha.

Não é verdade que Sofia não gosta de cozinhar. Não sabe que Eli dissera isso sobre ela, mas sabe o que sussurram nas lojas do bairro. Grupos de mães param de conversar quando Sofia se aproxima com sua cesta de compras. Às vezes perguntam: *Experimentando uma receita nova?* Sofia responde *só o básico*, tão arrogante quanto pode, sentindo-se humilhada pela farinha, tomates, ovos e alho.

Sofia conhece as receitas de sua mãe assim como conhece o ritmo de uma missa de domingo. Só porque não as usa todos os dias não significa que não saiba.

Seguindo sua memória, ela tenta desenrolar o filé, mas ele se enrola ligeiramente, o sangue e o músculo se contraindo no balcão. Tem cheiro de moedas. Ela pega um martelo e bate até o filé ficar estendido. Vai forrar com mortadela fatiada, uma camada de espinafre murcho e uma mistura de manjericão, salsa, pinhões e parmesão. Depois vai enrolar e ferver no vinho, tomate e louro. Todas as janelas da casa estão abertas, os ventiladores preguiçosos espalhando o ar quente da cozinha. O cabelo de Sofia está grudado na nuca.

A porta da frente abre. Não é Saul, que está atrasado. É Antonia, segurando uma pequena trouxa com o bebê Enzo em um braço e uma sacola de compras na outra.

— Meu Deus, Tonia, você teve um bebê há duas semanas, por que está fazendo compras? — pergunta Sofia. Ela envolve Antonia nos braços e então desembrulha Enzo dos cobertores e o beija. — Um calor desses, e você colocou um monte de cobertores nele!

Sofia espera que sua voz esteja alegre, não melosa. Ela examina a amiga de perto. Antonia parece exausta, mas seu cabelo está limpo. Os olhos dela encontram os de Sofia. *Ela parece bem.*

— Você está bem? — pergunta Sofia.

— Estou.

Antonia está quase tonta. Ainda está dolorida e sem conseguir dormir, mas está tão surpresa que sobrevivera ao segundo parto que ela tem estado bem-disposta, quase esfuziante. Robbie tem que se contorcer para sair de seus abraços. Paolo se pergunta para onde foi sua esposa dócil e taciturna. Antonia é uma super-heroína. Antonia pode fazer qualquer coisa.

— Vou perguntar à sua mãe sobre os frutos do mar.

Antonia deixa Sofia cantando para Enzo no corredor.

Sofia consegue sentir Robbie correndo pelo apartamento, para encontrar Julia. Ela olha para os olhos castanhos de Enzo, para seu rosto enrugado.

— Sua mamãe está bem? — pergunta Sofia. Enzo não responde.

Sofia ouve a fechadura e espera que seja Saul desta vez.

E então escuta uma porta bater.

Saul sabia que aparecer no jantar causaria uma agitação, mas não aparecer seria um problema ainda maior. Por isso, está no hall de entrada, estremecendo enquanto afasta os cachos dos olhos, enquanto se livra da pasta, dos sapatos. A casa cheira à carne e especiarias, e ele fica com água na boca. Está com fome há horas.

— Paolo, é você? — É a voz de Antonia. — Paolo, eu pedi para você me encontrar em casa de tarde, você esqueceu? — Ela está caminhando na direção de Saul, que tem o impulso de se virar para a parede. Em vez disso, ele congela, e, quando Antonia entra no hall, fica cara a cara com Saul, cujos olhos e lábios estão roxos e inchados. Antonia recua, em choque. — O que aconteceu com você?

Pequenas gotas de sangue sujam a frente da camisa dele. Saul não fala. Ele não tinha se visto no espelho. Antonia estende a mão em direção ao rosto de Saul, com medo de tocá-lo e incapaz de se conter.

— Vou pegar um pouco de gelo.

— Ah, meu Deus. — Sofia está na porta da cozinha, Enzo na curva de seu cotovelo. — Meu Deus, Saul!

Saul levanta os olhos para encontrar os de Sofia.

— Estou bem.

— O que aconteceu com você?

Sofia deixou cair um pano de prato no chão — manchado com caldo de carne e tomate e com pequenas cascas de alho que flutuam pelo ar.

— Sofia, as crianças — diz Antonia.

Ela conduz Saul para o quarto. Eles fecham a porta. O coração de Antonia começou a tamborilar um jazz descompassado dentro de seu peito. Ela e Paolo haviam alcançado uma paz tênue. Eles são educados e graciosos entre si. Paolo prometera esta manhã que a encontraria no apartamento antes do jantar. Prometera que pegariam um táxi juntos. Prometera que ela não teria que levar duas crianças e seu próprio ser inchado para o jantar de domingo sozinha. Mas ele nunca apareceu. Também não atendeu ao telefone no escritório. E Antonia teve que conduzir Robbie, carregar Enzo e acomodar seu corpo dolorido em um táxi sozinha. Ela teve que sufocar o nó temeroso em sua garganta, o mesmo que sobe sempre que pode haver *problemas*, sempre que *algo pode ter acontecido*.

Tudo, Antonia sabe, pode acontecer. Ela se sente estúpida por ter esquecido disso. O momento em que você para de se preocupar é o momento em que os problemas começam.

E, se houver problemas, ela quer olhar Paolo nos olhos quando ele contar. Antonia se expande para fora do próprio corpo, sondando o paradeiro de sua família. Enumera Robbie e Julia no quarto da menina, Enzo nos braços de Sofia, com seus olhos sonolentos entreabertos. Robbie e Enzo estão aqui. Onde está Paolo? As batidas dentro do corpo de Antonia aceleram.

Antonia pega Enzo de Sofia e sai do quarto para buscar gelo, enquanto Saul se senta pesadamente na cama. Sofia se ajoelha no chão à frente dele, para olhá-lo no rosto.

— Diga o que aconteceu — sussurra Sofia.

Saul levanta a vista para Sofia.

— Não posso.

Sofia ri. Seu marido chegou em casa sangrando e espancado. E não quer dizer o motivo.

— Não seja ridículo.

As mãos de Sofia acomodam as laterais do rosto de Saul, que as cobre com as suas, que estão cheias de manchas secas de sangue escuro.

— Eu te amo — diz ele.

Sofia começa a se irritar. Frustração e descrença formam um nó em suas têmporas e obscurecem sua visão.

— Não me venha com essa — diz ela com os dentes cerrados. — Diga o que aconteceu, Saul. Por que não quer me dizer? — Deus, é tão bom estar com raiva. O medo tremula como uma pequena chama no coração de Sofia. Há uma apreensão desconhecida correndo pelo cômodo, e Sofia fica de pé, deixando tudo ser levado pela avalanche de sua raiva. — O que diabos aconteceu com você, Saul?

— Sofia, Sofia — diz Antonia. Ela entrou no cômodo sem que Sofia percebesse. — As crianças.

— Eu tenho que me limpar — diz Saul. Ele fica de pé e flexiona as mãos. — Juro, estou bem. — Ele começa a desabotoar a camisa e abre a porta do quarto. — Tudo vai ficar bem.

Sofia e Antonia se sentam na cama de Sofia até ouvirem o chuveiro.

— Vai ficar tudo bem — diz Antonia. Ela também repete para si mesma. *Vai ficar tudo bem.*

— Nada está bem — diz Sofia. Antonia e Sofia se olham solenemente, duas garotas brincando de vestir a pele de mulheres. — Viu como ele está? Isso não teria acontecido se tudo estivesse bem.

Teria Antonia uma lembrança meio nebulosa de Carlo, descendo o corredor da estalagem na noite em que desaparecera, parando para levantar os cachos suados do rosto dela enquanto ela dormia? Será que Antonia guarda essa lembrança em algum lugar inexpressável, como o momento em que suas próprias falhas se tornaram inevitáveis? Não existe nada que não possa desmoronar.

Ela segura a mão de Sofia.

— Vai ficar tudo bem. Vai ficar.

SAUL DEIXA o banheiro se encher de vapor e se senta no vaso, totalmente vestido.

Faz apenas dois dias que aconteceu a reunião dos Fianzo. Parece que se passaram dez anos. Os pensamentos de Saul se dispersam. As soluções aparecem e depois se dissipam como miragens.

Saul se levanta, para se despir. Ele toma coragem: não pode dizer a Sofia o que aconteceu. Tem que enfrentar a família no jantar. Ele está com medo: um medo que não está no cérebro, mas percorre seu corpo e seu sangue, fazendo seus músculos tremerem e dificultando sua respiração.

Paolo não aparece para o jantar. Antonia se senta onde pode observar a porta, que se escancara a cada vizinho, a cada Tio que chega. Cada vez que alguém entra e não é Paolo, Antonia sente um peso apertar seu coração cada vez mais. *Onde está Paolo?*, pergunta Rosa. *Ah, ele ficou preso no trabalho,* diz Antonia. *Sinto muito.* Rosa sabe que ela está mentindo. Rosa envolve os ombros de Antonia com o braço e aperta. Rosa cheira à farinha e a jasmim, a cascas de laranja e à salsa, e Antonia gostaria de se enrolar no colo dela e ser embalada para dormir. Em vez disso, ela sorri e diz *obrigada, obrigada*, enquanto as pessoas se aproximam uma de cada vez, para acariciar as bochechas de Enzo, sorrir para ele, inclinando-se em uma profusão de respirações e bênçãos, perto demais de Antonia, tão perto que ela sente que pode explodir, que pode gritar.

Mas fica quieta. Apenas diz: *Obrigada.*

Sofia passou pó no rosto, retocou os lábios e cerrou os dentes. Sufocou todo o seu medo. Ela o transformou em raiva, transformou-o em um núcleo de urânio. Sofia subiu as escadas com travessas de ravioli, com o braciole mergulhado em seus próprios caldos perfumados. Abriu garrafas de vinho para Rosa e riu de uma piada que Frankie fez. Sofia é um prato de porcelana chinesa. Qualquer rachadura fina pode estilhaçá-la.

Saul consegue rir de seus ferimentos *(é a última vez que trato de negócios depois de beber uma garrafa de vinho no almoço, não é mesmo, chefe?)*, mas Julia grita alto o suficiente para chamar a atenção de todos na sala: *mas, papai, o que foi, o que foi, o que foi que ACONTECEU com o senhor?* Joey fica surpreendentemente quieto, e Saul sente suas mentiras tentando entrar pelas janelas, pelo teto, pelas portas.

Antonia consegue sobreviver à limpeza e às despedidas, então abraça Sofia com força e diz:

— Vamos descobrir tudo isso de manhã, ok? Vou te ligar.

Então vai embora, aceitando a oferta de Saul para que seu motorista a leve para casa. Enquanto se afasta, ocorre a Antonia que seu marido está desaparecido e que o de Sofia está ali, bem ali, onde ela pode vê-lo e tocá-lo. No banco de trás do carro, ela olha através do espaço entre os dois bancos da frente, segura Enzo perto de si e aperta a mão de Robbie até ele se contorcer. *Mamma, mamma. Está muito apertado.*

Quando chegam em casa, Antonia fica parada ao pé das escadas de seu prédio até Robbie dizer: *Vamos, mamma.* Ela se move, uma perna de chumbo após a outra. As janelas do apartamento estão vazias, pretas. Escurecidas. Paolo não está lá.

Antonia coloca seus meninos na cama com as mãos trêmulas. Ela sente se estabelecer em um papel que conhece muito bem: *criminoso insignificante desaparecido, esposa idiota surpresa.* Antonia e Paolo estão se afastando, nenhum deles tem energia para se recompor. O corpo de Antonia se lembra do chocalho da chave de Paolo na fechadura. A maneira como uma parte dela ficaria tensa, fortalecendo-a contra a atmosfera sufocante da depressão, da nuvem mal-humorada que Paolo certamente traria para a sala. Agora, Antonia reza pela chave de Paolo na fechadura. Anseia para que aconteça. O chocalho de metal contra metal. O desejo de Antonia provoca arrepios em sua pele, mas há apenas silêncio do lado de fora do apartamento.

Ela imagina os pés de Paolo afundados em um balde de concreto mole, seu corpo sendo arrastado pelos confins do bairro Canarsie, debatendo-se pela Belt Parkway em Long Island Sound.

Ela imagina Paolo amarrado a uma cadeira, inchado, espancado, enquanto um Fianzo sem rosto brande tesouras de jardim manchadas de sangue. Antonia entra em pânico. *Mamma, você está chorando?*, pergunta Robbie, enquanto Antonia o acalma para dormir com uma mão quente em suas costas. *Não, caro mio.* Antonia vira o rosto e cantarola uma velha canção.

Quando Enzo e Robbie estão respirando profunda e uniformemente, seus sonhos inacessíveis à vigilante Antonia, ela entra na sala de estar e se encolhe no sofá. Bem no fundo de Antonia, seus órgãos estão voltando para os lugares originais. As partes dela que carregaram um ser humano estão encolhendo, latejando, tão rápido que será impossível imaginar que qualquer outra pessoa já viveu dentro de seu corpo. Também será impossível imaginar que ela já esteve sozinha. Ela segura um pequeno travesseiro e se apoia contra ele a cada inspiração. Em algum lugar, um relógio avança.

DEPOIS DO JANTAR, tudo o que é preciso é uma inclinação rápida de cabeça, e Saul segue Joey para o escritório.

Rosa os observa e então tenta voltar para a limpeza. Mas não consegue se concentrar. É claro que não consegue. Ela fecha os olhos e procura pelo medo de Antonia, de Sofia, de Julia, no mundo inteiro. Percebe que Antonia e Sofia terão que enfrentar qualquer catástrofe que esteja se desenrolando por conta própria.

Saul percebe que suas mãos estão tremendo.

Joey fecha as barulhentas portas francesas do escritório, de modo que a algazarra do fim do jantar parece vir de um mundo diferente. Joey entrega a Saul uma bebida, que Saul agarra até que as pontas dos dedos fiquem esbranquiçadas. Joey passa a mão pelo cabelo grisalho, como se estivesse tentando encontrar uma solução para qualquer catástrofe que Saul tenha causado.

— Você está em apuros.

— Estou resolvendo — diz Saul. Ele tem 23 anos de novo, e jura a Joey que ama Sofia. — Eu dou conta.

— Já me aposentei. Vou acreditar na sua palavra.

— Obrigado.

— Mas preciso que me prometa algo.

— Qualquer coisa.

Joey cruza os braços.

— Uma vez eu te disse que você não pode morrer porque é pai.

— Eu me lembro.

— Eu menti. Se você tiver que escolher entre você e sua família…

— Eu sei.

— Confio em você, sei que pode sair de qualquer situação em que se meteu. Mas, Saul, se as coisas chegarem a esse ponto…

— Eu sei.

— Prometa.

— Prometo.

Como alguém pode seguir em frente quando sua vida está cada vez mais cheia de fantasmas, que exigem seu tempo e sua atenção? O fantasma de Carlo — que assombra todos eles —, os fantasmas de suas antigas versões, os esqueletos que todos tentaram largar e enterrar, trancar num armário, ressignificá-los. Suas casas estão cheias a ponto de explodir.

Paolo está sentado em um banco, no meio da passarela de pedestres, na ponte do Brooklyn, enquanto o Sol nasce. Faz muito tempo que ele não assiste a um nascer do sol completo. Está nublado. É tão fresco e tão quieto quanto Nova York pode ser em julho. Paolo lembra que há densas e pesadas tempestades previstas para essa semana. Leu isso no jornal, séculos atrás, quando se sentou à mesa da cozinha para o café da manhã com Robbie, Antonia e Enzo, essa nova pessoa.

Paolo tem certeza de que está cansado, mas não consegue sentir: os membros estão doloridos, e os olhos, irritados e pegajosos. Se ele ficar imóvel o suficiente, sente que está tremeluzindo, desprendendo-se do corpo. À medida que o ar adensa, Paolo se sente como algo insubstancial e desconectado do mundo. Mais tarde, ele admirará o poder desse momento: ter uma essência indispensável, algo inalterado pelo caos ao redor. Ser você mesmo, maltratado e fortalecido pelas marés do tempo.

Abaixo dele, os carros começam a acelerar pela ponte. Caminhões grandes com cargas de mercearias, móveis e sacos de concreto ribombam pelo East River. Pessoas se movem, acotovelando-se para conseguir espaço, buzinando. Paolo pode sentir o suor nas costas contra o banco de madeira. Percebe que deveria ter ligado para casa ontem à noite. Antonia ficará furiosa. Ficará desapontada. Antonia fica decepcionada com Paolo muitas vezes. Ele nunca quis ser o tipo de homem que causaria pequenas e regulares tristezas em casa. *Você não é o homem que eu pensei que era*, diz para si mesmo.

O céu escureceu à medida que o sol surgia. O prenúncio de nuvens matinais carregadas em contraste ao horizonte se torna sinistro. Verde e cinza. Paolo se levanta. É uma longa caminhada até em casa, e ele se pergunta se vai conseguir antes que chova.

É O PRIMEIRO amanhecer após a noite mais longa da vida de Sofia.

Saul havia chamado Sofia em particular, depois do jantar, sussurrado *desculpe, desculpe* em seu ouvido e *prometo que você vai ficar bem, vai ficar tudo bem*. E desaparecera pela porta do apartamento de Rosa e Joey como se nunca houvesse estado lá. A raiva de Sofia era feita de pânico, de medo, de um estômago oco, amargo e retorcido. Joey a abraçou e disse *coloque Julia na cama* e não interagiu mais com ela, não brigou, não disse qual era o problema. *Saul é bom no que faz,* disse Joey. Sofia tinha certeza de que se sentiria melhor se alguém lhe dissesse por que Saul havia sido ferido. *Eu sei que ele é bom,* dissera a Joey, desesperada. *Eu também sou.* Nada. Seu desejo — tão poderoso que havia se erguido de seu corpo, enchido a sala, mostrado os dentes e rugido — não afetou Saul, Joey nem as grandes maquinações do universo que guiavam cada um deles.

Então Sofia pegou a mão de Julia, e as duas subiram as escadas de volta para o próprio apartamento. Durante o jantar, Julia se escondera na cozinha com Robbie, sua brincadeira sussurrada, as pernas cruzadas e transpirando. Julia enrola os dedos nos de Sofia e caminha na sombra da mãe, o mais perto que pode, como se pudesse desaparecer no corpo de Sofia. *Por que papai não conta o que está acontecendo?* Havia sido uma espécie de declaração: fazer perguntas é como Julia sabe participar da preocupação coletiva. O que Julia quer é mais nebuloso: não quer necessariamente saber o que está acontecendo, mas é melhor do que imaginar. Julia quer as pessoas que ama dispostas na frente dela, como doces para ela escolher.

Ontem à noite, Sofia supervisionou a filha escovar os dentes. Enquanto se inclinava na porta do banheiro e observava Julia se olhar no espelho, percebeu, talvez pela primeira vez, o quanto perdera. Os rituais noturnos, o lugar onde Julia pendura seu roupão de banho. Em qual cotovelo ela gosta de aconchegar seu ursinho quando — geralmente Saul, às vezes Rosa — a cobrem antes de dormir. Mesmo que Saul estivesse em apuros, que Joey estivesse guardando segredos e que Paolo... Paolo surgiu em sua cabeça como um fantasma — ele não apareceu no jantar, não foi? Antonia deve estar furiosa. Ainda assim, Sofia se pegou rindo com a filha, enfiando o cabelo de Julia atrás das orelhas e pressionando a palma da mão na testa dela.

Quando deixou Julia, Sofia não conseguiu dormir. Ela se deitou na cama sem trocar de roupa e aceitou que sentiria a noite inteira passar. Sua raiva se tornou incandescente. Ela culpou Saul por roubar seu sono e sua juventude. Mas ela mesma fizera isso. Examinou o quarto em busca de algo para destruir. Havia um copo de água na mesa de cabeceira de Saul. Ela queria pisar no copo. Quebrá-lo. Jogá-lo contra a parede. Mas Julia estava no quarto ao lado. Sofia abriu a gaveta de sua mesa de cabeceira para olhar para a arma. Para que serve uma arma? Para que poderia servir um pequeno corpo de aço e nácar contra as marés do tempo, contra a sufocante mandíbula da tradição, das informações negadas? Sofia fechou a gaveta. Deitou-se de novo com o coração furioso.

Ela não dormiu. Mas, em algum momento, no meio da noite, Sofia acordou com o ar denso comprimindo-a. Saiu da cama e foi na ponta dos pés para a sala de estar, para se sentar à mesa de Saul. *Como as coisas mudaram.* Ela era jovem quando fizera isso pela primeira vez, fugindo de Julia e Saul para imaginar como seria viver como gostaria. Quanto ela aprendeu desde então.

Sofia sentou-se mais ereta. Sim: quanto ela aprendeu. Ela não é a recém-casada idealista nem a jovem mãe inexperiente. Ela não é manipulável.

Com isso em mente, Sofia abre cada uma das gavetas da mesa de Saul. A última está trancada. Ela estreita os olhos, desliza a mão pelo abridor da gaveta e puxa, tão rápido e tão forte que qualquer um acordado poderia pensar que era um trovão. A gaveta arrebenta. Dentro há pequenos cadernos. Sofia os abre antes que perceba o que está fazendo. Ela está escaneando páginas cobertas pelos garranchos de Saul. *T. F. sozinho, embora da última vez tenha dito que traria Jr. este mês. Aparentemente Jr.*

não tão entusiasmado com a oportunidade de me conhecer. Um guarda, o grandão com nove dedos que passa o tempo todo fumando. T. F. diz que as coisas podem mudar agora que Joey não está no comando, agora que ele está deixando o cargo.

Se fosse um diário, Sofia pensa, ou um registro para Joey, não estaria trancado. O que Saul poderia ter feito que precisou esconder de sua família?

Então, como qualquer um faria, Sofia começa a repassar momentos do ano passado. *Por que não podemos nos sentar juntos, como uma família de verdade?* Saul estivera melindroso, zangado, certo do que uma família de verdade faria. Deixando transparecer, Sofia percebe, que ele não tinha uma. *Ele tem sido infeliz. E eu não tenho escutado.*

Há um número escrito na primeira página do caderno que Sofia está segurando. Ela pega o telefone na mesa de Saul e disca.

— Quem quer que esteja me acordando pela segunda vez esta noite, é melhor ter uma boa razão — diz uma voz masculina do outro lado.

— Quem é? — pergunta Sofia, com a mesma certeza de que uma vez perguntou a Joey *por quê?* Ela pergunta e espera uma resposta. Demanda sem mais nem menos. Exige.

— Senhora, acho que está com o número errado. — A voz ao telefone é suave agora. Foi pega desprevenida.

— Posso garantir que não. Quem é você?

— Meu nome é Eli — diz Eli Leibovich —, mas tenho certeza de que você discou…

Sofia não ouve o resto do que ele diz, porque já colocou o telefone na mesa. Há apenas um Eli cujo número Saul precisaria trancar numa gaveta. Fica claro quais são os problemas em que Saul se meteu.

Como se estivesse em um sonho, Sofia deixa o telefone zumbindo fora do gancho e flutua até o andar de baixo, para ficar no ar noturno da varanda. Quando criança, ela tinha medo do desamparo de Lina, da forma como uma parte dela sumiu quando Carlo desapareceu.

A parte de Sofia que vive em Saul desaparecerá se Saul fizer o mesmo, mas Sofia, de pé em sua camisola no ar quente antes do amanhecer, não vai deixar isso acontecer.

À MEDIDA QUE O CÉU se acinzenta com a luz do dia, um edifício solitário no limite da doca de Red Hook se revela. É segunda-feira, então os estivadores estão chegando em pares, tranquilos, com suas marmitas e garrafas térmicas de café. O edifício parece ter sido grandioso um dia, mas logo haverá luz suficiente para que as rachaduras e as falhas de cimento na fachada sejam reveladas.

Se os estivadores olharem de perto, verão algo estranho lá. Algo como um espectro, um conto de fadas. Algo sobre o qual suas mães teriam dito: *não chegue muito perto.*

Está vendo?, alguém pode perguntar aos outros. *Não*, responderão os outros. É melhor não ver.

Mas alguns deles terão certeza de que a viram. À espreita: uma mulher descalça com cabelo selvagem, sentada nos degraus do prédio enquanto o amanhecer transborda.

Antonia acorda com uma dor lancinante, que vai do cocuruto até a lateral do pescoço. *É o que merece,* pensa ela, levantando-se do chão do quarto de Robbie, *por ter dormido. Onde está Paolo?*

Antonia vai até a cozinha, pisando de leve. Seus meninos estão dormindo, quietos como a água sem o vento. Paolo não está na cozinha, nem na sala de estar.

Quando Antonia era adolescente, ela se ressentia de Lina por lembrá-la, repetidas vezes, das armadilhas de uma vida na Família. Sua mãe sentiu que entrara numa cilada ao se casar. Antonia pode sentir os dentes de metal mordendo sua própria perna agora.

Devia tê-la escutado, mamma, pensa Antonia, enquanto se senta no banquinho perto do telefone na cozinha. Sua mão paira acima do telefone. Ela quer que Paolo ligue. A preocupação de Antonia se alojou no pescoço e nas costas, latejando. Parece que há chumbo em suas entranhas.

E então o telefone toca.

Antonia responde antes que o primeiro toque cesse.

— Paolo.

Uma oração.

— É o Saul.

— Saul. — O pescoço de Antonia se contrai. Seus quadris estão conectados ao topo de sua cabeça por um fio vivo de dor.

— Sofia não atende. Você falou com ela?

— Saul, o que está acontecendo? Onde está Paolo?

— Não sei. Sinto muito. Mas, Antonia, não consigo falar com a Sofia. Liguei a manhã toda.

Os meninos de Antonia ainda estão dormindo. Ela pode senti-los através das paredes. Em algum lugar, algo estronda: um trovão ou o seu próprio ser. Antonia agarra o telefone.

— Tentou o andar de baixo?

— Não quero preocupar Rosa e Joey a menos que eu precise.

— Saul, por que você não vai para casa? Vai ver como ela está. Onde *você* está?

— Apenas mantenha elas seguras. Apenas diga o quanto eu amo as duas.

— Saul, por favor. Não faça nada estúpido.

— Não vou, Tonia. Prometo.

— Saul. Você vai ficar bem?

Ela não diz: *Prometi à Sofia*.

— Tudo ficará bem.

Há um estalido. Ele se foi.

Antonia desliga o telefone. O silêncio vibra. Crepita. Bate.

Não… A porta da frente bate.

— Antonia?

Paolo.

A primeira coisa que Antonia pensa quando vê Paolo é que ele está horrível. Os olhos estão vermelhos, e a camisa, suja e para fora da calça. A barba tem ásperas manchas pretas, e ele parece estar com os pés instáveis. Ela cruza a cozinha em dois passos e o abraça, envolve-se em torno dele. A segunda coisa que pensa é *obrigada*.

— O que aconteceu com você? — pergunta, o que parece extremamente medíocre. — Saul acabou de ligar. Ele não parece bem. Precisamos ajudá-lo.

— Ele contou o que aconteceu?

— Não. Mas ele está ferido. Não quer nos dizer quem…

— Fui eu.

— Você?

— Sente-se. Preciso fazer um café.

Antonia se senta.

Paolo conta que, no domingo de manhã, recebeu uma ligação.

— Que foi ontem, eu acho. Estou meio perdido. Era Tommy Fianzo Jr. no telefone. Ele queria que eu o encontrasse. Eu recusei. — Paolo coloca café moído na cafeteira, compactando-o com dedos cuidadosos. — Ele disse que eu o encontraria se soubesse o que era bom para mim. — Paolo encolhe os ombros. — Eu concordei.

Paolo não diz à Antonia que parte dele gostou de ser quem recebera a ligação, de ser quem estaria em perigo, quem teria a informação, para variar, o poder. Mas ela sabe.

— Eu o encontrei no escritório dele — diz Paolo. — Ele me disse que Saul estava trabalhando para Eli Leibovich.

— Impossível.

— Eu sei. Foi o que eu disse a ele. Mas ele insistiu. Disse que Saul deixou cair um pedaço de papel enquanto saía da reunião outro dia, e tinha detalhes escritos sobre a operação Fianzo nas docas. Fianzo ligou os pontos. Não acreditei até ele me mostrar o papel. Você sabe como Saul faz aquelas curvas estranhas no A.

Era a letra dele. E, Tonia, Leibovich está atrás dessas docas há anos. Não há outra resposta. — O café expresso está chiando no fogão. Paolo desliga e serve duas xícaras. Entrega uma para Antonia. — Ele me disse que vão se livrar de Saul. Ele estava só procurando uma desculpa. — Paolo aperta o balcão da cozinha até seus dedos ficarem esbranquiçados. — Ele sabe os nomes dos nossos filhos.

— Claro que sabe. Mas deve estar mentindo.

— Ele me ofereceu um emprego. Disse que, se eu cuidar de Saul, se resolver o problema para eles, vão me contratar. Vão me dar a promoção que nunca consegui aqui. — Paolo passa a mão pelo cabelo em uma imitação muito boa de Joey. — Então fui encontrar Saul.

— Você o machucou?

— Eu o confrontei.

— E ele disse que não fez isso. — Antonia diz isso em voz alta, mas a verdade está começando a sussurrar pelas janelas.

— Ele admitiu tudo. Pediu desculpas. Disse que está tentando pensar em uma saída há meses.

— Não há saída — diz Antonia. *Isto não está acontecendo.* As paredes se contraem e se expandem ao seu redor, como sempre fazem quando um velho mundo é substituído por um novo.

— Eu disse a ele que eles me ofereceram um emprego se eu cuidasse dele. Saul disse que entendia. Disse: *Vá em frente.* — Paolo coloca a xícara vazia no balcão. — Dei um soco nele. Não consegui evitar. Bati outra vez. — Paolo começa a chorar. — Eu bati nele várias vezes, Tonia, e ele não revidava, não fazia nada. É claro que eu nunca faria isso. Ele é da família. Ele faz parte de nós. Eu nunca conseguiria... Será que ele acha que eu conseguiria fazer isso?

Antonia está no centro de uma tempestade. É calmo e tranquilo lá dentro.

— Sofia está desaparecida.

E então Antonia atravessa a cozinha. Enterra-se no peito de Paolo. Ela sente o coração batendo contra as costelas dele.

SAUL ESTÁ CALMO quando desliga o telefone. Ele não dorme há tempo o suficiente para que seu lábio inchado e seu olho roxo estejam zumbindo. Todo o seu corpo está latejando.

No meio da noite, depois que Saul havia chegado ao escritório de Paolo — que lhe pareceu um esconderijo tão bom quanto qualquer outro —, ligou para Eli Leibovich. Ele pediu ajuda. E a ajuda lhe foi negada.

Eu tenho que pensar na minha família, dissera Eli. *Tenho que jogar pensando no futuro*. Eli não protegeria Saul. Ele não defenderia Saul, que colocou a família em risco por um homem que não era, no fim das contas, nada mais do que um conhecido de trabalho com um sotaque familiar. E agora Tommy Fianzo Jr. não descansará até que Saul desapareça.

Saul pensa na esposa e na filha. Ele sofre por querer estar emaranhado sob elas, Sofia e Julia em ambos os lados de seu peito, dormindo. Cada momento de sua vida até ali é banhado em ouro. Saul percebe como sempre esteve completamente vivo.

Como sua pele esteve completa. Como seus pulmões estiveram cheios de ar.

Saul se pergunta como seria ser Paolo. Nascer em uma família que o criou. Ter um pai. Trabalhar todos os dias atrás de uma mesa, ir para casa na hora.

E, como ocorreu quando tinha 21 anos, oscilando com o estômago vazio no fundo de um barco a caminho da América, uma onda de vontade, de sobrevivência, cresce em Saul. *Sua natureza, seus pulmões, o piscar incessante de seus olhos, dizem: lute, lute, lute!*

Saul fecha os olhos.

Ele pensa na mãe. *Mãe. Mãe, acho que te verei em breve.*

Pensa em Sofia. Ela vai ficar bem, não importa o que aconteça com ele. Ela é uma força da natureza. *Se você tem que escolher*, diz a voz de Joey em sua cabeça. Saul sabe o que escolherá.

LÁ FORA, as pessoas olham para o céu roxo e rezam para chover. O ar está denso como a água. Dói para respirar.

Ainda naquela manhã, Lina Russo está bebendo chá quando batem na porta.

A batida soa novamente. Lina pousa a xícara no pires.

Há tristeza na atmosfera de seu apartamento. Este é o preço do cuidado emocional: a tristeza dos outros permanece. Mas, essa tristeza em particular, Lina percebe enquanto vai abrir a porta, é nova.

Vem de Paolo e Antonia, que estão em sua porta, parecendo crianças. Robbie paira atrás deles, e Enzo está dormindo na curva do cotovelo de Paolo. A cabeça de Paolo está pendurada como uma velha tulipa no caule de seu corpo, e Antonia emana um tipo desesperado de força, como o balançar da corda bamba quando alguém tenta ficar em pé.

— Mamma — diz Antonia —, podemos falar com você?

Seu rosto está sério, abatido. Lina se lembra de Antonia pequena e severa quando criança, quieta e comedida, fazendo a lição de casa ou dobrando as roupas, construindo uma base em torno de si mesma.

Lina os puxa para dentro, abraça Paolo e beija Antonia.

— Chá? — pergunta Lina.

— Claro — responde Antonia.

Lina dá outra olhada neles.

— Gim?

Paolo encontra os olhos da sogra pela primeira vez. Há um sorriso irônico ali.

— Seria melhor.

Lina os chama para a cozinha, segurando três copos claros com dois dedos de gim, um cubo de gelo e uma fatia de limão em cada. Ela dá um biscoito para Robbie, e ele sai silenciosamente do cômodo.

— Venham, podem se sentar.

Paolo e Antonia ficam de frente para ela na mesa da cozinha. O apartamento cheira à terra, como se Lina estivesse cultivando cogumelos pelos cantos ou deixando brotar musgo nas paredes.

— Vocês têm algo para me dizer.

— Precisamos de ajuda — diz Antonia. — Mas, mamãe... a senhora não vai gostar.

Antonia é atingida pela lâmina gélida do medo: ela construiu cuidadosamente o relacionamento com a mãe, sem conversas como a que veio ter hoje. Mas ninguém mais será honesto com eles.

Paolo pensou em várias maneiras de começar essa conversa.

— Quando Carlo... — Ele começa e depois para.

Lina levantou uma sobrancelha. Ela consegue ouvir o nome de seu falecido marido agora.

— Sim.

— Quando Carlo quis... sair. — Enquanto Paolo fala, ele enrola o nome do pai de sua esposa na língua, estendendo-o para Lina como uma oferta. Está entrando em uma tragédia que nunca foi nomeada explicitamente, mas que participa de cada jantar entre eles, segue Robbie pela porta quando ele vai à escola, curva os ombros de Antonia quando ela se senta ao lado da cama deles, para escovar o cabelo à noite. O trabalho que Antonia deve ter tido para amá-lo todos esses anos atinge Paolo como um saco de cimento em seu peito.

— Sim.

— O que ele fez?

— Bem. — Lina se recosta na cadeira. Leva a bebida aos lábios. — Meu marido — e aqui ela levanta a bebida para o céu, fazendo um brinde — não fez um trabalho muito bom ao sair. Mas por que tocar nesse assunto? — Ela olha para Antonia, cujo rosto é um mapa. E Lina entende.

— É Saul, mamma — diz Antonia. As palavras florescem ao redor como folhas de chá. Elas se acomodam. — Saul tem trabalhado para Eli Leibovich. Ele tem se esgueirado...

Lina balança a mão. A mesma confusão. Os mesmos homens, metendo-se em problemas incontornáveis sem pensar como vão sair.

— Nunca pensei que seria Saul — diz ela, olhando direto para Paolo.

Paolo olha para seu copo. Ele tenta não levar para o lado pessoal.

— Sofia está desaparecida — diz Antonia.

Lina sorri.

— Como você sabe disso?

— Eu posso sentir, mamãe. Eu posso... — Antonia não sabe como, mas, quando Saul disse que não conseguia falar com Sofia, algo se encaixou, algo incendiou.

— Ela pode não estar desaparecida. Ela pode estar resolvendo o problema.

Isso parece evasivo até mesmo para Lina, porque *o que*, pensa Antonia, *Sofia poderia fazer?* Nem Sofia conseguiria resolver esse problema herdado, esse problema que toda mulher que entra em uma família da Família sabe que um dia pode enfrentar.

— Não entendi o que você quis dizer — diz Antonia.

Lina olha para Antonia e Paolo.

— Vocês sabem que não há nada que possam fazer. Foi por isso que vieram, certo? Para eu dizer a vocês que não há nada que possam fazer. Vocês estão sem opções. Saul fez suas escolhas e vai sofrer. Todos nós vamos sofrer.

— Mamma — diz Antonia, mas depois fica em silêncio.

Lina termina seu gim.

— Porque não há nada que você possa fazer... não há escolha certa... não há como sair ileso disso... Também não há razão para vocês não lutarem por ele.

O ar no apartamento para, esperando.

Lina se inclina para frente e olha para Antonia.

— Não deixe que ele faça com ela o que seu pai fez conosco. Lute por ele. Use tudo o que estiver ao seu alcance.

QUANDO SOFIA E ANTONIA tinham 9 anos, fizeram um juramento de sangue. Foi assim que elas chamaram.

Aconteceu numa noite, quando Antonia dormiu na casa de Sofia. Antonia deveria dormir no chão, em um ninho que Rosa fez para ela perto da cama de Sofia. Mas, toda vez que ela passava a noite, Rosa ia acordá-las e encontrava Sofia e Antonia com seus membros bronzeados emaranhados na cama de Sofia.

Nesta noite em particular, elas foram para a cama cedo. Era novembro, a cidade ficara escura e tranquila mais cedo do que estavam acostumados, e Rosa servira tigelas fumegantes de sopa, o que as deixou sonolentas. Sofia estava no meio de uma história de fantasmas — sobre um marinheiro que procurava eternamente pelo pé perdido — quando sua mão, batendo a esmo na estrutura da cama, encontrou um prego solto. *Tonia, olha*, dissera, tirando-o da madeira. O prego brilhou sob a luz quando ela o ergueu.

Sem falar, Sofia sentou-se, e Antonia também.

Sofia pegou o prego e encostou na pele macia da palma de sua mão. Ela o arrastou ali, com os olhos semicerrados. Teve que fazer isso duas vezes, até sair sangue. Ela passou o prego para Antonia, que, com a respiração presa, riscou sua própria palma. Sofia e Antonia olharam para o sangue nas palmas das mãos até as gotas grossas se equilibrarem e então apertaram as mãos. Cada uma fez uma prece, para que o sangue da outra se misturasse com o seu próprio. Cada uma imaginou sentir a mistura: apenas uma gota brilhante, espalhando-se dentro do corpo. Deixando-as mais fortes.

NA MANHÃ SEGUINTE, tudo poderia ter sido um sonho, exceto pela crosta enferrujada que Sofia e Antonia lavaram na torneira do banheiro. Durante uma semana, ambas ficaram com as mãos doloridas onde o prego, que não fora feito para fatiar a carne feminina, as feriu.

E, durante toda aquela semana, as duas esconderam o machucado de suas mães e dos professores na escola. No domingo, evitaram se entreolhar durante toda a refeição, porque tinham certeza de que cairiam na gargalhada, o tipo de histeria que trai um segredo guardado. *O que deu em vocês?*, perguntou Rosa. *Nada*, responderam em uma só voz. *Nada, estamos bem.*

Antes de ir embora, Antonia encontrou os olhos de Sofia apenas uma vez. Ela estava de pé, perto da porta de entrada do apartamento de Sofia, e Rosa ia levá-la para casa, porque nunca é seguro para as meninas ficarem sozinhas após escurecer. Sofia sorriu para a amiga. E Antonia piscou. Dentro de cada uma, corria o sangue da outra.

E as duas souberam que não estavam apenas bem.

Elas eram imortais.

Julia acorda sozinha na cama dos pais. O Sol está alto, e ela se pergunta se é feriado. Quando não encontra nem Sofia nem Saul no apartamento, Julia sobe as escadas e bate na porta da Nonna. Ela não está com medo.

Por insistência de Antonia e Paolo, Lina se aperta em um táxi com eles, Robbie e Enzo, e juntos vão para a casa dos Colicchio em Carroll Gardens.

Rosa está sentada no sofá, remendando meias. É claro que Rosa poderia comprar meias novas, mas ela está nervosa e infeliz hoje. É bem típico de Sofia sair sem avisar a ninguém e esquecer completamente de Julia — afinal, Rosa está no andar de cima. Mas havia algo de solene nos olhos de Julia esta manhã. Saul não havia voltado para casa. Rosa não pediu respostas a Joey, mas ela sabe o que está acontecendo. Então alimentou a neta, remendou sete meias, assou o pão da receita da mãe e esfregou o azulejo do banheiro até brilhar. Agora, Rosa olha para sua família na sala de estar: Antonia, segurando seu bebê; Robbie, que corre para encontrar Julia; Paolo, seus olhos disparando de Antonia para

Rosa e para Lina. E Lina. Ela está de pé, em uma nuvem de fragrância: casca de laranja e um bolor pungente.

— Desculpe pela invasão.

É Antonia. Seu rosto está calmo. *Ela é uma boa mãe*, pensa Rosa. A pequena Antonia.

— Algo está errado. Sofia e Saul estão... bem, precisamos encontrá-los. — Mentalmente, ela coloca uma mão na parede que separa seu quarto do de Sofia. *Estou chegando*. Antonia aperta a mandíbula e passa Enzo de um ombro para o outro. E, então, a quieta Antonia levanta a voz: — Tio Joey!

Lina, Rosa e Paolo ficam boquiabertos de choque. Não há resposta do escritório. Antonia bate o pé. Abre a boca. Grita:

— TIO JOEY!

Joey sai tropeçando do escritório, endireitando a camisa, piscando como um rato atirado à luz do sol.

— Alguém está gritando? — pergunta. E então vê Antonia.

— Tio Joey — pergunta ela, baixinho agora —, onde está Saul?

Joey suspira. Ele olha para sua família reunida na sala — Rosa, Antonia, Paolo e Lina (Lina? Quando foi a última vez que a viu?). Ele pode ouvir os sons de Robbie, Julia e Frankie no quarto de Frankie.

— Sinto muito. Sinto muito por Saul.

Antonia não tirou os olhos dele nem relaxou as mãos o suficiente para deixar o sangue retornar aos nós dos dedos. Enzo dorme em seu ombro.

— Onde ele está? — A pergunta é uma ordem. Ela espera ser informada.

— É complicado — diz Joey. — É tão... tão complicado, Tonia. Eu sinto muito. Nunca devia ter contratado ele. Assumo a culpa por tudo.

O que Joey quer, o que ele sempre quer, é poupar a sua família de qualquer dor. Assumir o comando, resolver o problema, ser o terreno onde todos despejam o medo e a raiva, durante o tempo que for necessário para que se curem. Ele não consegue acreditar que está nesta situação de novo: alguém que Joey ama vai morrer. É a única maneira pela qual Joey consegue proteger sua família. E a culpa é dele.

— Tio Joey, não há *tempo* para sentir muito — diz Antonia, e há urgência na forma como ela se inclina para frente em direção a Joey, como se pudesse decolar. — Temos que detê-lo, temos que ajudar Sofia!

— É assim que vamos ajudar Sofia — diz Joey com tristeza. — É assim que funciona.

Joey não sabe como Antonia está cansada de que digam como as coisas funcionam. Então ele fica surpreso quando ela voa para cima dele, gritando:

— Não existe esse *como funciona*! Você decidiu! Você decidiu *como funciona* quando o meu pai morreu! Você decidiu *como funciona* quando contratou Saul, quando o promoveu, quando deu a Sofia um emprego que ela ama mais do que a própria... — Antonia para, abruptamente, porque Julia e Robbie se aproximaram por atrás de Joey e estão pairando nas sombras do corredor, ouvindo. Ouvindo tudo. Aprendendo como o negócio funciona. Antonia se controla com grande esforço. — Vamos salvar Saul e Sofia. Vamos resolver isso. Você vai nos dizer onde ele está. É assim que *vai funcionar*.

Joey olha para Antonia e sente uma grande onda de amor por ela. Antonia tem tanta certeza de si mesma que ele quase acredita que ela conseguiria resolver isso. Todo o seu poder não a impedirá de tentar.

— Onde eles estão? — pergunta Antonia mais uma vez. Sua voz está calma agora.

Mas não é Joey quem fala. É Rosa.

— O edifício na doca Fianzo. Sabe onde é?

— Claro que sim — diz Antonia, que nunca esteve lá, mas que obviamente sabe onde é. — Sei disso a minha vida toda.

Um silêncio se instala na sala, todo o lugar vibrando com o rastro da tempestade de Antonia.

— Pensei em ir procurá-los, e você pode ficar com as crianças — diz Paolo para Antonia, mas todos escutam. Ele fala com Antonia do jeito que se falaria com um cavalo nervoso. A reconciliação deles está baseada na catástrofe, e ele não sabe se vai durar. Ainda não descobriu que mudanças o nascimento de Enzo trouxe. É como se não conseguisse ver Antonia, não pudesse colocá-la em foco nem encaixá-la por completo em seu campo de visão. Em um momento, ela está alegre. No seguinte, fica triste e se afasta dele. Em um momento, ela está comprando camarão para o jantar de domingo e, no seguinte, gritando com Joey Colicchio. Paolo se lembra de como pensou enxergar bem Antonia antes de se casarem. Agora, ocorre a ele se perguntar se realmente a compreendera.

— Eu vou — diz Antonia. — As crianças podem ficar aqui?

Rosa diz *é claro* ou algo nesse sentido. Ela quer transmitir o absolutismo de sua afirmação: *é claro*, para sempre, todas as crianças, pelo tempo que você quiser.

— Você não pode ir — diz Paolo. A ideia de deixar a esposa sair em busca de Sofia e Saul em uma fortaleza dos Fianzo é absurda.

Antonia não responde, mas entrega Enzo à Lina, beija o rosto dele, suas mãos enroladas, e todos na sala podem ouvir e sentir o espaço entre Antonia e Enzo ecoar, romper, enquanto Antonia se levanta e se afasta. O rosto de Antonia se resume a longas linhas angustiadas, a um tormento primordial. Lina olha para Antonia e acena uma vez, de maneira imperceptível.

— Tonia, ouça — diz Paolo. — Eu vou encontrá-los.

E, ainda assim, Antonia está em silêncio. Mas, quando Paolo estende a mão para tocar seu ombro, para guiá-la de volta à realidade, Antonia gira e emite um rosnado feroz e sufocante, algo tão animalesco que faz Paolo recuar.

— Obrigada — diz Antonia a Rosa e Lina e então se vira e sai pela porta.

Paolo congela por um momento, em choque ou reverência, em silêncio absoluto. Então olha para Lina e Rosa, para Enzo e Robbie, para Frankie e Julia e para Joey. E, porque precisa, Paolo encontra sua voz.

— Eu tenho que ir.

Ele se vira e sai pela porta do apartamento dos Colicchio.

O SOL IRROMPE na esquina do edifício Fianzo como um aríete, e Sofia começa a suar quase de imediato. Suas axilas e os vincos nos joelhos e nos cotovelos pingam.

Parece que ela está aguardando aqui há horas. Para a maioria das pessoas, a antecipação do confronto seria entorpecedor, mas Sofia não é qualquer pessoa. Ela arde tão intensamente agora quanto quando deixara seu apartamento, à luz antes do alvorecer.

Sofia tem pensado em Saul e esperado sentir raiva, mas ficou surpresa ao sentir orgulho. Percebe como Saul vem trabalhando com afinco e que parte do que a atraiu tão ferozmente para ele nos últimos meses foi a sensação de que ele estava guardando algo para si. Algo que ele estava fazendo além dela, além da família. Sofia sempre foi atraída pelo poder, e essa coisa nova que vive em Saul é o poder encarnado: ele tem feito escolhas. Tem realizado algo. Saul está forjando o próprio caminho.

Quando um carro preto enfim estaciona na frente do prédio, ela reconhece Tommy Fianzo Jr. de imediato. Ele tem os mesmos olhos estreitos de quando era um menino cruel. O mesmo sorriso torto sobre os dentes, os mesmos lábios enormes. Ele sai do carro e a olha com o mesmo desdém.

— Me disseram que você estava trabalhando — diz ele. Do outro lado do carro, um homem, um capanga, fecha sua própria porta. — Também me disseram que você é inteligente. — Sofia não diz nada. — Mas aqui está você, então devo ter recebido informações falsas. Bem, não é a primeira vez.

Sofia pode ver que ele está gostando disso. Ela mantém o rosto neutro.

— Pensei que poderíamos conversar — diz ela.

— Uma simples conversa não faz mal. Verifique se ela está limpa — diz ele e depois sacode a cabeça.

Em um movimento, o capanga contorna o carro de Tommy na direção de Sofia. As mãos dele estão em seu corpo antes que ela possa pensar: são ásperas e imparciais, como se Sofia pudesse ser um saco de areia, uma pedra de gelo. Ele pressiona os dedos nas costelas dela, nas panturrilhas, na lombar.

— Tudo certo — diz ao chefe.

— Muito bem — diz Tommy Jr. Ele gesticula para que Sofia o siga até lá em cima.

O escritório dos Fianzo cheira à carne velha, a algo marrom e sinistro que Sofia não quer inalar demais. Tommy Fianzo Jr. oferece uma cadeira antes de acender um charuto nocivo, que obscurece a visão e a mente de Sofia. Ela e o Fianzo poderiam estar em qualquer lugar. Poderiam ser as últimas pessoas vivas.

— Eu sei o que meu marido fez — diz Sofia. — E, a julgar pelo estado dele, suponho que você também saiba.

— "O estado dele"? — pergunta Tommy Jr. Ele se inclina para frente, interessado. — Eu não toquei nele. — Ele levanta a mão, antecipando a descrença de Sofia. — É verdade! Eu admitiria se tivesse. E vou admitir que estou feliz que *alguém* fez isso.

— Tenho certeza que está — diz Sofia. *Faça-o se sentir seguro. Faça-o pensar que foi ideia dele.* — Eu queria me desculpar por ele.

— E que bem você acha que isso vai fazer?

— Não estou focada no futuro. Só acho que você merece um pedido de desculpas. Você deu a ele uma chance, e ele te traiu.

Tommy Jr. tenta entender a jogada. Não vendo nenhuma, ele se inclina ligeiramente para trás, na cadeira.

— Eu sempre fui contra estranhos. Não há como fazer isso direito, a menos que você tenha sido criado nesse esquema. E as pessoas... as pessoas pensavam que era o fato de ele ser judeu que me incomodava. Você não pode negar que eles são... bem, astutos... Mas eu teria me sentido assim em relação a qualquer um, qualquer um de fora. Você não pode se juntar a nós aqui. Não pode pegar as coisas no meio do caminho.

— Eu sei — diz Sofia. — Eu sei como funciona.

— Então por que — grunhe Tommy Jr., impaciente agora — você está aqui?

— Tenho informações que gostaria de compartilhar, em troca da segurança do meu marido.

ANTONIA E PAOLO pegam um táxi até as docas. Nenhum dos dois fala.

Antonia olha pela janela, para as nuvens tão cinzentas que são quase roxas, para a escuridão do meio-dia. Ela sabe que nunca mais vai relaxar enquanto a ação se desenrola ao seu redor. Coisas terríveis acontecem com seus familiares quando ela os deixa fora de vista. E Antonia, que sempre confiou nos adultos, no passar do tempo, na ordem que lhe diziam reinar, percebe agora que nada se mantém firme.

Todo mundo é tão selvagem e estranho quanto ela.

Tudo é tão instável quanto ela.

Na cabeça de Paolo, uma guerra se trava. A esposa está em perigo. Os amigos. A família. Ele quer dizer ao motorista para parar o carro. Quer se jogar em cima de Antonia, fechar os braços ao redor dela e protegê-la até que o perigo passe. Ele quer detê-la, mas sabe que não pode.

TOMMY FIANZO JR. se acomodou atrás da mesa. O desprezo permanece em seu rosto, mas sua expressão foi iluminada pela curiosidade ostensiva.

— Você tem informações? — pergunta ele, e até Sofia pode ver que ele está tentando manter o tom leve. Seu dia está se tornando muito mais emocionante do que ele pensava que seria.

— Eu tenho informações que você poderia usar a seu favor — diz Sofia. — Mas tenho algumas condições.

— Não me parece que você esteja em posição de barganhar.

Sofia mantém o rosto imóvel.

— Quero garantir a segurança de Saul. Você não o machucará. Esta coisa toda vai ficar para trás.

— Você teria que ter informações muito boas.

— Eu posso te dar Eli Leibovich, em troca de Saul.

Tommy está curioso e frustrado. Seu pai não lhe deu a autonomia que Joey Colicchio deu a Saul. A vida profissional de Tommy é uma longa série de telefonemas para pedir permissão, relatórios sobre seu dia e a contabilidade que ele gostaria de terceirizar. Na verdade, ele deveria amarrar a mulher Colicchio a uma cadeira e chamar o pai. Mas é inteligente o bastante para saber que estar um passo à frente de Eli Leibovich seria um êxito — um êxito tão grande, que talvez ele fosse recompensado com um pouco da independência que deseja.

— Como sei que você está dizendo a verdade?

— Como sei que não vai matar Saul assim que eu te der o que tenho? Confiança. — Sofia encolhe os ombros. — Honra. É o que nossos pais teriam feito.

— Me diga o que você sabe.

— Prometa que não vai machucar Saul.

— Não vou tocar no judeu.

Sofia alcança o bolso e puxa um punhado de caderninhos em espiral.

— Estas são todas as anotações de Saul para Eli. Acho que ele quer essas docas. Se você usar com cuidado, acredito que vai ficar um passo à frente dele.

Tommy busca os cadernos com avidez, suas mãos estendidas em um desejo descarado.

Sofia estende a mão, para entregá-los a Tommy, para iniciar uma guerra entre a família de Tommy Fianzo e a de Eli. Para salvar o marido. Sofia pode sentir seu batimento cardíaco nos dedos das mãos, nos dedos dos pés, retumbando no próprio prédio. Tommy levanta a cabeça para ouvir. Ele também está ouvindo. O tinido do sangue na cabeça de Sofia soa como pés contra metal. Então, a porta do escritório se abre, e, pela segunda vez em poucos dias, Sofia suspira ao ver Saul.

A respiração de Saul está pesada de subir as escadas correndo. Uma caneta cai da mesa de Tommy. É o barulho mais comum do mundo.

— Saul *Colicchio* — diz Tommy, sem conter a alegria. — Justo o desgraçado traidor que eu esperava ver.

E então ele tem a coragem de olhar para Sofia, como se esperasse algum elogio. *Boa frase*, ele gostaria que ela dissesse.

Sofia não percebe, porque está olhando para Saul, que também olha para ela.

— Sinto muito — diz Saul, e é a coisa mais inadequada que já saiu de sua boca.

— Eu entendo — diz Sofia, e é a coisa mais inadequada que já saiu de sua boca.

— Os dois contra a parede — diz Tommy Fianzo Jr., o que não só é inadequado, mas desnecessário, porque ele está apontando uma arma para Sofia. — Vamos todos dar um passeio.

E Sofia entende que, qualquer momento tênue de compreensão que ela pudesse estar construindo com Tommy Fianzo Jr. fora perdido e, com isso, qualquer esperança que ela e Saul tinham de saírem ilesos; de saírem vivos disso tudo.

O TÁXI PARA a poucos quarteirões das docas. Ao lado de Antonia, no banco de trás, Paolo pega sua mão.

— Por favor, fique aqui — implora à esposa.

— Eu te amo — responde ela.

(Paolo e Antonia, aos 17 anos, sem saber o que dizer no meio do primeiro encontro. As palavras pareciam totalmente insuficientes.)

Antonia abre a porta do carro e sai. Ela começa a correr, sozinha.

É meio-dia, mas parece noite. O ar cheira a metal e óleo de motor, como em todas as noites da infância de Antonia, pois a janela da cozinha no apartamento de Sofia se abre para a brisa fraca que sai do East River. É incrível como o ar pode cheirar ao oceano e à cidade de uma só vez.

Uma energia acende Antonia. Suas partes mais profundas foram puxadas para a superfície de sua pele.

E, claro, Antonia não está sozinha. Ela tem Sofia. Tem Carlo. E, porque passou no andar de cima do apartamento de Sofia antes de entrar no táxi, ela tem uma pistola reluzente, pesada e totalmente carregada.

PAOLO ESTÁ CORRENDO para alcançar Antonia. Ela é furtiva, rápida, melhor nisso do que Paolo teria imaginado, passando de uma lixeira para um contêiner, escondendo-se.

Em frente ao edifício Fianzo, há um segurança. Atrás de uma torre elétrica de metal alta, Antonia não pode vê-lo. Paolo percebe que, quando Antonia se mover de novo, ela cruzará diretamente a linha de visão do segurança. Ele corre.

Quando criança, Paolo era briguento. Três irmãos mais velhos e um caminho sangrento de casa até a escola haviam incutido nele a importância da defesa pessoal e da defesa daqueles que amava. Paolo era bem conhecido em sua vizinhança, e não apenas pela caligrafia.

O punho de Paolo encontra o rosto do segurança, antes que o homem tenha tempo de registrar que alguém está se aproximando. Paolo recua o punho direito de novo, mas depois golpeia violentamente com a esquerda, acertando logo abaixo da caixa torácica do segurança. A carne macia colapsa. O homem solta um *puff*. Paolo dá uma cotovelada no rosto dele. Algo quebra. *Eu te amo*, pensa Paolo, imaginando Saul e Antonia. O capanga dos Fianzo mergulha em abençoada inconsciência. Paolo deixa o homem machucado e ensanguentado caído nos degraus de concreto. Ele decola atrás de Antonia. Faz uma prece: *Eu te amo*.

ANTONIA ADERE ÀS SOMBRAS. Ela espera que Saul e Sofia estejam lá. Espera que *não* estejam lá. Ela se move tão devagar quanto é possível, tão silenciosa, tão cuidadosa como ninguém.

Ao longe, na direção do rio, há uma pequena nuvem de gaivotas esvoaçando e se lamentando. Foram recentemente perturbadas.

Sofia.

Antonia fica de pé. Ela está na beira do oceano.

Vamos, diz Carlo.

Antonia é pura tempestade, puro confronto e pura fúria. O ar do verão está parado, mas em seus ouvidos o vento ruge.

UMA VEZ, brincando de faz de conta, Sofia e Antonia começaram uma guerra no quarto de Sofia. Elas venceram o exército inteiro. Elas foram as únicas sobreviventes.

ANTONIA PODE sentir o cheiro de Sofia. Ela está perto. Não há tempo. Há menos e menos tempo a cada instante. Antonia deve se mover o mais rápido possível. Ela deve voltar no tempo.

Três figuras estão na extremidade das docas, na extremidade do mundo. Uma está de joelhos. Uma está segurando uma arma. Uma delas é Sofia.

Antonia pode sentir tudo.

O VENTO SURGE agora, pequenas gavinhas agitando o lixo e a poeira nas docas, fazendo ondulações na água. Não há como as nuvens ficarem mais escuras, mas, de alguma forma, elas se fecham nas extremidades do céu, para que a chuva seja a única saída.

ANTONIA ESTÁ CORRENDO: com suas pernas gelatinosas, com sangue escorrendo pelas coxas, com a pele extremamente macia da maternidade, com a escuridão de seus olhos.

— Ei! — grita Antonia.

O vento carrega sua voz.

Tommy se vira.

QUANDO ELA ESTÁ a 6 metros de distância deles, Antonia para, planta os pés e levanta a pistola. Tommy Fianzo Jr. abaixou a própria arma ao seu lado, surpreso. Quando percebe que Antonia está armada, levanta as mãos na altura dos ombros e diz algo como *tudo bem, querida, não há necessidade de fazer nada precipitado*.

Antonia move o dedo em direção ao gatilho.

— Isso não vai acabar do jeito que você quer — diz Tommy Jr.

Saul e Sofia estão imóveis, olhando. Antonia está voltando no tempo.

ANTONIA SABE que, há dezoito anos, Carlo foi levado à extremidade dessas docas. Ele implorou, não foi? Porque amava a vida dele, porque não queria deixá-la? Ele imaginou o rosto de Antonia, os braços de Lina, o staccato extasiante de um dia após o outro. Carlo estava cheio de vida naqueles últimos segundos em que respirava, não estava? Ele estava no meio de uma inspiração quando dispararam o tiro. Antonia pode imaginar perfeitamente. O desejo fervoroso de Carlo de permanecer vivo.

E um tiro.

A MORTE É INDISCRIMINADA. A morte não bate e pergunta quem é menos importante. Não nota se você tem uma família, não se importa que você seja uma das engrenagens que gira o próprio mundo. A morte não leva o mais lento, o mais fraco, aqueles separados da matilha. Ela crava as mãos no coração. Tira algo essencial. Não pede que você continue, mas você continua de qualquer forma.

Você não pode evitar.

SOFIA E ANTONIA se agarram enquanto o vento aumenta. Ele sopra suas roupas contra seus corpos, mas não consegue abrir passagem no abraço delas. Ambas estão dizendo *obrigada, obrigada* e estão de luto por tudo. Não estão falando apenas desse momento, mas sobre suas vidas, suas vidas inteiras, lado a lado, a bênção incompreensível dessa verdade.

Atrás delas, Saul e Paolo tiram uma lona de plástico de uma pilha de tijolos próxima. Vão usar para cobrir o corpo de Tommy Fianzo Jr. Já estão planejando como podem fazer parecer um acidente ou culpa de Eli. Uma vítima do conflito, em vez de um catalisador para uma guerra.

Paolo e Saul se viram para olhar Sofia e Antonia. A cada momento que estão vivos, eles têm mais a perder.

ANTONIA SE AFASTA de Sofia e olha para a mão direita.

A arma está aninhada ali. Seu dedo ainda acariciando o gatilho. Eles estão entrelaçados agora. O objeto e ela são parte de alguma coisa. Eles estão no começo e no fim. Eles são uma escolha e são a consequência.

Antonia move seu olhar para além do East River. Carlo está lá. É a primeira vez que Antonia consegue imaginar o rosto dele desde que era criança. Ele olha para Antonia. *Toda a minha vida eu quis que você visse no que eu me tornei, papà.* Carlo vê tudo. Ele sorri. E então desaparece no rio.

— OBRIGADA — repete Sofia. *Se você pode me ver.*

Obrigada, Antonia não diz, mas Sofia ouve. *Se eu consigo te ver.*

COMEÇA A CHOVER.

AGRADECIMENTOS

ANTES DE SER ESCRITORA, eu era leitora. É um privilégio incomparável contribuir com um livro para as bibliotecas que tanto amo.

Isto ainda seria um documento do Word inacabado, por causa do meu outro trabalho, se não fosse por Dana Murphy, que ama esta família tanto quanto eu. Estou admirada com a compaixão, a honestidade e a plenitude do carinho que você dedica ao seu trabalho e me sinto muito sortuda de fazer isso ao seu lado. Obrigada, amiga.

Tara Singh Carlson cultivou a semente central deste livro. Ela cresceu sob seus cuidados, mais do que eu jamais imaginei que poderia. Obrigada por sua visão ousada e pela confiança que depositou em mim. Trabalhar com você me tornou uma escritora melhor.

Na Putnam, eu também gostaria de agradecer a Ashley Di Dio, Bill Peabody, Janice Barral, Katy Riegel, Monica Cordova, Madeline Hopkins, Katie McKee, Nicole Biton, Brennin Cummings, Cassie Sublette e à ex-integrante da Putnam, Helen O'Hare. Ainda me surpreende que tantas pessoas incrivelmente talentosas tenham dedicado seu tempo, seu trabalho e sua experiência à minha história. Obrigada por fazerem um livro tão bonito.

É possível para mim traçar uma linha de cada livro que já li até este. Talvez, nos próximos livros, isso seja menos verdadeiro, mas este é o primeiro, e está tudo aqui. No entanto, tenho uma dívida particular com *Christ in Concrete*, de Pietro di Donato, com a linda ficção de Nova York de Kevin Baker, com *O Poderoso Chefão*, de Mario Puzo, e, claro, com a *Família Soprano* — que não é um livro, mas cujos personagens ricamente desenvolvidos me ajudaram a entender a importância de fazer a violência e o amor coexistirem no papel. O artigo "Origins of the Sicilian Mafia: The Market for Lemons", de Arcangelo Dimico, Alessia Isopi e Ola Olsson me deu inspiração direta para uma cena importante. Antonia e eu não temos a mesma tradução de *Metamorfoses*, mas estou apegada ao meu exemplar, traduzido por Charles Martin.

Minha notável rede de familiares e amigos que serviu de estabilidade emocional, base, chef pessoal e primeiro leitor. Este livro não existiria sem nenhum de vocês:

Mãe, você é a minha estrela-guia. Eu vim de você, e tudo o que sou é graças a você.

Pai, obrigada por me ensinar a ler e a RUGIR.

Meu irmão, Adam, segue o coração. Sempre seguiu. Ele me dá coragem para fazer o mesmo.

Nancy Veerhusen, Jana McAninch, Emma McAninch e Violet Wernham expandiram minha compreensão de família, e sou mais amorosa, mais empática e mais inteligente por causa disso. Este livro é melhor por causa do que me ensinaram.

Sou imensamente grata ao clã Galison-Jones-Freymann. Mia e Sax, obrigada por me abrigar no primeiro outono em que trabalhei neste livro de verdade. Obrigada, junto com Marion e Gerry, por compartilhar sua família e suas histórias comigo e por me contar qual é o melhor lugar para comer bagel em Nova York. Carrie e Peter, obrigada por me deixar escrever em sua casa em Wellfleet. Resolveu todos os casos de bloqueio criativo que eu tive com o livro. Obrigada a todos por dar a esta garota da Califórnia uma casa na Costa Leste.

Katie Henry tem sido minha referência desde os 16 anos. Obrigada por fazer isto primeiro e por responder a todas as minhas perguntas quando eu estava em pânico. Espero me mover pelo mundo com ao menos uma fração de sua graça e humor. Rob, obrigada pela visita a Arthur Avenue. Emily Beyda leu um rascunho inicial quando eu ainda não acreditava que poderia escrever outra palavra e me deu um feedback que me permitiu continuar. Tessa Hartley me abrigou durante aquele mesmo outono nômade, em que comecei a realmente trabalhar nesta história. Parte do que está aqui foi escrito em sua varanda, em Nova Orleans. Ezra e Nick Paganelli são os guardiões oficiais da minha alma e da minha sanidade. Obrigada pelos lanches com bolos, bebidas e scaloppine, pelos jantares e gritarias de domingo. Tudo o que alguém precisa saber sobre Alyssa May Gold é que, apesar de morarmos juntas quando tínhamos 19 anos, ela ainda está disposta a ser minha amiga. Mas, além disso, ela é uma força da natureza, uma artista incisiva e sensível, e ela me acalmou em inúmeros solavancos emocionais e criativos. Meus professores Laura Slatkin e Christopher Trogan me deram muitas das histórias que mais amo e uma linguagem totalmente nova para considerar. Kathryn Grantham e a equipe da Black Bird Bookstore foram um apoio inimitável enquanto eu revisava. Obrigada por me dar o privilégio de passar meus dias de trabalho conversando com as pessoas sobre livros. E eu seria negligente se não agradecesse ao meu gato Fresh Direct, sem cujo peso persistente em meus pés eu nunca teria conseguido ficar parada por tempo o bastante para terminar sequer um único capítulo.

Eu não estava sozinha em momento algum, mesmo quando estava, tecnicamente, sozinha. Sam, amá-lo é a honra da minha vida. Se tudo o que me foi dado for você, *dayenu*.

E, leitor, não posso acreditar que você chegou até aqui. Eu me sinto grata e honrada. Dizer *obrigada* é muito pouco.

ALTA NOVEL

CONHEÇA OUTROS LIVROS DO SELO

Autora colunista em *Modern Love*

Profundo e comovente

UM THRILLER PSICÓLOGICO PROFUNDO E COMOVENTE.

Anna Hart, uma detetive de São Francisco especializada em casos de desaparecimento, retorna para sua cidade natal e se depara com um crime assustadoramente similar ao que ocorrera no momento mais crucial da sua infância, e que mudou a comunidade para sempre...

UMA VIDA MARCADA POR SEDE DE LIBERDADE E PERIGO.

Marian Graves é uma aviadora corajosa, decidida a ser a primeira a dar a volta ao mundo. Em 1950, prestes a concluir com sucesso sua histórica tentativa, ela desaparece na Antártida. **Hadley Baxter** é uma estrela de cinema envolvida em escândalos que vê a salvação de sua carreira em um novo papel: a piloto desaparecida Marian Graves. O destino dessas duas mulheres colide ao longo dos séculos nessa obra épica e emocionante.

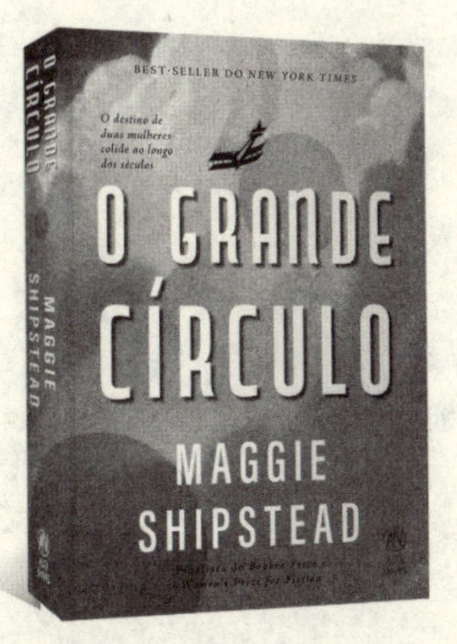

Protagonismo feminino

Romance histórico

Segunda Guerra Mundial

Todas as imagens são meramente ilustrativas.

/altanoveleditora  /altanovel

Este livro foi impresso nas oficinas gráficas da Editora Vozes Ltda.,
Rua Frei Luís, 100 – Petrópolis, RJ.